suhrkamp taschenbuch 2214

Der Physikprofessor Roden entwickelt die holistische Theorie, daß Mensch und Universum eins seien, in jedem Teil sei das Ganze enthalten, in jedem Menschen das gesamte Wissen des Universums. Um dieses Wissen zugänglich zu machen, setzt Roden Testpersonen unter Hypnose. Unter ihnen befindet sich Anna, die ruhelos suchende, sehnsüchtige Protagonistin der Geschichte. In der entscheidenden Sitzung schickt Roden Anna zum Sternbild des Orion – und der Kontakt mit ihr bricht ab. Während Annas Körper in einem komaähnlichen Zustand zurückbleibt, wandert ihr Geist durch unbekannte Räume. Nur einer glaubt, daß Anna nicht für immer verloren ist: Rodens Assistent, Christoph Bergmann. Er sucht nach Anhaltspunkten, wacht nachts bei Anna und wird allmählich in den Bann ihrer jenseitigen Realität gezogen; träumt ihre Träume, ist ihr in Haßliebe verbunden und reist mit ihr durch seltsame Landschaften und andere Welten. Er erlebt Seinszustände, in denen unsere herkömmlichen Begriffe keine Geltung haben.

Fabienne Pakleppa ist 1950 in der französischen Schweiz geboren. Sie lebt in München und arbeitet neben ihrer schriftstellerischen Tätigkeit als Übersetzerin, Lektorin und gelegentlich als Fotomodell.

Fabienne Pakleppa
Die Himmelsjäger

Roman

Phantastische Bibliothek
Band 299

Suhrkamp

Umschlag unter Verwendung eines Fotos
von Volker Derlath

suhrkamp taschenbuch 2214
Erste Auflage 1993
Erstausgabe

Satz: Fotosatz Otto Gutfreund GmbH, Darmstadt
Druck: Nomos Verlagsgesellschaft, Baden-Baden
Printed in Germany
Umschlag nach Entwürfen von
Willy Fleckhaus und Rolf Staudt

1 2 3 4 5 6 – 98 97 96 95 94 93

Die Himmelsjäger

I

Anna

Anna hätte keine Fragen gestellt. Nur das konnten sie nicht wissen. Sie haben sie mit Worten überschüttet, als wollten sie sie ablenken. Jetzt spricht keiner mehr. Es ist Routine geworden. Der rothaarige Mann arbeitet auf ihrem Kopf, wie ein Gartenarchitekt steckt er das Gelände ab. Seine Finger teilen die langen dunklen Haare, bilden Wege und schmale Straßen, müssen Knoten lösen. Anna verfolgt das Muster mit geschlossenen Augen, halb aufmerksam. Sie kennt es schon. Sie hat die Berührung seiner Finger gern, es gefällt ihr, daß es lange dauert. Es gibt ihr Zeit, sich vorzubereiten.

Die Elektroden werden nicht nach dem normalen Schema angebracht. Anna hat einige Bücher über Neurologie in der Bibliothek ausgeliehen und festgestellt, daß die Verteilung stark von den herkömmlichen Methoden abweicht. Die Anfangssymmetrie ist nach und nach zugunsten einer komplexeren aufgegeben worden. Die einzelnen Punkte sind unregelmäßig voneinander entfernt, an manchen Stellen häufen sie sich. Sie werden mit einem wasserfesten Markierstift eingezeichnet. In letzter Zeit ist die Zahl der Markierungen angestiegen.

Unterdessen spürt Anna jede einzelne dieser Stellen, auch wenn sie zu Hause ist und sich gerade die Haare gewaschen hat. Es prickelt, als wäre die Kopfhaut dort besonders dünn und durchlässig, als würde eine Art Strom ohne Unterbrechung in beiden Richtungen fließen. Ihr Kopf ist ein Ort des Austausches zwischen innen und außen geworden, und sie läßt es geschehen.

Zuerst hat sie sich dagegen gewehrt. Der Druck auf dem Kopf verwirrte sie. Im Bad versuchte sie, mit Hilfe des Handspiegels die Markierungen zu finden, um jede einzelne auf ein großes Blatt Papier zu übertragen. Es war mühsam und ihr wurde dabei schwindlig. Die Punkte auf dem Papier ergaben keinen Sinn. Sie hörte damit auf. Später entdeckte sie zufällig, daß sich ein Muster leicht erkennen ließ, wenn sie sich die kaum spürbare Berührung der Finger ins Gedächtnis rief.

Dieser Mann hat kalte, trockene Finger. Sie reißen ihr nie die Haare aus, sie tun ihr nicht weh, aber sie fühlen sich leblos an. Sie bewegen sich sachlich auf ihrem Kopf, wie wenn er kein Kopf wäre, sondern ein Gegenstand. Seine Hände arbeiten gleichgültig und präzis, als würde er Fische entgräten oder die besten Strecken auf der Landkarte verfolgen, wie er es auf der Landkarte ihres Kopfes macht. Er hat Hände, die unbeteiligt sind, keine Hände, die sich zur Faust ballen und zuschlagen, keine Hände, die jemanden erwürgen könnten, keine Gewalt- und keine Liebeshände. Keine Hände, die auf dem Körper einer Frau verrückt werden. Saubere, disziplinierte, kompetente Hände. Seine Nägel sind gepflegt, blaß und kurz geschnitten.

Plötzlich fragt sie sich, wie er reagieren würde, wenn er Läuse entdeckte. Ob er sich ekeln würde. Ob seine Finger ihre Sachlichkeit endlich aufgeben, zögern oder härter und schneller würden. Sie lacht still, ohne die Augen zu öffnen. Er bleibt kurz in der Bewegung stehen, sein linker Ringfinger wiegt schwer, sie spürt ihn bis in ihren Nacken hinein. Er wartet, ob sie etwas sagt. Aber sie sagt nichts. Sie hat nie mit ihm gesprochen. Nur »Guten Tag« gesagt und seine seltenen Fragen beantwortet. Die meisten Fragen hat der andere gestellt. Der Rothaarige fragt nur, ob sie ihre Schuhe ausziehen mag, ob es ihr warm genug ist, ob sie noch etwas braucht, ob sie bereit ist. Er stellt nur Fragen, die man mit Ja oder Nein beantworten kann. Es gehört zum Konzept, daß er sich nicht mit ihr unterhält.

Er braucht heute länger als sonst. Sie überfliegt die Druckstellen auf ihrem Kopf und weiß, daß es noch mehr sind als das letzte Mal, aber sie fragt nicht nach. Niemand soll mißtrauisch werden. Sie will nicht den Eindruck erwecken, daß es sie interessiert, was mit ihrem Kopf, mit ihr geschieht, wenn sie schläft. Sie hat sich weder nach dem Ziel des Forschungsprojektes noch nach ihrer eigenen Funktion erkundigt. Man hat ihr nur gesagt, daß ihr Gehirn Bilder produziert, die aufgezeichnet und analysiert werden, daß man ihr Fragen stellt, die sie beantwortet. Es gehört auch zum Konzept, daß sie nichts wissen darf. Sie soll alles vergessen, das sagt der Professor jedesmal, bevor er sie zurückholt, und sie vergißt auch bereitwillig. Wenn sie aufwacht, zieht sie ihre Schuhe an und geht, als hätte sie einfach einige Stunden tief geschlafen. »Ich erinnere mich an nichts«, sagt sie, wenn sie danach fragen. »Ich erinnere mich fast nie an meine Träume, ich schlafe zu fest«, behauptet sie mit einem Lächeln, das genau so unbeteiligt ist wie seine Hände, die die letzten Elektroden auf ihrer Kopfhaut sorgfältig anlegen.

Nachdem sie die meisten Tests hinter sich gebracht hatte, wollte

Roden, der Professor, wissen, warum sie gekommen war. Er sah sie nicht an, als wäre diese Frage nebensächlich.

»... Sagen Sie mir... Was hat Sie dazu bewegt, zu uns zu kommen?«

Dabei räumte er seinen Schreibtisch unruhig auf wie am Ende einer Behandlung, wenn der Patient immer noch da ist und Banalitäten von sich gibt, um einige Sekunden Aufmerksamkeit herauszuschlagen. Sie stand auf und antwortete, daß sie Geld brauchte. Sonst nichts. Er warf ihr einen kurzen Blick zu, schien auf weitere Erklärungen zu warten, aber Anna sagte nichts, bot keine Gründe an. Roden nickte, als hätte er Verständnis für die Ausgaben einer jungen Frau, und stellte keine weiteren Fragen. Ihre Antwort schien ihm zu genügen. Dennoch ist sich Anna nie ganz sicher geworden, ob er ihr glaubt. Sie weiß nur, daß er weniger Anhaltspunkte hat, mißtrauisch zu werden, wenn sie nicht soviel spricht.

Die Experimente sind sehr gut bezahlt, und sie hat immer zu wenig Geld. Immer. Seit Milan weggegangen ist, fällt es ihr schwer, die Wohnung und all den Rest zu bezahlen. Aber sie möchte keine kleinere Wohnung und auch keinen Untermieter. Es strengt sie zu sehr an, auf der Hut zu sein. Sich auf jemanden einzustellen. Sich unterhalten zu müssen.

Diese Art, Geld zu verdienen, ist das Beste, was ihr geschehen konnte, aber auch das behält sie für sich; sie gibt sich gleichgültig und zählt nur das Geld nach, das in dem Umschlag steckt. Sie hat darauf bestanden, es bar zu bekommen, und betastet jeden Schein einzeln, als würde es ihr beim Aufwachen helfen.

Vor der ersten Sitzung sind Wochen vergangen. Es gab Tests, Gespräche und verschiedene Auswahlverfahren, die sich zum Teil wiederholten. Anna füllte unzählige Fragebögen aus. Auch dafür wurde sie bezahlt und verdiente nicht schlecht. Sie mußte eine Art Persönlichkeitsprofil herstellen (»Nein, ich habe noch nie Tiere gequält.« »Ja, ich nehme ungern an größeren Veranstaltungen teil« usw.), sie mußte Bilder malen, Farben zusammenstellen, Geräusche ordnen, Linien miteinander kombinieren und mathematische Aufgaben lösen. In der Schule hatte sie Mathematik nicht gemocht, sie verstand zu wenig davon und hatte sich geweigert, Sachen zu lernen, die sie nicht verstehen konnte. Aber hier ging es nicht um Zahlen und Formeln, sondern um merkwürdige Fragen, die sich wie Spielereien anhörten. »Wenn die Erde auf die Größe einer Billardkugel reduziert wird, wie fühlt sie sich in Ihrer Hand an?« »Können Sie sich vorstellen, welche Strecke ein Raumfahrer zurücklegen muß, bis er auf der anderen Seite der Milchstraße angekommen ist? Vergleichen Sie sie mit dem Weg einer Ameise auf der Erde.« Die erste Frage gefällt ihr immer noch.

Vielleicht ist die Erde tatsächlich nur eine Billardkugel in der Hand eines Riesen, ihre höchsten Berge sind glatt wie Samt, die Unruhe der Menschen, ihre Dramen, ihre Tränen, ihre Verbrechen so unbedeutend wie ein Körnchen Staub auf dem Rücken einer Riesenschildkröte, hatte sie damals gedacht, und diese Vorstellung war ihr angenehm.

Die zweite Frage hatte sie nicht interessiert. Sie hatte lapidar geantwortet: »Ameisen sind nicht so dumm, daß sie nach Amerika fahren möchten.« Später hatte sie noch eine Notiz dazu gemacht und geschrieben: »Der schnellste Weg bis zur anderen Seite besteht darin, stehenzubleiben.« Es gab keine einzige bloße Rechenfrage, kaum Zahlen, außer in den Reihen, die man vervollständigen sollte; bei den meisten stellte sie erstaunt fest, daß sie sich gern damit befaßte.

Sie hatte fast alles ziemlich ehrlich beantwortet, sogar die Fragen über ihren Glauben, ihre politischen Ansichten und ihr Privatleben. Einiges hatte sie verschwiegen – Milan hatte sie nicht erwähnt – und durchaus ein paar kleinere Lügen oder Ungenauigkeiten untergebracht. Im Persönlichkeitstest stand die Aussage »Ich lüge nie – selten – manchmal – häufig – ständig«, und sie hatte sofort ein Kreuz in der Mitte gemacht. Solange keiner wissen will, wann ich lüge, ist es mir egal, überlegte sie kurz. Bei so vielen Fragen würden kleine Ungereimtheiten nicht auffallen, im Gegenteil würden zu glatte Antworten stören, wie eine allzu perfekte Schularbeit jeden Lehrer mißtrauisch stimmt.

Die meisten Aufgaben hat sie vergessen, aber die Billardkugel ging ihr nicht aus dem Kopf. Ihr fiel ein Satz aus einem Gedicht ein, nur dieser Satz » . . . die Erde ist blau wie eine Apfelsine . . . «, sie wußte nicht mehr, wer es geschrieben hatte, aber sie sah das Bild so deutlich vor sich, daß es fast erschreckend wirkte. Und wenn die Erde eine Billardkugel ist . . ., wie ist ihre Farbe? Und wenn sie kleiner wird, wenn sie bis zur Größe eines Stecknadelkopfes reduziert wird, leuchtet sie noch? Die Farbintensität wird zunehmen – und was könnte stärker sein als das Blau einer Apfelsine, wie sie es sieht?

Anna zittert. Sie möchte die Augen schließen, die Augen fest geschlossen halten, als würde sie die Farbe verbrennen! Dann atmet sie auf, es fällt ihr ein, daß nur ihre Augen geblendet werden, daß nur sie eingeschränkt und verletzlich sind. Ihr Körper sieht mehr und klarer, wenn sie ihn nur frei läßt.

Irgendwann, nachts zu Hause, hatte sie eine Murmel genommen und sie lange angeschaut, es war ein blaugrünes Katzenauge, das sie sanft zwischen ihren Fingern rollte, in allen Richtungen bewegte, nach Unebenheiten abtastete. Sie kreiste und reiste wie im Traum auf der Oberfläche der Murmel, als könnte sie dadurch ihr Inneres erfassen. Das Glas wurde warm, paßte sich ihrer Handfläche an. Die Murmel trug sie lange bei sich in der Jackentasche.

Sie mag solche Gegenstände. Sie hebt Kastanien, Holzstücke, Steine auf. Sie muß berühren, Materie berühren. Wenn sie zu Hause unruhig wird, nimmt sie einen Stein in die Hand und erinnert sich an den Ort, wo er früher lag, an den Tag, an ihre Stimmung damals, als sie ihn gefunden hat, und die Unruhe verschwindet, während der Stein langsam in ihrer Hand lebendig wird. Das sollte der Mann machen, der die Elektroden anbringt, denkt sie, seine Finger würden wärmer sein.

Sie hatte alle Tests bestanden. Iris, die ihr die Adresse vom Institut gegeben hatte, war bald ausgeschieden. Iris nahm öfter an Experimenten und Befragungen teil, sie kannte eine Sekretärin der Universität, die sie mit Informationen versorgte. Gegen Geld schluckte sie Pillen, ließ sich Blut abnehmen, röntgen, in geschlossene Gefäße einsperren, schlief nach Befehl ein und hatte auch bei einer Sexualuntersuchung mitgewirkt, wo sie bis zum Orgasmus masturbieren sollte, und das, an siebzehn verschiedene Meßgeräte angeschlossen. Iris hatte in der Kneipe davon erzählt, ihre Zuhörer hatten Tränen gelacht, als sie das Gesicht des Assistenten beschrieb, der sie von den Geräten befreit hatte.

»Klar habe ich mit ihm geschlafen, gleich danach, in dem Raum für die Schmutzwäsche«, sagte sie. »Er war geil, so geil, daß es mich wahnsinnig anturnte. Ihr könnt euch vorstellen, wie gern ich dorthin gegangen bin. Meine schönsten Experimente. Schade, daß es nicht länger gedauert hat.«

Und Iris lachte. Sie lachte auch, als sie von einem medizinischen Test erzählte, an dem sie fast gestorben war, sie lachte, als sie ihre Armbeuge zeigte, die gespickt von kleinen Narben war.

»Wie ein Junkie sehe ich aus«, lachte sie und küßte ihren neuen Freund. »Ich bin ein Vollprofi!«

Dennoch hatten sie sie diesmal nicht genommen. Bis zur Billardkugel war Iris nicht vorgedrungen. Gleich nach dem persönlichen Fragebogen wurde sie nicht mehr bestellt. Als sie sich später auf der Straße begegneten, wollte Iris erfahren, was in den Sitzungen geschah, aber Anna antwortete ausweichend.

»Sie studieren die Gehirnströme, während ich schlafe«, sagte sie.

Sie berichtete noch, daß ihre Kopfhaut mit einer klebrigen Flüssigkeit eingerieben wurde, die den Strom besser ableiten sollte, und Iris hatte schon genug.

»Gott sei dank«, sagte sie, »ich kann es nicht ertragen, daß jemand an meinen Haaren herumfummelt. Lieber etwas anderes. Es gibt Versuche mit Blutdruckmitteln demnächst. Soll ich dir Bescheid sagen?«

Anna bedankte sich und verneinte.

»Ich möchte nichts schlucken. Und außerdem darf ich mich laut Vertrag zu nichts anderem verpflichten.«

»Ach, deswegen zahlen sie so gut! Aber auf so etwas würde ich mich nie einlassen. Man muß schon vorsichtig sein, Anna, das sind alles Schweine und Schwindler. Und wenn sie verlangen, daß du kein Wort sagst, dann mußt du besonders aufpassen. Schreibe alles auf. Suche dir jemanden aus, dem du vertraust, und sag ihm alles. Jede Einzelheit. Es ist längst nicht alles legal, was da passiert. Sonst würden sie nicht so viel Geld ausgeben.«

»Ich passe schon auf, keine Sorge.«

Anna wußte, daß sie für Roden nur ein Instrument war, dafür zahlte er. Sie hatte keine Lust, mit Iris darüber zu reden. Sie kannten sich oberflächlich seit Jahren, aber hatten sich selten unterhalten. Iris sagte manchmal »Mäuschen« zu Anna, die nicht wußte, ob es liebevoll oder verächtlich war. Iris war ihr fremd, sie traute ihr nicht ganz, ihre forsche Art und ihre kurzen Haare erinnerten sie an eine frühere Deutschlehrerin, vor der sie sich gefürchtet hatte, und es lief ihr nachträglich kalt den Rücken herunter.

Iris und Anna saßen öfter im selben Café; an diesem Tag hatte Anna den Kellner nach einem Job gefragt. Iris hatte sich eingemischt und von der Testreihe erzählt.

»Du kannst ruhig da anrufen, Mäuschen, es hat auch nichts mit Sex zu tun, ist mehr etwas Psychologisches, mehr in deiner Richtung. Sonst würde ich es dir nicht empfehlen. Aber wirklich, das ist besser, als in der Kneipe acht Stunden zu stehen oder am Computer Mahnbriefe für den ADAC zu tippen!«

Anna hatte gleich angerufen. Sie hat vergessen, mit wem sie gesprochen hat, ob es eine Frau oder ein Mann war. Es ging sehr schnell. Sie weiß noch, wie sie plötzlich dort saß, wie eine Schülerin an einem Schreibtisch vor einem Berg Papier, und im Hintergrund des kahlen Raums, in dem sie alleine war, hing eine überdimensionale Uhr, die jede Sekunde heiser tickte. Eine Damoklesuhr, hatte sie zunächst gedacht und sich umgesetzt, um die Zeiger im Blickfeld zu behalten. Bald hörte sie auf, das Geräusch wahrzunehmen, und vertiefte sich in die Aufgaben; dabei hatte sie das Gefühl, daß die Fragenden mehr von sich verrieten, als sie es selbst durch ihre Antworten tun würde. Der statistische Mittelwert, die seitenlange Computerauswertung, das psychologische Gutachten, diese Ansammlung von Daten, die mühsam zusammengetragen wurden, hatten nichts mit ihr zu tun, im Gegenteil bildeten sie eine Schutzmauer um sie. Je länger die Tests und die Voruntersuchungen dauerten, desto sicherer fühlte sie sich.

Doch als die erste Sitzung stattfinden sollte, staunte sie darüber, daß trotz allem die Angst wie eine Lähmung aufstieg, die sich im Hals niederläßt und das Schlucken verhindert, wie wenn die Schleimhäute plötzlich anschwellen, rauh werden und brennen. Sie fühlte sich von dieser Angst ausgedörrt und geriet fast in Panik; das Bild einer graugelben Wüste drängte sich auf. Sie lag dort auf dem Boden, unfähig sich zu bewegen, spürte die Steine im Rücken, schmeckte den Staub im Mund. Ihr Körper war nur noch schwer. In der Ferne warteten Geier auf dürren, blätterlosen Bäumen, die wie arthritische Gelenke den Himmel zerkratzten, das Bild wurde dunkler und dunkler, sie wollte schreien, aber dann kam die Stimme aus dem Lautsprecher in den Raum hinein und vertrieb den Schatten. Sie atmete ein und aus, wie die Stimme es sagte, fühlte sich leicht und schwer zugleich und schlief sofort ein.

Bei der zweiten Sitzung waren ihre Lippen nicht einmal trocken.

Anna träumt auf dem Stuhl und hat vergessen, die Finger auf ihrem Kopf zu verfolgen. Plötzlich kommt ihr der Druck stärker vor. Sie stöhnt. Der Mann berührt ihre Hand, faßt ihr Handgelenk und scheint ihren Puls zu beobachten. Sie öffnet die Augen. Seine roten Haare wirken elektrisch, sie stehen voller Spannung ein wenig vom Kopf ab, wie eine Warnung: Man soll lieber in einiger

Entfernung bleiben. Deswegen sind seine Finger so kalt, denkt sie und sieht auf der Innenseite ihres Armes die Andeutung einer Gänsehaut, dort, wo er sie berührt hat. Meine Haut kräuselt sich wie ein Teich, wenn eine Mücke seine Oberfläche streift, denkt sie – was ist mit mir heute?

»Fühlen Sie sich schlecht?« fragt er, ohne sie anzusehen.

»Ich heiße Anna«, antwortet sie.

Aber das war nicht, was sie sagen wollte. Sie wollte nur sagen, daß es ein wenig drückt, daß es fast weh tut, und dann hat sie ihm ihren Namen gesagt.

»Ich weiß«, sagt er und schaut sie immer noch nicht an. »Sind Sie bereit?«

Sie möchte nein sagen. Sie möchte sagen, daß sie auf die Toilette muß, damit er alle Bänder und Elektroden abnimmt und sie gehen läßt, sie möchte Zeit gewinnen, sie möchte, daß er sie einmal anschaut und anlächelt, daß seine Finger sich anders als tote Pergamentrollen anfühlen. Sie hat heute wieder Angst und weiß nicht, warum.

Die Experimente laufen seit bald fünf Monaten, es ist schon zur Gewohnheit geworden, regelmäßig hinzugehen, dort einzuschlafen, nach einigen Stunden aufzuwachen und wegzugehen. Nie hat es ein Problem gegeben, nie hat sie sich davor schlecht oder unsicher gefühlt. Sie geht durch die Stadt, durch den Park bis zum Institut und freut sich, als würde sie einem Rendezvous entgegeneilen. Und nach den Sitzungen ist sie jedesmal glücklich, mit einer tiefen Müdigkeit, einer Schwere, über die langsam wie ein Habicht das Gefühl kreist, daß die Zeit entgleitet, daß sich etwas entzieht, was sie sonst braucht, um sich hier zurechtzufinden. Sie hat eine seltsame, unbewohnte Zone betreten, dort ist sie mit Roden allein, aber das beunruhigt sie nicht. Es kommt ihr eher vor, als hätte sie endlich ein Anzeichen dafür gefunden, daß es einen anderen Seinszustand gibt, etwas, wo sie sich freier fühlt. Ein Ort ist es, an dem Bilder und Worte sich lösen, ein Ort ohne Schranken, ohne Definitionen.

Milan existiert nicht wirklich, denkt sie, nur in der anderen Zeit, aus der ich ausgestiegen bin. Die Zeit ist es, die dem Leben seine Gleichgültigkeit nimmt... Und es gibt sie nicht.

Dort, wo sie hingeht, hat die Zeit jede Bedeutung verloren. Es gibt sie nicht, nicht, wie man sie hier kennt. Aber es gibt etwas anderes, und sie fragt sich, was es ist, was sie so sicher macht. Sie kann es nicht ausdrücken, nicht nennen, nicht beschreiben, alles ist verschwommen wie ein unscharfes Bild, wie etwas, was von seiner Achse leicht weggerückt ist und dadurch sinnlos wird. Alle Funktionen, alle Regeln, alle Gesetze verschieben sich, heben sich auf, doch sie weiß, daß sie auf der richtigen Spur ist.

Wenn ich es jemandem erzähle, denkt sie, wird er mich für verrückt halten. Und ich bin es nicht.

Nach den ersten Sitzungen versuchte sich Anna zu erinnern. Nichts Faßbares blieb übrig. Es gehörte zum Konzept der Testreihe, daß die Probanden sich an nichts erinnern durften, das hätte die Ergebnisse verfälscht, hatte Roden behauptet. Bevor Anna geweckt wurde, redete ihr die Stimme ein, daß sie alles vergessen sollte. Sie löschte jede Erinnerung bereitwillig aus. Wenn sie die Augen öffnete, blieb ihr tatsächlich kein klares gegenständliches Bild, kein bekanntes Geräusch, kein Faden, den sie hätte aufnehmen können, um diese verschlafene Zeit abzurufen.

Anfangs hatte sie in ihrem Gedächtnis gesucht, wie man nach verlorenen Träumen sucht, aber sie hatte nichts gefunden und es vorerst aufgegeben. Sie glaubte nicht, daß Roden in der Lage war, ihr jeden Zugriff zu diesen Stunden zu verbieten, sondern daß sie selbst eine andere Art finden mußte, sich anzunähern. Niemand kann alle Türen bewachen. Vielleicht war ein Umweg notwendig. Es hatte keinen Sinn, zu bohren und zu wühlen.

Einige Wochen später flackerte etwas auf, einer Erinnerung ähnlich, ein Bild streifte sie immer häufiger, eine intensive weiße Farbe, vielleicht eine sehr große weiße Leinwand, ohne Rahmen, die sich gleichzeitig mit ihr zu bewegen schien. Das Weiß war kalt und tat ihren Augen weh, öfter überraschte es sie für den Bruchteil einer Sekunde in der Mitte von belanglosen Aktivitäten und war schon verschwunden, bevor sie danach greifen konnte.

Nach knapp einem Monat meinte ihr Zeichenlehrer, daß ihre Zeichnungen sich verändert hatten, und wunderte sich darüber. Er fragte nach Gründen, nach Einflüssen, nach Prägungen. Sie selber hatte nichts bemerkt, aber es stimmte. Ihre Bilder wurden größer, sie nahmen mehr Raum ein; die Linien zeigten eine seltsame Art der Geometrie, die sich außerhalb der Blätter weiterführen ließ und die Gegenstände der Umgebung miteinbezog, und auf einmal wußte sie, daß das die Erinnerung war. Sie gab den Unterricht auf und mied ihren Lehrer, dafür malte sie und zeichnete zu Hause mehr denn je und erinnerte sich immer deutlicher an etwas, was sich nicht erklären oder erzählen ließ, was sie aber malen konnte. Zumindest versuchen. Es gab Farben dafür, auch wenn es sehr lange dauerte und ziemlich mühsam war, sie so zu mischen, daß sie beinahe zufrieden war, und auch dann war sie sich nie sicher, ob die Farbe tatsächlich getroffen war. Es schien eher eine Annäherung, eine Assoziation oder eine noch nicht fertige Gleichung zu sein. Als sie dann das Netz der Elektroden auf ihrem Kopf mit den Farben kombinierte, spürte sie, daß sie immer näher und tiefer kam, und es bereitete ihr Angst.

Nicht wirklich Angst, eher ein Schwindelgefühl und das Bedürfnis, sich an etwas, an jemandem festzuhalten. Eines Tages, nachdem sie lange am Zeichentisch gearbeitet hatte, verstand sie, warum Iris für diese Tests nicht geeignet war. Iris hatte einen Freund, der sie festhielt. Anna hatte niemanden, seit Milan gegangen war. Hin und wieder ging sie mit einem Mann nach Hause und schlief mit ihm, wenn sie zuviel Spannung in sich spürte. Aber nie ein zweites Mal mit demselben, und nicht mehr, seitdem die Experimentenreihe lief. Sie traf Männer in Kneipen, spät abends, ließ sich ansprechen oder sprach sie selber an. Das war nicht schwer; im Gegenteil staunte sie darüber, wie leicht es ihr gefallen war, das erste Mal und die anderen Male auch. Später, zu Hause, malte sie manchmal einen Mann, nie sein Gesicht, sondern die Rundung einer Schulter, die Täler in seinem Rücken, die Beschaffenheit seiner Haut. Diese Männer waren nicht wichtig.

Und es hatte doch einen gegeben, an den sie sich zu gut erinnerte. Sie hatten sich nachts in einer Bar kennengelernt und ein wenig miteinander geredet. Sie waren bald zu ihm nach Hause gegangen. Er hatte sehr viele Haare auf der Brust; sie säumten den Rand seines T-Shirts mit einem weichen Schatten. Es überraschte sie. Später hatte sie mit seinen Haaren gespielt, die verschwitzt und klebrig waren, sie hatte Muster hineingezeichnet, war wie ein Schiff im Schilf auf seiner Brust gereist und hatte ihn nicht angeschaut. Sie fürchtete sich vor seinem Blick und schützte sich, indem sie selber die Augen geschlossen hielt.

Sie konnte in fremden Betten nicht schlafen. Oft lag sie wach neben einem Mann, der sich im Schlaf entfernt hatte, manchmal schnarchte oder zuckte, und sie wunderte sich. Sie beobachtete, wie der eine den Schlaf wie einen Stacheldrahtzaun um sich errichtete, wie der andere sich unbekannten Armen schutzlos anvertraute, und verstand beides nicht. Mitten in der Nacht stand sie auf, zog sich leise an und verschwand. Manchmal öffnete der Mann schlaftrunken ein Auge und murmelte undeutlich: »Kommst du wieder?« Sie sagte immer ja. Aber sie kam nicht wieder und ging in andere Kneipen.

Der Mann, der so viele Haare auf der Brust hatte, war weggegangen, ohne sie zu wecken. Sie hatte ihn nicht gehört. Sie hatte nicht neben ihm wachgelegen. Sie war bei ihm eingeschlafen, wußte nicht mehr wie, konnte sich nicht daran erinnern, daß sie aufgehört hatten, miteinander zu schlafen. Das Bett war noch von ihm erfüllt, als sie die Augen aufschlug. Sie wollte nicht aufstehen, nicht weggehen. Sie rollte sich ein und träumte ein wenig.

Ein Zettel lag auf dem niedrigen Tisch, wo sie ihre Gläser abgestellt hatten: Frühstück im Kühlschrank. Brot im Backofen. Handtücher im Badezimmerschrank.

Seine Telefonnummer hatte er noch dazu notiert und mit Julian unterschrieben. Im Telefonbuch schaute sie nach: Er hieß Julian Kelen, aber es stand kein Beruf neben seinem Namen.

Anna hatte sich ein Schaumbad eingelassen, war lange im Wasser geblieben, bis der Schaum verschwunden war, hatte sich die Haare gewaschen und mit seinem Rasierapparat gespielt. Im Kühlschrank hatte der Mann einen Teller mit verschiedenen Käsesorten vorbereitet und mit einem in Stücke geschnittenen Apfel verziert. In einer Thermoskanne war Kaffee. Anna hatte den Kaffee stehenlassen und nur Wasser getrunken, aber sie hatte alles aufgegessen, am Schluß noch eine Scheibe Knäckebrot zerbröselt und die Krümmel einzeln in den Mund gesteckt. Sie konnte sich nicht entscheiden zu gehen und blieb; es wurde ein Uhr nachmittag, zwei Uhr, sie trug seinen viel zu weiten Morgenmantel aus dunkelblauer Baumwolle mit großen weißen Blumen, horchte die Wohnung aus, atmete die fremd riechende Luft ein und staunte über die verwirrenden Spuren des Mannes. Er besaß besonders viele Gewürze, die griffbereit in der Küche aufgereiht waren. Sie öffnete einige Dosen, roch daran und erfuhr, was er am liebsten aß. Sein After-shave rieb sie sich auf die Handgelenke, dort, wo die Haut besonders dünn ist und das Blut durchscheint. Dann legte sie sich wieder ins Bett und schlief ein. Plötzlich klingelte das Telefon; sie sprang auf, zog sich an, so schnell es ging; sie zerknüllte den Zettel mit der Telefonnummer, stopfte ihn in ihre Tasche und ging.

Nicht nach Hause, sondern in dieses Café, in dem sie Iris traf. Sie hatte nach einem Job gefragt, um etwas zu sagen, weil ihr nichts anderes einfiel. Arbeiten schien ihr im Augenblick eine gute Idee. Iris erzählte, daß nur ungebundene Menschen in Frage kämen, sie hatte es von der Sekretärin erfahren, wußte sonst nichts über die Natur der Experimente. Man sollte weder verheiratet sein noch Kinder haben, auch keine regelmäßige Tätigkeit ausüben. Wer paßt schon in diese Kategorien? Studenten, Rentner, Arbeitslose, Ausländer? Menschen, die niemand vermissen würde? Penner, Obdachlose. Personen, die man im Grunde genommen verschwinden lassen konnte. Anna hatte kurz daran gedacht, aber es hatte sie nicht aufgehalten. Im Gegenteil. Ein Teil von ihr wünschte sogar, daß man sie verschwinden ließ. Das hatte sie lieber für sich behalten, als sie gefragt wurde, warum sie sich angemeldet hatte.

Eine Weile blieb der Zettel mit der Telefonnummer von Julian Kelen in ihrer Handtasche. Sie hätte gern diese Nummer angewählt, nur um seine Stimme zu hören, um zu schauen, ob sie sich etwas eingebildet hatte. Aber das tat sie nicht, sondern warf den Zettel weg, als sie den Vertrag für Roden unterschrieb. Es war ein langer Vertrag. Sie blätterte ihn oberflächlich durch, ohne ihn wirklich zu lesen. Es interessierte sie nicht besonders; seit sie beschlossen hatte, dorthin zu gehen, hatte sie keine Sekunde daran gedacht, irgendwelche Bedingungen zu stellen. Sie überflog die Liste der möglichen Nebenwirkungen, las, daß die Gehirntätigkeit in verschiedenen Schlafphasen erforscht werden sollte, und unterschrieb, daß sie auf eigene Verantwortung am Projekt teilnahm. Es war ihr gleichgültig.

Dennoch hatte sie nach den ersten Sitzungen ihren Körper sorgfältig von oben bis unten überprüft und nach Spuren gesucht. Sie hatte nichts gefunden. Niemand tut ihr etwas an, keiner sticht sie mit Nadeln, man nimmt ihr kein Blut ab, es gibt keine blauen Flecken, keinen Schmutz, keinen Schweiß. Sie geht unberührt nach Hause, fast wie sie gekommen ist, und nimmt nur einen Rest Kontaktgel in den Haaren, einige farbige Markierungen auf der Kopfhaut und eine unergründliche Schläfrigkeit mit.

Sie ist müde, manchmal sehr müde, als wäre sie lange Nächte ohne Pause gelaufen; sie spürt die Erschöpfung in all ihren Gliedern wie nach Wochen voller Arbeit oder nach Reisen mit Zeitverschiebung, wenn der Körper keine Ruhe hat, sich daran zu gewöhnen. Eine bemerkenswerte Müdigkeit bei jemandem, der gerade einige Stunden geschlafen hat. Aber Anna macht sich nichts daraus; wenn sie aufwacht, geht sie nach Hause, legt sich sofort ins Bett und schläft wieder ein. Seitdem sie mit diesem Programm angefangen hat, schläft sie tiefer, intensiver. Ihre Nächte haben mehr und mehr Gewicht, sie sind zum aktiven Teil ihres Lebens geworden.

Andere Probanden kennt Anna nicht. Sie hatte angenommen, daß es sich um eine ganze Versuchsreihe handelte, daß sie nur eine von vielen war, aber sie war sich nicht sicher. In der Klinik hat sie nie einen Menschen getroffen, der etwas damit zu tun hatte, abgesehen vom Professor und von seinem Assistenten. Und in den letzten zwei Monaten vor Weihnachten kam es ihr vor, als wäre sie als einzige übriggeblieben. Etwas hatte sich geändert, sie wurde häufiger bestellt, und die Abstände verkürzten sich.

Nach der dritten oder vierten Sitzung hatte eine ältere Frau sie in der Straßenbahn angesprochen und gefragt, ob sie in die Klinik zum Schlafen ginge, ob sie an Tests teilnehmen würde. Anna, die noch halb im Traum war, hatte nicht geantwortet. Die Frau trug ein buntes Hauskleid und sah wie eine Hausmeisterin aus. Sie redete mit einem südlichen Akzent eindringlich auf Anna ein. Sie behauptete, daß man es ihr anmerken würde, sie flüsterte unangenehm in ihr Ohr und warnte sie davor, weiterzumachen. Zuerst klang es freundlich, fast familiär, »soviel Schlaf ist nicht gut, nicht natürlich«, aber nach und nach, vielleicht weil Anna kein Wort zu ihr sagte, wechselte sie den Ton. Sie sprach lauter, wurde nahezu bedrohlich, und als Anna bei der nächsten Haltestelle ausstieg, rief sie ihr Schimpfwörter nach.

Anna war die Aufmerksamkeit der Fahrgäste peinlich gewesen, aber die Warnungen der Frau hatten sie nicht berührt. Sie hatte keine Angst, im Gegenteil, sie hatte schon begonnen, mit einer gewissen Ungeduld auf den nächsten Termin zu warten. Die Sitzungen in der Klinik waren längst für sie mehr als nur eine bequeme Art, Geld zu verdienen. Sie dachte nicht daran, sie aufzugeben, und erwähnte nie den Zwischenfall in der Straßenbahn.

Manchmal möchte sie gern wissen, ob Roden ihr Fragen zu ihrem täglichen Leben stellt, während sie schläft, ob er weiß, wie sie wirklich lebt, was sie wirklich denkt, oder ob er sie ein für allemal als geeignet eingeschätzt hat und es nicht für notwendig hält, ihre Tauglichkeit zu überprüfen. Anna macht sich keine Illusionen. Wahrscheinlich interessiert er sich überhaupt nicht für ihr Leben, sondern nur für ihre Fähigkeit, Daten zu übermitteln, und wenn er dazu ein Meerschweinchen einsetzen könnte, wäre es ihm lieber.

Die Sitzungen verlaufen immer nach demselben Schema. Eine Woche vorher bekommt sie einen Brief mit einem Termin – das Wort pünktlich ist jedesmal unterstrichen. Seltsamerweise ist sie nie bestellt worden, wenn sie ihre Periode hatte, obwohl Roden sie nicht danach gefragt hat. Er hat sie nur gebeten, wenn sie Fieber hätte oder sich krank fühlte, ihn zu benachrichtigen. Das war nie notwendig gewesen.

Anna zieht sich besonders warm an, wenn sie in die Klinik geht. Auf dem Rückweg ist ihr immer kalt. Sie betritt das Gebäude, geht dann an der Informationsloge vorbei bis zum Ende des Ganges, dann nimmt sie den Lift bis in den zweiten Stock und klopft an der Tür 227. Sie grüßt niemanden auf dem Weg. Der Mann, der jetzt ihren Puls fühlt, läßt sie hinein, er sagt »Guten Tag«, ohne sie anzuschauen, und verläßt den Raum. Sie zieht ihre Schuhe aus, nimmt ihre zwei Ringe und die Halskette ab, setzt sich auf den Stuhl und schließt die Augen.

Dann erst kommt er wieder, bringt die Elektroden auf ihrem Kopf an, und wenn er damit fertig ist, bewegt sie sich mit seiner Hilfe vorsichtig auf eine hohe Liege. Dann rollt er sie in den anderen Raum. Er spricht nie mit ihr, obwohl die Vorbereitung lange dauert.

Im anderen Raum ist es dunkel, und die Luft fühlt sich dick an. Am Anfang hatte sie den Eindruck, Glocken zu hören, sehr weit entfernt, und schauerte, weil es sie an Totengeläut erinnerte. Aber die andere Stimme beginnt fast sofort zu sprechen, sie spricht die Wörter, die sie in den Schlaf schicken, und es geht so schnell, daß sie die Glocken kaum noch wahrnehmen kann.

Sie schläft gern ein, schon immer. Sie mag das Gefühl, die Knoten des Bewußtseins zu lösen, wie man lange Zöpfe öffnet und auskämmt und Stück für Stück den Tag, die Realität losläßt. Sie läßt sich gern fallen, taucht wie auf einer langanhaltenden Spirale hinunter und wünscht sich, einmal beim Fallen bei Bewußtsein zu bleiben, einen Blick auf die Wände des Abgrundes zu werfen, vielleicht den Boden zu sehen, aber sie schläft immer gleich ein. Ihr Bewußtsein sinkt zu tief und zu schnell in die Leere.

Milan hatte früher behauptet, sie würde manchmal mitten in einem Wort einschlafen, und wenn er sie später fragte, konnte sie sich an nichts erinnern. Bei ihm konnte sie schlafen, auch wenn sie gestritten hatten. Aber sie schläft lieber allein. Sie mag ihre Bettdecke mit niemandem teilen, die Nähe eines fremden Körpers beunruhigt sie. Sie bleibt auf der Hut, bleibt wach, und wenn sie sich doch einen Augenblick gehen läßt, wacht sie nach kurzer Zeit mit Herzstechen vor Angst auf. Dann muß sie weg. Zu sich nach Hause hat sie nie einen Mann mitgenommen. Seit sie allein lebt, hat sie niemand besucht.

Die Elektroden auf ihrem Kopf stören sie nicht, nur das erste Mal war es seltsam gewesen. Nicht der Druck der einzelnen Stellen auf der Kopfhaut, auch nicht die Angst vor dem Experiment, sondern eher die Umgebung. Sie erwartete etwas Karges wie im Krankenhaus, mit einem hohen Bett, weißen Wänden und verchromten Geräten. Aber sie hatten sich sichtlich bemüht, eine gemütliche Atmosphäre herzustellen, und das war ihr unheimlich. Auf einem Regal standen einige Bücher; sie erkannte Titel von Werken, die sie gern las, und mehrere Kunstbände. Eine türkisfarbene Tagesdecke lag auf der Liege, und sie wußte noch, daß sie diese Farbe als ihre Lieblingsfarbe angekreuzt hatte. Ich möchte lieber woanders schlafen, hatte sie gerade noch gedacht, aber dann ging das Licht aus, und Roden hatte zu sprechen angefangen.

Er existiert nur als Stimme. Keine Nähe, kein Körper, er ist kein realer Mensch. Er hat eine angenehme Stimme, die den Raum erfüllt und alles andere löscht. Anna weiß, daß er eine einfache Hypnosemethode anwendet, aber sie wehrt sich nicht. Sie genießt es. Jedesmal genießt sie den Klang und die Melodie, ohne auf die einzelnen Wörter zu achten, sie bettet sich in seiner Stimme ein, gibt sich seiner Stimme hin. Für eine Weile vertraut sie ihm, öffnet sich und läßt ihn herein.

Wenn sie aufwacht, hört sie die Stimme nicht mehr. Er sagt zwar noch einige Sätze wie »Sie sind wieder da und fühlen sich wunderbar erfrischt«, aber es klingt anders, wie leere Formeln, die er auf Tonband aufgenommen hatte. Den Mann selber sieht sie nicht, sie hat ihn nur selten am Anfang gesehen, aber sie bildet sich ein, ihn in der Bäckerei zu treffen, oder glaubt, daß er manchmal mit derselben Straßenbahn fährt. Aber sie ist sich nicht sicher.

Nach der zweiten Sitzung sind die Räume im Institut nüchtern und unverkleidet geblieben. An der Wand des ersten Zimmers hängt nur ein Bild mit einer Großaufnahme von verblühten Löwenzahnblumen aus einem Kodak-Kalender des Vorjahres. Sonst ist alles weiß. Wenn ihr Kopf endlich mit Elektroden vollgespickt ist, wird sie in das zweite Zimmer gerollt. Das Fenster ist abgedunkelt. Eine Wand besteht aus einem Einwegspiegel, und sie denkt gern daran, daß der Mann, der sie hypnotisiert, auf der anderen Seite sitzt und sie beobachtet. Wenn sie wieder zu Hause ist, phantasiert sie über diesen Mann und träumt davon, daß er sie berührt, während sie schläft. Aber das tut er nicht, das weiß sie. Nur seine Stimme berührt sie.

Im Raum sind keine Maschinen, nur ein unscheinbares Gerät, das ihre Gehirnströme aufzeichnen soll, hatte der Rothaarige erklärt, und einige Videokameras. Die größeren, komplizierten Instrumente, die Rechner, stehen im Nebenraum. Die Decke ist grauweiß, ohne Beleuchtung und ohne Risse. Anna würde sich gern an einer kleinen Unebenheit orientieren, aber leider gibt es keine. Nichts zum Festhalten. Die Maler haben perfekt gearbeitet. Es ist glatt, unmenschlich glatt. Deswegen schließt sie die Augen sofort, wenn sie hineinkommt. Ihre Schuhe, ihre Handtasche, ihr Mantel bleiben draußen, so daß nichts da ist, was ihr gehört. Außer meinem Körper, denkt sie, aber er ist mir fremder als meine Schuhe oder meine Bücher. Er funktioniert, ist nicht anfällig, ist gut gebaut, und er ist mir immer fremd, außer vielleicht wenn er Lust verspürt. Wenn er die Nähe eines Menschen aufnimmt.

»Wie heißen Sie?« fragt sie plötzlich den rothaarigen Mann.

Vor langer Zeit hat er sich vorgestellt, aber sie hat sich seinen Namen nicht gemerkt. Bergmann oder Bergson.

Er ist überrascht. Sie spricht sonst nie mit ihm. Er sieht sie kurz an. Seine Augen sind unruhig, denkt sie, er hat es nicht gern, daß ich mit ihm spreche. Er hat Angst, aber wovor? Doch nicht vor mir?

»Können Sie mir bitte meine Handtasche geben«, sagt sie.

Sie möchte sich mit diesem Igelkopf nicht mehr bewegen. Sie muß mit ihm reden. Heute ist sie selber unruhig, etwas beunruhigt sie, aber sie weiß nicht, was es ist. Alles scheint wie immer zu sein. Es ist Routine. Und wenn es diesmal einige Stunden länger dauern soll, macht es doch im Grunde genommen keinen Unterschied. Drei Stunden, zehn Stunden, wenn sie aufwacht, hat sie sowieso jedes Zeitgefühl verloren, auch wenn sie drei Tage schlafen würde, würde sie es nicht merken.

Es gibt nichts und niemanden, der mich vermissen würde, wenn ich nicht mehr aufwache, denkt sie. Wahrscheinlich würde es zuallererst dem Hausbesitzer auffallen, wenn die Miete nicht bezahlt wird. Sie fröstelt.

»Hören Sie«, sagt sie zu dem rothaarigen Mann, »ich habe eine Katze zu Hause und Blumen. Wenn das Experiment lange dauert, ich meine, wenn ich morgen nicht hier bin ...«

Sie macht eine Pause. Sie hat sich verhaspelt und denkt nach, wie sie sich besser ausdrücken kann.

»... Ich möchte Sie bitten, meine Katze zu füttern. Hier ist mein Wohnungsschlüssel.«

Sie legt einen Schlüsselbund auf den Tisch, ohne den Mann anzuschauen. Am liebsten möchte sie ihm noch erklären, wo er alles findet, wieviel Futter die Katze bekommt, wie sie heißt, wo sie die Grünpflanzen gekauft hat, aber sie sagt nichts mehr. Sie weiß jetzt, daß sie heute Angst davor hat, die Stimme des anderen Mannes zu hören, und betrachtet diese Angst mit Verwunderung. Sie ist neu, fremd, hat sich von außen ohne Warnung eingeschlichen. Sie möchte plötzlich die Hand des Rothaarigen berühren, drücken und sich daran halten, bis sie eingeschlafen ist. Aber das kann sie nicht machen.

Sie weiß schon lange, daß es auch anders geht, das hat sie als Kind gelernt; man braucht die Angst nur zu beobachten und freundlich zu ihr zu sein, wie zu einem Gast, der sich selbst eingeladen hat und Unannehmlichkeiten verursacht. Man muß nur warten und geduldig sein. Nach einer Weile wird die Angst ruhiger, höflicher und verschmilzt nach und nach zum Gewohnten, das keine Angst machen kann. Es braucht ein wenig Zeit, und diese Angst da ist zu neu, sie ist eben gerade entstanden, als sie den Raum betreten hat. Etwas stimmt nicht, denkt sie fast zufrieden, weil sie es endlich entdeckt hat, und sie versucht jetzt, im Geiste den unförmigen Schatten einzukreisen. Eine Angst, die eine Gestalt, eine Form, einen Namen bekommen hat, ist schon fast keine Angst mehr. Aber es bleibt ihr nicht mehr genug Zeit.

»Ich heiße Christoph Bergmann«, sagt der Rothaarige und versucht sie anzulächeln. »Das wird bestimmt nicht notwendig sein.«

Er weiß, daß ich Angst habe, stellt sie erstaunt fest und bemerkt seine Augen zum ersten Mal. Sie sind ein wenig zusammengekniffen, als würde er angestrengt nachdenken, und in der linken äußeren Ecke zuckt das Lid unregelmäßig. Auch er hat Angst, denkt Anna und spürt die Ruhe zurückkommen. Wenn auch er Angst hat, ist alles in Ordnung. Vielleicht ist heute der letzte Tag.

»Bestimmt nicht«, sagt Anna, »aber es ist mir lieber, wenn Sie meine Schlüssel nehmen, verstehen Sie?«

»Das mache ich gern«, sagt er und sieht sie kurz an, mit Augen, die unglücklich wirken.

Er ist traurig, denkt Anna. Sie möchte fragen, warum. Aber statt dessen schluckt sie die Angst hinunter und sagt:

»Ich bin jetzt bereit.«

II

Der Rothaarige

Der Anfang ist schwer. Und ich bin mir keineswegs sicher, daß es einen Anfang gibt. War es, als Anna mir ihre Schlüssel gab, als sie sagte: »Ich bin jetzt bereit«? Habe ich sie vielleicht schon in den Wäldern Finnlands gesucht? Oder bin ich ihr viel früher begegnet, und ist es möglich, daß ich sie vergessen habe? Ich weiß es nicht. Ich weiß nicht, wo diese Geschichte wirklich entstanden ist, und noch weniger, wohin sie führt.

Ich überlege mir schon eine ganze Weile, wie ich es erklären kann, was ich erklären kann. Es wird bestimmt irgendwann einer kommen, der Erklärungen verlangt und mich zur Rechenschaft zieht. Was machst du in ihrer Wohnung, wird er fragen, wer hat dir erlaubt, deine Hemden neben ihre Unterwäsche in ihren Schrank einzuräumen, warum sitzt du an ihrem Zeichentisch, benutzt ihre Stifte, verschwendest ihr bestes Papier... Ich wundere mich schon, daß es noch nicht geschehen ist, daß niemand auf sie Anspruch erhoben hat, daß niemand nach ihr sucht. In ihrer Akte steht, daß sie kaum Verwandte hat, weder verheiratet noch verlobt ist, aber sie muß doch Freunde haben, Menschen, die sich kümmern, die sie vermissen. Wenn es nur ein einziger ist, irgendwann wird er kommen und Fragen stellen.

Aber nicht deswegen suche ich nach einer Erklärung. Nein, ich habe vor anderen Menschen keine Angst, auch wenn sie mir Vorwürfe machen, auch wenn es in der Beamtensprache Hausfriedensbruch heißt, daß ich in ihre Wohnung gezogen bin, in ihrem Bett schlafe, an ihrem Arbeitstisch, auf ihrem hohen Drehstuhl sitze und mir überlege, womit ich anfangen könnte. Nein, der einzige Mensch, dem ich etwas erklären möchte, ist sie selbst, auch wenn sie vielleicht nie wiederkommen wird, um mir zuzuhören, auch wenn sie jetzt meine Stimme nicht wahrnehmen kann.

Ihr letztes Bild habe ich vom Zeichenbrett heruntergenommen und an die Wand gegenüber gehängt. Es ist nicht fertig. In seiner Mitte besteht es nur aus Linien, die sich schneiden und ein Muster bilden, das zugleich regelmäßig und unregelmäßig erscheint, wie manche Molekularstrukturen. Dann expandiert dieses Muster ohne sichtbare Linien, es ist nicht mit Farbe gemalt, es ist eher wie ein Echo, wie ein Schatten, wie eine logische Ausdehnung, die so selbstverständlich ist, daß sie nicht erwähnt werden braucht. Ich sehe das Muster deutlich auf diesem großen Blatt Papier, es kriecht auf dem Blattrand, tastet sich an der Wand entlang, bricht um die Ecke, entwickelt sich und wächst unbeständig weiter, löst sich fast ganz auf, um woanders wieder aufzutauchen; es ist immer dasselbe Muster, das keiner Symmetrieregel gehorcht. Manchmal scheint es fast das gesamte Zimmer zu füllen, streckt sich auf die Möbel aus, sucht durch die Türen und Fenster nach mehr Raum. Manchmal aber entzieht es sich, weicht den Augen aus, verblaßt, und ich weiß dann nicht mehr, ob ich nicht geträumt habe, ob es nicht eine Illusion ist, ob nicht diese ganze Geschichte ein Alptraum ist, aus dem ich bald aufwachen werde.

Als ich das erste Mal in ihre Wohnung gekommen bin, war ich so durcheinander, daß ich das Bild übersehen habe. Ich hatte die Tür wegen der Katze zuerst nur einen Spalt breit geöffnet, mich vorsichtig hineingeschlichen und die Tür leise hinter mir zugezogen. Ich bin im Flur stehengeblieben, habe gewartet, daß etwas, ich weiß nicht was, geschieht, vielleicht daß jemand mich anspricht und fragt, was ich will, oder daß sie plötzlich erscheint, sich die Augen reibt und fragt, was ich wohl hier mache. Aber sie war nicht da. Es war niemand da. Ich habe nach der Katze gerufen, aber es kam keine Katze. Es gab nicht die Spur einer Katze in der ganzen Wohnung, kein Katzenfutter, keine Katzenstreu, keine Haare auf den Kissen, nichts. Ein Aquarium mit Meereswasser hatte sie, aber ich konnte keine Fische darin erkennen, sah nur Pflanzen, verschiedene Sorten Pflanzen, die sich träge bewegten. Später habe ich doch einige Tiere entdeckt, aber keine, die man füttern mußte, nur Meereswesen, die mit Algen und Steinen in einem sehr vorsichtig ausgedachten Gleichgewicht, im perfekten Austausch lebten. Ein fast geschlossener Kreis, dem nur Luft und vielleicht Wasser zugeführt werden müssen. Die Pflanzen auf der Fensterbank hatte Anna kräftig gegossen, bevor sie ins Institut kam, sie waren noch feucht, als hätte sie gewußt, daß sie nicht zurückkommen würde. Aber ich greife voraus, und das ist nicht gut, das verwirrt mich. Ich darf keine Verwirrung zulassen, ich brauche Klarheit, um den Faden, den Schlüssel zu finden, um die Struktur dieses Musters an der Wand zu verstehen.

Ich werde von mir erzählen. Bei mir ein Echo, eine Spiegelung des Musters suchen. Vielleicht nimmt Anna meine Fragen, meine

Erklärungsversuche auf und gibt mir eine Antwort, obwohl sie mich nicht hört. Mir bleibt nichts anderes übrig.

Ich bin 1960 geboren, in einem Dorf, das inzwischen längst von der Großstadt verschlungen wurde. Mein Vater war der Dorflehrer, ein altmodischer Pädagoge, der gern im Freien Sachkunde unterrichtete. Er wurde dafür geliebt, daß er die Sportstunden nie ausfallen ließ, sondern oft verdoppelte. Meine Mutter war Schneiderin, Änderungsschneiderin nennt man das, sie kürzte und erweiterte Männerkleidung nach den Maßen, die die Ehefrauen aufgeschrieben hatten. Die Männer sah man bei uns nie. Selten nähte sie ein Brautkleid; dann füllte sich das Nähzimmer mit kichernden Stimmen und langen Bahnen von moussierenden weißen Stoffen. Weder mein Vater noch ich durften hinein. Ich fand es albern. Geschwister hatte ich keine, auch keine Haustiere.

Ähnlich beginnt jeder Lebenslauf, jede Autobiographie. Aber ich werde nicht mit diesen belanglosen Einzelheiten fortfahren. Es geht hier nicht um mich. Ich hätte mich lieber ganz im Hintergrund gehalten, wäre gern logisch und systematisch vorgegangen, hätte Daten gesammelt, geordnet und analysiert, als hätte ich nichts damit zu tun. Ich habe es versucht. Es hat nichts gebracht, im Gegenteil. Jede sachliche Annäherung ist gescheitert und hat mich zurückgeworfen. Ich habe damit schon zuviel Zeit verloren.

Ich muß von mir ausgehen, aber ich muß springen, ich muß selber lernen, anders zu denken, zu sehen, vielleicht muß ich sogar neue Kategorien, neue Worte erfinden. Das, was ich erzählen will, läßt sich nicht nach und nach, Stück für Stück aufbauen. Es sind keine klaren kausalen Verkettungen vorhanden. Seitdem ich hier bin, in Annas Wohnung, fange ich an zu ahnen, was es sein könnte; ich bin jedoch weit davon entfernt, es ausdrücken zu können. Vielleicht wird es mir irgendwann gelingen, wenn ich tiefer hineintauche. In manchen Augenblicken scheint es mir, als würde ich eine zusätzliche Dimension wahrnehmen, etwas Fremdes, etwas Grundlegendes, vor dem ich stehenbleibe. Ich zögere noch. Ich komme mir vor wie ein Blinder, der etwas spürt, aber nichts anderes sagen kann als »es ist etwas da«. Es ist etwas da. Es muß etwas da sein, sonst ergibt das Ganze keinen Sinn.

Meine Mutter hätte ich auch gern aus allem herausgehalten, aber es ist mir nicht gelungen. Weder damals noch heute. Es wäre mir recht, wenn ich sie ganz ignorieren könnte. Ich habe kaum noch Kontakt zu ihr, aber sie hat mich geboren, irgendwo lebt sie und fährt fort, sich Sorgen um mich, ihren einzigen Sohn, zu machen. Ich mag nicht an sie denken, weil sich das Bild ihrer Augen aufdrängt, gerötet, voller Tränen, ihr Leben lang hat sie verquollene Augen gehabt. Nur hinter der geschlossenen Tür ihres Nähzimmers hat sie manchmal gelacht, dann durfte ich aber nicht hinein. Vielleicht hat sie vor meiner Krankheit weniger geweint, das steht nicht fest. Wenn ich auf diese Zeit zurückblicke, sind meine Gedanken glasig verschwommen wie ein tiefgrünes Meer. Ich lebte damals draußen, im Garten unter den Obstbäumen, im Wald, am Fluß, immer in Bewegung und unterwegs, auf der Suche nach ich weiß nicht welchen Entdeckungen; es kommt mir vor, als sei in all diesen Jahren nie etwas geschehen, was erwähnenswert wäre. Ich habe fast alles vergessen, alle Details; ich weiß weder, ob ich Freunde hatte, noch ob es stimmt, daß ich immer höher auf die Bäume geklettert bin. Meine Mutter erzählt, sie sei halb gestorben vor Angst, als sie mich eines Tages oben auf der großen Tanne sah; ich weigerte mich, hinunterzuklettern, weil ich wartete, daß mir Flügel wachsen. Es paßt zu ihr, daß sie sich eine solche Geschichte gemerkt hat. Ich kenne von ihr nur Angst, Tränen und eine verschämte Sehnsucht nach Religiosität. Wahrscheinlich war ich wild wie alle Jungen und bin mit wunden Knien, ungern und viel zu spät nach Hause zurückgekommen.

Ich habe meine Kindheit vergessen und möchte nicht daran erinnert werden. Sie ist vorbei und nicht wichtig, nicht prägend. Sie war, was man eine glückliche, normale Kindheit nennt. Zu normal. Nur das andere bewegt mich, diese Erschütterungen, diese Augenblicke, wo ich die Grenze überschreite, wo ich keine Wahl mehr habe.

Das hat angefangen, als ich aus dem Krankenhaus entlassen und nach Hause gebracht wurde. Nicht sofort – erst als ich mich entschieden hatte, es mit diesem Leben doch aufzunehmen und es aber nach meinem Sinn und auf meine Weise zu gestalten. Davor gab es nichts.

Es war ein heißer Sommer; ich schwitzte in meinem Bett und sprach mit niemandem. Nach Monaten in verschiedenen Kliniken war ich immer noch so schwach, daß ich mich ohne Hilfe nicht aufsetzen konnte. Eine halbe Stunde aufrecht zu verbringen war eine unerträgliche Qual. Alles tat weh. Ich lag auf dem Rücken und starrte die Decke an, hörte keine Musik, las nicht, dachte nicht. Wenn jemand mich besuchte, sagte ich kaum ein Wort und drehte bald mein Gesicht zur Wand. Das Fernsehen flimmerte ohne Bild, die Bilder liefen ohne Ton. Ich wollte nicht unterhalten, nicht angesprochen werden, wollte nicht antworten. Wollte nicht. Wollte nichts. Im nachhinein kommt es mir vor, als hätte ich die Energie, die in mir allmählich aufwachte, gesammelt, sie zu einer gigantischen Verweigerung verdichtet und sorgfältig alle Risse in der Mauer gekittet, die ich zwischen Vorher und Nachher aufgebaut hatte.

Eines Tages kam mein Vater ins Zimmer und nahm, ohne ein Wort zu sagen, meine Matratze und mich auf einmal. Er drückte mir mit seiner Schulter fast den Hals zu, schwankte unter dem Gewicht, stolperte die Treppe hinunter und ging durch die Küchentür hinaus. Hinter uns fiel etwas mit Krach auf den Boden. Er kümmerte sich nicht darum, ging noch einige Schritte und ließ die Matratze und mich auf den Kiesweg fallen. Dann zog er sie noch ein Stück, bis das Haus hinter einer Hecke verschwunden war, und blieb stehen. Er keuchte vor Anstrengung, sein Gesicht war rot und zornig.

»So«, sagte er, »wenn du unbedingt an die Decke starren willst, dann tue es hier, wo es etwas zu sehen gibt!«

Dann ging er und ließ mich allein liegen. Ich hatte gerade mehr oder weniger geschlafen, ich war auf einen solchen Ausbruch nicht vorbereitet, hatte meinen Vater noch nie wütend gesehen und brauchte eine Weile, um zu begreifen, daß er mich tatsächlich hinausgetragen und allein im Garten gelassen hatte. Kurz darauf hörte ich den Motor seines Autos und dachte, daß er jetzt wegfahren würde, daß meine Mutter bestimmt sofort kommen würde, um nach mir zu schauen. Aber sie kam nicht. Später erfuhr ich, daß er sie gezwungen hatte, ihre Sachen zu packen und ins Auto einzusteigen, er hatte ihr verboten, noch ein Wort mit mir zu reden oder sich von mir zu verabschieden, er hatte sie weggebracht, weil er am Ende seiner Geduld war und nicht zusätzlich zu dem verkrüppelten Sohn die ständig heulende Frau ertragen konnte. Heute stelle ich mir mit einer gewissen Genugtuung vor, daß sie auf ihrem Sitz sicher lauter denn je geschluchzt hat, aber damals im Garten geriet ich in Panik. Ich wußte, daß ich der Pflege meiner Eltern vollkommen ausgeliefert war, und fürchtete, daß sie nie wiederkommen würden; ich bildete mir ein, daß sie mich nicht mehr wollten, daß sie meinen Tod wollten und nur zu feige waren, ihn direkt zu veranlassen. Ich haßte sie. Und hatte Angst zu sterben. Und weinte vor Zorn.

Später versuchte ich, mich auf einen Ellenbogen zu stützen, um die Umgebung zu erfassen. Mir machte alles Angst, jedes Rascheln im Gebüsch deutete auf Gefahr hin, ich begann zu zittern, als eine neugierige Amsel mir zu nahe kam. Alles bedrohte mich. Ich konnte vor Angst kaum noch atmen, die Luft pfiff und stöhnte in meiner Kehle, ich konnte sie nicht zähmen, nicht aufhalten, nicht zur Ruhe bringen. Fliegen, Wespen setzten sich auf mein Gesicht, auf meine Augen. Es strengte mich zu sehr an, sie zu verjagen, ich ließ sie über mich kommen, spürte ihre Wege auf meiner Haut und konnte nichts anderes tun als warten. Warten, den Himmel anschauen, die Geräusche, das unheimliche Lebenstreiben auf der Erde erdulden. Ich haßte die Biologie, das endlose Krabbeln und Vermehren von Zellen und Organismen, die gleich zerfallen und sterben, ich haßte meinen Körper, sein Leben. Und ich hatte Angst. Der Geruch meiner Angst widerte mich an.

Vollkommen erschöpft schlief ich ein und wachte am späten Nachmittag auf; Schwalben oder Mauersegler, damals konnte ich sie nicht voneinander unterscheiden, durchzogen die Luft so weit, so hoch, daß sie nicht mehr Formen, sondern bloße Linien waren. Ich staunte darüber, daß sie nie zusammenprallten, auch einander nicht auswichen. Ihre Bahnen waren schnell, präzis, schnitten sich, bildeten Zeichen, die ich zu lesen versuchte, aber sie kamen mir unberechenbar vor, leichtsinnig und bedeutungslos.

Allmählich fiel die Dämmerung, der Himmel wurde leer, und die Angst machte sich von neuem in mir breit. Niemand hatte nach mir geschaut, mich gefragt, ob ich Hunger oder Durst hatte, ob ich etwas brauchte. Es wurde dunkler, die Stille verdichtete sich, und auf einmal kamen die Sterne.

Ich vergaß alles, daß ich nicht mehr laufen konnte, daß ich über ein Jahr im Krankenhaus verbracht hatte, daß ich nicht weiterleben wollte, und sah mir die Sterne an. Ich war sicher, daß ich sie singen hörte, daß ich ihre langsamen Bewegungen im Himmel verfolgen konnte, und dachte... Ich weiß nicht mehr, was ich dachte, ich folgte einem Stern, der sich entfernte und auf einmal fast hinter einem Ast des Mirabellenbaumes verschwunden war; ich wollte ihn nicht verlieren, zog mich auf den Ellenbogen ein Stück weiter, um diesen Stern noch eine Weile zu sehen, und fiel plötzlich von der Matratze hinunter. Der Stern war weg. Unter mir fühlte sich der Weg hart an, voller Kieselsteine. Einige bohrten sich durch den dünnen Schlafanzug in meine Haut hinein. Ich versuchte zu rufen; meine Kehle war trocken, meine Stimme heiser, sie erreichte nicht einmal den Mirabellenbaum, sie zerfiel in der Nacht klein und verloren, ich schämte mich, würgte den zweiten Schrei hinunter und sah in die Dunkelheit hinein.

So geschah es – weil mein Rücken voller Steine war oder weil ich wußte, daß niemand kommen würde, daß ich allein mit den Sternen war – ich kann es nicht erklären, es hat keinen Sinn, es zu versuchen. Es ist einfach etwas mit mir geschehen, wie ein Szenenwechsel im Theater stattfindet. Ohne Vorwarnung war die Kulisse eine andere geworden; das Stück war mir fremd, der erste Akt abgeschlossen. Ich war nicht mehr Zuschauer, ich wollte, mußte spielen. So erging es mir in dieser Nacht. Ich war mir sicher. Ich würde keine Hilfe brauchen, ich würde es schaffen, allein auf diese verdammte Matratze zurückzukommen, auch wenn ich mich die ganze Nacht dafür anstrengen mußte.

Ich weiß nicht mehr genau, wie es mir gelungen ist, aber irgendwann lag ich wieder oben. Die Sterne breiteten sich über mir aus. Ich war außer Atem und hatte einen furchtbaren Durst. Die Decke war weggerutscht, die Nachtluft wurde frischer, ich begann zu frieren und robbte ein zweites Mal von der Matratze hinunter, um die Decke zu holen, die eine Armlänge zu weit entfernt war. Ich robbte mit der Decke zurück auf meine Matratze, es waren nur einige Zentimeter, eine einzige Qual. Der Durst war so groß geworden, daß ich dachte, ich würde sterben. Aber ich starb nicht. Ich überlegte mir, wie ich etwas zu trinken bekommen könnte. Die Küche war so weit ... Ich ruhte mich aus und dachte nach, wie ich diese endlose Strecke bewältigen könnte, wie lange es dauern würde, bis ich ankomme, und stellte mir vor, wie ich mich aufrichten müßte, um die Türklinke zu erreichen. Dabei sah ich mir die Sterne an, sie hatten sich bewegt, nur ein wenig, einige schienen sehr nah zu sein, und ich dachte, daß ich mich auf den Weg machen würde.

Mein Vater fand mich am Morgen einige Meter von der Küchentür entfernt. Er hatte meine Mutter nach Norddeutschland zu Verwandten gebracht und war die ganze Nacht durchgefahren. Er holte mir etwas zu trinken, ließ die Flasche in Reichweite stehen und fragte, ob ich für den Tag einen Wunsch hatte.

»Essen ist im Kühlschrank«, sagte er, »heute abend koche ich etwas Warmes.«

Ich war zu erschöpft und antwortete nicht.

Als er an diesem Abend zurückkam, hatte ich den Weg in die Küche nicht bewältigt. Ich war unfähig, mich aufzurichten. Ich hatte in die Hose gemacht, sie mit schmerzvollen Verrenkungen ausgezogen und war nackt zurück zu meiner Matratze gekrochen. Meine Beine waren voller Abschürfungen, voller Schmutz, und ich hatte Hunger.

In den nächsten Tagen war ich wie besessen. Ich ruhte keinen Augenblick aus, strengte mich verbissen an, plante jede Bewegung, führte sie zuerst im Kopf aus, rechnete den notwendigen Energieaufwand aus und setzte dann erst meinen Körper mühsam in Bewegung. Ich lernte jeden Muskel und alle Nervenbahnen kennen, lernte mit Anspannung die fehlende Kraft in meinen Beinen zu ersetzen. Es dauerte, aber allmählich gelang es mir, bis in die Küche, sogar bis zur Toilette zu robben. Ich wurde stärker. Nachts lag ich wach und sah nur den Himmel voller Sterne an. Ich saugte das Licht ein, reiste zwischen den Sternbildern und schlief von der Milchstraße umarmt ein.

Mein Vater ließ immer etwas zu essen und zu trinken da, nie so nah, daß ich es bequem erreicht hätte. Er brachte mir Wasser und frische Wäsche, daß ich mich waschen und umziehen konnte, aber er half mir nicht. Er berührte mich nicht. Abends deckte er für uns beide den Gartentisch und aß zuerst allein, weil ich zu lange brauchte, bis ich den Stuhl erreicht hatte. Dabei sprach er. Von den Tagesereignissen, von der Fußballsaison, von seinen Schülern. Von meiner Mutter nie. Ich hörte kaum zu, aber er kümmerte sich nicht darum. Bevor er arbeiten ging, fragte er jedesmal, ob ich etwas wünschte, was ich immer verneinte, bis zu dem Tag, an dem ich sagte, daß ich ein Teleskop möchte. Am selben Abend brachte er's.

So hat es angefangen. Weil er mich eines Tages in den Garten gezerrt hat, weil ich in dieser ersten Nacht unter den Sternen die Einsamkeit und die Verzweiflung berührt habe, aber auch ihr Gegenteil, weil ich im Abgrund die Sterne gesehen habe. Deswegen habe ich wieder angefangen zu leben, deswegen habe ich schließlich Astronomie studiert. Deswegen sitze ich in Annas Wohnung, an ihrem Zeichentisch und suche nach Erklärungen.

Ich hinke noch sehr stark und benutze manchmal Krücken, aber ich habe wieder laufen gelernt, kann mich problemlos allein versorgen, allein verreisen, allein leben. Mein Alltag ist unkompliziert geworden, und ich konnte sogar das speziell für mich eingerichtete Auto aufgeben und ein normales Automatikfahrzeug kaufen. Aber es hat Mühe gekostet, Mühe, Tränen, Schürfwunden und etwas, was ich nicht genau beschreiben kann, was sich zwischen eisernem Willen und tanzender Leichtigkeit bewegt, etwas, was immer zurückkommt, wenn ich nachts eine Weile den Himmel ansehe. Wer zu den Sternen schaut und das Universum erforscht, vergißt, daß er sterblich, einsam oder verkrüppelt ist.

Wenn ich mein Gesicht im Spiegel betrachte, denke ich, daß ich diese senkrechte Stirnfalte nicht hätte, wenn ich nicht diese Nacht zu der Küchentür gerobbt wäre. Meine Haut wäre glatt und ohne Furchen wie die von Menschen, die kein Leid erfahren haben, die mit sich und mit anderen in Frieden leben. In der Mitte meines Gesichtes läuft eine Linie durch, über diese Stirnfalten, dann die Nase hinunter und über den Mund, den sie zusammenzieht, auch die Wangen zieht sie zusammen, sie sehen ein wenig hohl aus, und das Kinn wird durch sie gespalten; diese Linie ist die Anstrengung bis zur Küchentür, der Streifen der Kieselsteine in meiner Haut. Ich sehe nie entspannt aus, und ich bin es auch nie. Es ist für mich anstrengend, mich auf der Erde zu bewegen, und noch anstrengender, unter Menschen zu existieren und ihre Gedanken zu ignorieren. Ich kann ihr Mitleid nicht ausstehen, deswegen spreche ich mit keinem und schon gar nicht mit denen, die Fragen stellen. Ich kann Menschen, die Fragen stellen, nicht ausstehen.

Ich habe viele Jahre dafür gebraucht, eine gewisse körperliche Beweglichkeit wieder zu erlangen, aber nach den ersten Nächten im Garten wußte ich, daß es mir gelingen würde; gleichzeitig mußte ich die Zeit, die ich im Krankenhaus verbracht hatte, nachholen, lernen, lernen und lernen. Die Sterne haben mich begleitet. Nach diesem Sommer im Garten, kehrte ich in mein Zimmer zurück und fuhr fort, in jeder klaren Nacht den Himmel zu beobachten oder, wenn er bedeckt oder dunstig war, Bücher über Sternkunde zu lesen. Es hat mich nie losgelassen und füllte jede freie Stunde. Ich wollte keine Ablenkungen, brauchte keine Unterhaltung. Nur die Sterne. In der Schule wurde ich sehr gut, ich hatte keine Freunde, auch keine Feinde. Und ich wußte, daß es kein Mädchen für mich gab.

Später an der Universität änderte sich diese Situation kaum, ich sprach hin und wieder mit anderen Studenten, gab mir Mühe, nicht abweisend zu sein. Im dritten Jahr drängte sich ein Mädchen auf. Sie war hübsch, sprach leise und hatte eine weiche warme Haut, die mich die Einsamkeit vergessen ließ. Für eine Weile dachte ich nur noch daran, mit ihr ins Bett zu gehen, Tage, Wochen mit ihr im Bett zu verbringen, ich konnte mich an ihren Brüsten nicht satt sehen und versuchte sie zu lieben. Aber es gelang mir nicht. Ich liebte ihre Haut, ihren Geruch, ihren Mund, ich liebte sie für diese Zeit voller Sinnlichkeit, auch wenn sie selber etwas anderes erwartete. Sie wollte mich mit ihren Haaren, mit ihrem Bauch einfangen, mich schwach machen, mich in ihrer weiblichen Wärme einhüllen. Sie wollte sich um mich kümmern. Aber ich will niemanden, der sich um mich kümmert. Es ist nicht die Geborgenheit, die ich bei Frauen suche.

Sie war nicht glücklich, weigerte sich dann, mit mir zu schlafen, bekam Angst vor mir, weinte wie meine Mutter; ich dachte nur noch an den Geruch ihres Geschlechtes und an ihre Brüste. Sie langweilte mich. Wir trennten uns, und seit dieser Zeit meide ich die Frauen und ihre mütterlichen Gefühle. Ich arbeite viel, habe kaum Zeit, die Sehnsucht nach dem Weiblichen zu empfinden.

Als ich mit dem Studium fertig war, ließ ich meine Bücher einige Wochen liegen. Ich überlegte, ob ich mich einer Gruppe anschließen sollte, die zur Südsternwarte nach Chile fuhr, als Professor Roden auf mich zukam. Wir hatten uns zufällig in der Cafeteria getroffen; ich saß allein an einem Tisch und dachte über die Reise nach. Bis jetzt hatte ich noch keine der größeren Sternwarten besucht – es ist nämlich so gut wie unmöglich, als einzelner hinzukommen. Trotzdem war mir die Vorstellung, mehrere Wochen in der ständigen Gesellschaft von Menschen, auch von Kollegen, aushalten zu müssen, ein Graus. Andererseits spürte ich in mir eine wachsende Unzufriedenheit, meine Wohnung wurde mir zu klein, ich konnte mich nicht konzentrieren und schlief unruhig. Verreisen schien keine schlechte Idee zu sein. Ich war selten in Urlaub gefahren, ich mag weder Palmen noch Strände, auch das Meer gefällt mir nur, wenn es kalt und stürmisch, voller Wellen ist, ich liege nicht gern in der Sonne, der Herdenstatus des Touristen ist mir verhaßt. Ich meide den Süden und die Sehenswürdigkeiten, dafür fahre ich gern ziellos durch Landschaften, lasse mich von Landkarten und Ortsnamen führen.

Ich dachte eben an Finnland, an Nächte, die im Sommer keine sind, und an endlose Wälder, als Roden sich zu mir setzte. Ich wäre lieber allein geblieben, wollte aber nicht unhöflich wirken. Roden war an diesem Tag besonders redselig, fragte nach meinem Dissertationsthema, nach meinen Plänen, stellte zu viele Fragen. Er erkundigte sich indirekt nach meiner Familie, nach meinem Privatleben. Ich erwähnte die Möglichkeit einer Reise nach Finnland, sonst sagte ich nicht viel. Sein Interesse war mir unangenehm. Schließlich lud er mich ein, in seinem Büro noch eine Tasse Kaffee zu trinken. Er hatte ein neues Forschungsgebiet und wollte mir eine Assistentenstelle für das nächste Semester anbieten. Ich begleitete ihn. Ich hatte angenommen, daß er von seinem Projekt berichten würde, aber das tat er nicht, und das wenige, das er äußerte, schien mir ziemlich konfus für einen Mann, der bei den Studenten als zwanghafter Klassifizierer eingestuft war.

»Wenn du für ihn arbeitest«, sagte mir ein Bekannter, »wirst du wahrscheinlich vergleichende Studien über die Anzahl Staubkörnchen in einem vierstöckigen Gebäude und die der weißen Zwerge im entsprechenden Raum herstellen müssen. Du wirst dich jahrelang nur mit endlosen Zahlenreihen beschäftigen.«

Roden blieb vage. Er meinte nur, daß es sich nicht um einen Lehrauftrag handeln würde. Ich würde mit Studenten so gut wie keinen Kontakt haben, auch keine Beratung für Studienanfänger halten. Das Projekt sei nicht direkt von der Fakultät abhängig, sondern wäre von privaten Sponsoren unterstützt, und er wollte noch einige Aspekte klären, bevor er mir Genaueres sagte.

»Ich muß noch ein paar Probleme lösen ... Die Finanzierung neuer Projekte dauert immer, aber hier ist sie so gut wie gewährleistet ... und die Raumfrage, die Raumfrage ist noch nicht hundertprozentig gelöst ... Aber Ihre Zusage ist mir wichtig, Bergmann. Überlegen Sie sich's nicht zu lange ... Ich glaube, daß es in Ihrem Sinne ist; wenn ich Sie richtig einschätze, sind Sie doch eher an Forschung als an Lehre interessiert, nicht wahr?«

Ich sagte zu, ohne viel nachzudenken. Die Stelle war auf ein Jahr befristet, die Anzahl der Wochenstunden so gering, daß ich gut an meiner Dissertation arbeiten konnte. Außerdem hatte ich nichts dagegen, Staubkörnchen zu zählen oder Sternenlisten aufzustellen. Seit meiner Krankheit mochte ich alle Tätigkeiten, die Klarheit schaffen, ich mochte säuberliche Computertabellen, weiße Flächen, durchsichtige Muster. Zahlen befriedigen den Geist, sie besitzen eine Eleganz, eine Überzeugungskraft, die manchen Kunstwerken gleicht. Inzwischen weiß ich, daß diese wohltuende Ordnung der Theorie, diese ewige Suche nach absolut gültigen Regeln nur dem verzweifelten Versuch des Menschen entspricht, sein Leben zu meistern, seine Vergänglichkeit, seine Grenzen zu leugnen, vor seiner Angst Mauern zu errichten, anstatt sie zu erkennen und zu betrachten. Aber damals dachte ich noch anders.

Es sollte einige Wochen dauern, bis Professor Roden die notwendigen Vorarbeiten geleistet hatte. Ich fuhr allein nach Finnland, fuhr Tausende von Kilometern auf leeren Straßen durch einsame Wälder, fuhr zurück und brachte dieselbe Unruhe mit, die mich zur Reise angetrieben und die ganzen Tage begleitet hatte. Als ich zurückkam, war die Stadt wie ausgestorben, die Universität verlassen; ich begann ohne große Begeisterung, die Literatur für meine Dissertation zusammenzustellen, ging abends öfter aus, was ich sonst kaum mache, und war froh, endlich einen Brief von Roden in meinem Briefkasten zu finden.

Wir trafen uns in seinem Büro; er hatte meinen Vertrag vor sich liegen, sprach aber erst von seinem Projekt, als ich unterschrieben hatte – er betonte, daß diese Tätigkeit mit Schweigepflicht verbunden war. Ich durfte mit niemandem darüber sprechen und die Ergebnisse nicht für meine eigenen Arbeiten verwenden. Ich hielt diese Klausel für normal und dachte mir dabei nichts Besonderes. Einige Wissenschaftler leben mit der ständigen Angst, man würde ihnen nachspionieren, ihre Ideen belauern, ihre Einfälle entwenden. Ein Alptraum, wenn einer sich zehn Jahre mit einem Problem befaßt, kurz vor der Lösung steht, und auf einmal wird ein Kollege für seine hervorragende Leistung über denselben Teilbereich gewürdigt! Aber in diesem Fall ging es wohl um etwas anderes, und kaum hatte er angefangen, von seinem Projekt zu berichten, fiel es mir wie Schuppen von den Augen.

Seine Idee war einfach – und absolut wahnsinnig.

»Wenn das Universum eins ist, lieber Bergmann, dann müssen wir, weil wir Teil von ihm sind, in uns alles beinhalten. Das gesamte mögliche Wissen ist in uns enthalten. In unseren Genen. In unseren Atomen, in jedem Molekül unseres Körpers muß das gesamte Wissen des Universums von seinem Anfang bis zu seinem Ende, wenn es eins gibt, geschrieben sein. Das habe ich schon lange geahnt, gewußt, sagen wir. Bis jetzt blieb die Frage offen, wie kommen wir an die Information heran? Wie können wir ihre Kodierung entziffern? Über das menschliche Gehirn? Uns fehlte bis jetzt der Schlüssel, aber heute habe ich ihn, Bergmann, ich weiß, wie ich diese Informationen abrufen und – dekodieren kann!«

Er klang so sicher, und ich war so überrascht, daß ich kein Wort herausbrachte. Ich stellte keine Frage, formulierte nicht den kleinsten Einwand. Seine Hypothese begründete er kaum, seine Erklärungen hielt er knapp. Er hatte eine Testreihe von Probanden organisiert, die nach bestimmten Kriterien ausgewählt wurden. Mit ihnen wollte er einige Experimente unter Hypnose durchführen, um seine Prämissen zu etablieren, und dann erst zum endgültigen Schritt übergehen. Langfristig ging es ihm darum, nach Planeten außerhalb unseres Sonnensystems zu suchen. Er meinte, Probanden könnten unter Hypnose problemlos ihre Aufmerksamkeit auf nicht-leuchtende Objekte richten, im Gegensatz zu Menschen im Wachzustand, die sich wie die Fliegen auf das Licht konzentrieren, auch wenn sie daran verbrennen. Es war ihm klar, daß einige seiner Testpersonen ausscheiden würden, aber er war zuversichtlich. Mich brauchte er zuerst, um die Probanden zu empfangen, ihnen nach einem von ihm entwickelten Schema Elektroden anzulegen und bestimmte Elektroenzephalogramme durchzuführen. Später sollte ich die Ergebnisse auswerten. Er wollte nach dem Anfang der Experimentierphase, soweit es möglich war, einen direkten Kontakt zwischen sich und den Probanden vermeiden.

Selbstverständlich hielt ich das Ganze für unsinnig. Ich wußte schon, daß manche Subjekte unter Hypnose angeblich in frühere Leben zurückgeführt werden können, sich an Hexenverbrennungen oder Kreuzigungen erinnern und sogar die dazu gehörigen Foltermale zeigen. Andere sprechen mit fremden Stimmen oder unterhalten sich perfekt auf altgriechisch. Das gehört aber in den Bereich der Parapsychologie, nicht der Wissenschaft; ich hatte nicht vor, mich auf Scharlatanerie einzulassen.

Und Roden, der ein strenger Vertreter des Materialismus war, behauptete plötzlich allen Ernstes, es sei möglich, mit einem bloßen Akt des Bewußtseins jedes beliebige Objekt zu erforschen! Er mußte verrückt geworden sein!

»Ich will nichts damit zu tun haben. Suchen Sie sich einen anderen Assistenten.«

Ich stand auf und wollte nach dem Vertrag greifen, der noch auf seinem Schreibtisch lag. Roden schien mit meiner Reaktion gerechnet zu haben. Er steckte den Vertrag in seine Schublade, stand auf, lächelte mich an.

»Zu spät. Sie haben unterschrieben. Aber Sie werden es nicht bereuen, im Gegenteil. Ich habe Sie unter vielen ausgewählt, weil Sie der Richtige für diese Arbeit sind. Ich weiß es. Glauben Sie mir. Und mir ist ein skeptischer Assistent willkommen. Sie werden sehr kritisch sein, das ist gut.«

Ich schüttelte den Kopf.

»Nein. Ich werde gar nicht – «

»Vergessen Sie nicht, daß Sie sich für ein Jahr verpflichtet haben. Sie sind vertraglich gebunden. Ihre Unterschrift bürgt dafür. Und für Ihr Schweigen.«

Ich ging, entschlossen, aus diesem Vertrag auszusteigen. Noch am selben Tag besuchte ich die größte Buchhandlung der Stadt. Ich stand lange in der esoterischen Abteilung und blätterte in unsäglichen Werken. Einige hatten pastellfarbene Titelblätter und waren von kindischer Gottessuche geprägt; andere benutzten pseudowissenschaftliche Argumente und zahlreiche Fallbeispiele, um haarsträubende Theorien zu untermauern. Die Sprache war oft selbstgefällig, manchmal begleitet von lyrischen Höhenflügen. Ich kaufte zwei oder drei Bücher, die mir doch interessant schienen.

Ich ging nach Hause, rief meinen Rechtsanwalt an, der leider verreist war, las noch eine Weile und legte mich schließlich schlafen. In der Nacht wurde ich von seltsamen Träumen heimgesucht und wachte mit trockenem Mund auf. Ich konnte mich nur an ein Bild erinnern, das mir nicht gefiel: In einer offenen Halle für Eisenverwertung suchte ich nach einem Metallteil, das zum Bau meines Teleskops unbedingt notwendig war. Alles lag säuberlich nach Größe, Form und Gewicht sortiert, aber wenn ich etwas, was zu passen schien, in die Hand nahm, war es verrostet oder verbogen.

Ich fühlte mich miserabel, hatte starke Kopfschmerzen und war gerade dabei, mir einen Kaffee zu machen, als das Telefon klingelte. Roden war am Apparat und teilte mir das Datum der ersten Versuche mit. Sie sollten zehn Tage später, am siebzehnten September, anfangen.

»Tut mir leid, lieber Junge, daß Sie an Ihrem Geburtstag arbeiten müssen, aber es läßt sich nicht mehr ändern. Ich hoffe, Sie hatten nichts Besseres vor.«

Ich sagte, nein, ich hätte nichts Besseres vor, es ginge in Ordnung und wäre gar kein Problem. Dann setzte ich mich mit meiner Kaffeetasse in die Küche und begann über dieses Projekt nachzudenken.

III

Die Begegnung

Anna sah ich zum ersten Mal an meinem Geburtstag. Aber ich sah sie nicht wirklich. Ich plazierte die Elektroden auf ihrem Kopf und war nervös. Ich hatte es noch nie gemacht. Anna war gelassen. Sie beklagte sich nicht, als ich mich in ihren Haaren verfing, sondern wartete geduldig, bis ich fertig war, obwohl ich ihr wahrscheinlich wehgetan habe. Sie war ruhig, eine ruhige Testperson, die nie ein Wort zuviel sagte, nie eine Frage stellte. Die Ergebnisse, die durch sie kamen, waren zuverlässig und genau. Anna funktionierte bestens, wie Roden es später ausdrückte, sie funktionierte so gut, daß sie als einzige blieb, als nach und nach alle anderen ausgeschieden waren.

Vor dem Beginn der Testreihe hatte Roden die Akten unserer Probanden in allen Einzelheiten studiert. Von jedem kannte er die Lieblingsfarbe, die Art, sich zu kleiden, die Freizeit zu verbringen. Er wußte alles, vom Stil der Einrichtung bis hin zur Zahnpastamarke. Er hatte ihre Schullaufbahnen, ihre Familiengeschichten, die Details ihrer Krankheiten in sich abrufbereit; jeder war durch zahlreiche Tests auf seine Tauglichkeit mehrmals überprüft worden.

Sieben Frauen und vier Männer nahmen zuerst an den Versuchen teil. Bald wurden es weniger. Ich habe nicht erfahren, ob sie von selbst weggeblieben sind oder ob Roden sie ausgeschlossen hat. Ich war nur damit beschäftigt, seine Hypothese zu widerlegen; ich hatte kein Interesse daran, mich mit den Probanden zu befassen, ihre Akten zu lesen, ich fragte nicht nach, wußte nicht, warum der eine oder die andere nicht mehr erschien, und merkte dadurch nicht, daß mir der Zugang zu diesen Informationen verwehrt war. Ich kam, erledigte meine Arbeit und ging wieder, um zu Hause und in der Bibliothek theoretisches Material auszuwerten.

Am Anfang hatte ich wenig zu tun. Die Planung, die gesamte Organisation hatte Roden übernommen, er rief mich an, wenn er mich brauchte, und ich bemühte mich, die Zeit, die ich mit ihm zusammen verbringen mußte, so weit wie möglich einzuschränken. Seine Nähe reizte mich, ich war aber noch nicht bereit, mich mit ihm auseinanderzusetzen.

Unsere Räume befanden sich im zweiten Stock eines Krankenhauses. Sie sind immer noch da, nur sind sie jetzt ins Blickfeld der Öffentlichkeit geraten, und es hat sich einiges geändert, aber der Raum, in dem Anna liegt, ist gleich geblieben. Damals betrat man ein neutral eingerichtetes Zimmer, das weiß gestrichen war und zuerst für jede Testperson ein wenig umgestaltet wurde. Für Frau S. sollte ein kleines Holzkreuz an die Wand, bei den meisten wurden nur andersfarbige Kissen, eine anders gemusterte Tagesdecke gebraucht. Als Anna zum ersten Mal kam, hatte mir Roden mehrere Bücher gegeben, die auf ein Regal hingestellt werden sollten. In ihrer Wohnung habe ich dieselben wiedergefunden, neben ihrem Bett und auf ihrem Schreibtisch. Ihr Zustand zeigt, daß sie viel gelesen wurden. Ein größerer Band mit Reproduktionen von Escher und ein Heft mit verschiedenen Schriftzügen sind voller Zettel, Streichhölzer, Blumenblätter, sogar eine Haarklammer liegt als Lesezeichen zwischen den Seiten. An vielen Stellen hat sie mit dem Bleistift Anmerkungen geschrieben, die ich kaum entziffern kann. Dennoch sind die Bücher nicht alt, und ich möchte gern wissen, wann sie sie gekauft hat, ob sie sie schon besaß, als sie zu uns kam, oder ob sie sie erst besorgte, nachdem sie sie bei uns entdeckt hatte. Solche Details beschäftigen mich manchmal, obwohl sie fast keine Bedeutung haben. Ich würde gern Roden danach fragen.

Alle Requisiten wurden peinlich genau von ihm ausgewählt. Sie sollten zur Entspannung der Probanden durch vertraute Elemente beitragen. Es stellte sich aber heraus, daß sie nicht notwendig waren, womöglich sogar eher irritierend wirkten. Der Gewohnheitsprozeß setzte sehr rasch ein, wir gaben bald jede Veränderung des Raumes auf.

Im Empfangszimmer stand ein Schreibtisch, an dem ich selten arbeitete, ein Schrank für die Garderobe, eine Liege und ein bequemer Stuhl, auf dem die Probanden saßen, wenn ich sie vorbereitete. Eine Tür führte zu einem kleinen Badezimmer, aus dem der Spiegel entfernt worden war. Fast jeder ging auf die Toilette, und fast jeder fragte nach dem fehlenden Spiegel. Ich wußte, daß Roden ihn selbst abmontiert und weggetragen hatte, wußte aber nicht warum und dachte nur, daß es wie viele seiner Handlungen und seiner Vorschriften zu einem System gehörte, das ich nicht durchschaute; ich sammelte Hinweise, ohne sie einzuordnen.

Ich mag Menschen nicht berühren; es war mir zuerst unangenehm, den Probanden Elektroden anzulegen, ihre Haare zu trennen, um die richtige Stelle zu suchen, besonders bei den Frauen. Die langen Haare von Frauen kommen mir öfter wie eine Falle vor, wie ein Netz, dem ich nur mit Mühe entkommen kann. Aber nach und nach erforderte diese Arbeit immer mehr Konzentration: Roden experimentierte mit verschiedenen Techniken und komplexen Mustern, das Schema wurde von Sitzung zu Sitzung verändert, verfeinert. Ich sah dann keine Menschen mehr, sondern unregelmäßige Landschaften mit Haaren, auf welchen ich die letzten Markierungen finden und dann neue berechnen mußte. Meine Abneigung verwandelte sich rasch in Gleichgültigkeit.

Die Hypnose selbst fand im zweiten Raum statt. Sie war allein Rodens Angelegenheit. Er hatte sich eine besondere Technik angeeignet und führte sie durch wie ein starres Ritual. Dafür benutzte er eine Stimme, die anders klang als die, die ich kannte. Als ich sie zum ersten Mal hörte, stellte ich mit Verwunderung fest, daß auch meine Lider schwer wurden. Seine Hypnosestimme hatte mich unvorbereitet getroffen, sie senkte die Barrieren des Verstandes, ich mußte mich anstrengen, um wach zu bleiben und die Befehle, die an die Testperson gerichtet waren, nicht selbst auszuführen. Später rief Rodens Hypnosestimme bei mir höchstens noch ein leichtes Gähnen hervor, die Probanden aber verfielen immer schneller in Tiefschlaf. Bevor er sie zurückholte, suggerierte er ihnen, daß sie sich an nichts erinnerten, entspannt und erfrischt aufwachten und das nächste Mal leichter in die Hypnose gleiten würden.

Nach den Sitzungen wurden die Testpersonen ins Empfangszimmer zurückbegleitet oder auf der Liege gefahren, wenn sie noch zu müde oder zu schwach waren. Manche brauchten lange, bevor sie wirklich wach wurden, und blieben eine halbe Stunde liegen. Sie mußten mehrmals geweckt werden, bis sie endlich gingen. Ich kontrollierte ihren Kreislauf und verteilte harmlose Tropfen.

Bei Anna war es nicht notwendig. Wenn Roden sagte, »Eins, zwei, drei, Sie sind wieder voll und ganz da!«, setzte sie sich auf und streckte sich aus, als würde sie eben aus ihrem normalen Schlaf aufwachen. Sie schaute sich kurz um, bevor sie von der Liege stieg, lächelte zum Abschied und ging. Obwohl sie sich sicher und schnell bewegte, wirkte sie auf mich, als wäre sie noch woanders. Sie war wie jemand, der mitten in der Nacht aus einem Traum gerissen wurde und ihn nicht aufgeben möchte. Sie erzählte nie etwas, sagte meistens kein einziges Wort, wirkte äußerlich frisch und ausgeruht. Doch hatte ich den Eindruck, daß sie schlafwandelte. Sie machte kaum Geräusche, nahm ihre Kleider, ihre Tasche, öffnete die Tür und schloß sie leise hinter sich. Einmal beobachteten wir sie vom Fenster, sahen ihr zu, wie sie durch den Park lief, eine dunkle schlanke Frau, die weder Menschen noch Umgebung wahrzunehmen schien. Ich fragte Roden, ob er nicht befürchtete, daß sie auf der Straße umfiel oder sich anfahren ließ. Aber er meinte, daß die Gefahr nicht groß sei.

»Ihre bewußte Wahrnehmung ist stark herabgesetzt, dafür ist eine andere Wahrnehmungsstufe eingeschaltet, die die meisten Kinder voll besitzen. Eine Art Instinkt. Haben Sie je beobachtet, wie kleine Kinder unter Möbeln krabbeln und sich direkt unterhalb der Tischkante aufrichten, ohne sich anzustoßen, obwohl sie nicht hinschauen? Eine wunderbare Eigenschaft, die leider zerstört wird, weil die Eltern andauernd zur Vorsicht mahnen. Sie kennen das, dieses ewige ›Paß auf, klettere nicht so hoch, tu dies nicht, tu das nicht!‹ Diese Leier, mit der wir alle aufgewachsen sind! Man sollte Kinder vor dem Einfluß ihrer Eltern schützen. Kaum ein Erwachsener kann sich noch auf seinen Instinkt verlassen. Schauen Sie sich um, Bergmann, Männer heiraten die falsche Frau, sie wählen den falschen Beruf, sie essen eine Nahrung, die sie krank macht, steigen ins Auto und fahren sich und ihre Angehörigen in den Tod. Frauen sind selten besser, aber es gibt Ausnahmen unter Frauen, bemerkenswerte Ausnahmen. Wenige, leider. Sie und ich sind ganz normale Menschen. Wir haben zuviel verkümmern lassen. Achten Sie auf Ihre Instinkte? Auf die Signale Ihres Körpers? Verstehen Sie die Botschaften Ihrer Träume?«

Ich schüttelte den Kopf, wollte antworten, aber er sprach weiter.

»Sie haben gelernt, alles zehnmal zu überprüfen, Sie setzen Ihren Verstand ein. Deswegen schätze ich Sie, Bergmann. Sie sind mißtrauisch. Sie schenken mir nichts. Sie haben nicht meine Stelle angenommen, weil Sie Karriere machen wollen, im Gegenteil. Ich weiß, daß Sie beschlossen haben, gegen mich zu arbeiten, als Sie von meinem Projekt erfahren haben. Sie möchten mir Steine in den Weg legen, ich möchte Sie überzeugen. Deswegen habe ich Sie ausgesucht, mein Freund. Sie sind ein Kopfmensch. Das Mädchen ist anders als Sie. Sie ist nicht mißtrauisch. Sie hat keine Angst, fühlt sich nicht von der Umgebung, von der Welt bedroht. Sie wird wahrscheinlich nie überfahren werden. Ihre Eltern haben in ihrer erzieherischen Funktion das Beste getan, was sie tun konnten, das bedeutet, so wenig wie möglich. Sie haben im herkömmlichen Sinne versagt.«

Roden war selten gesprächig. Wir sahen uns kaum, jeder arbeitete für sich. Ich verbrachte die meiste Zeit in der Bibliothek, wollte bei der Hypnose nicht zuschauen. Ich saß nur gelegentlich hinter dem Einwegspiegel, es langweilte mich. Die Sitzungen verliefen fast immer gleich, Rodens Stimme kam durch einen Lautsprecher, er benutzte dieselben Worte, denselben Tonfall; unsere Leute schliefen wie satte Babys ein, zuerst nicht sehr lange, aber bald verlängerte er die Dauer der Sitzungen bis zu drei Stunden, bis zur letzten Sitzung mit Anna, für die er sechs bis acht Stunden eingeplant hatte. Er stellte Fragen, brachte die Leute zum Reden, ließ sie beschreiben, was sie sahen. Hinter der Scheibe hörte ich ihre Antworten nicht, weil die Sprechanlage falsch eingestellt war, hatte Roden bedauert. Nur seine Stimme war laut genug, die manchmal ein Wort oder einen Teil des Satzes wiederholte, wenn jemand ins Stocken geriet. Aber alles wurde aufgenommen, und später erhielt ich die Tonbänder, die ich abschreiben und auswerten sollte. Sie bestanden zum größten Teil aus einzelnen Wörtern oder Formeln, chemischen Formeln, Koordinaten, Zahlenreihen. Der Schlafende sprach monoton, ziemlich leise und manchmal fast unverständlich. Roden interessierte sich anfangs scheinbar nur wenig für das Gesprochene, er erwartete zwar, daß ich die Daten überprüfte, fragte aber nicht nach meinen Ergebnissen. Die Aufzeichnungen seiner Instrumente waren ihm wichtiger.

Während der Hypnosesitzungen saß er in seinem Arbeitszimmer. Dort konnte er auf mehreren Bildschirmen die Testperson besser beobachten, als wenn er bei ihr gestanden wäre. Das kleinste Zucken wäre ihm nicht entgangen. Ein Aufnahmegerät war mit seinem Computerprogramm verbunden; es zeichnete die Gehirnströme und jede Veränderung des Atems und des Herzrhythmus auf. Rodens Entschlüsselungsverfahren beruhte auf einer Kombination der verschiedenen Veränderungen, aber nur zum Teil. Er sagte wenig über seine Methode, schien nicht willig, auf Fragen einzugehen, verschob Erläuterungen und Diskussionen auf später und hatte es nicht gern, wenn ich in sein Zimmer kam. Er ließ mich nie allein in diesem Raum. Einmal warf ich einen Blick auf einen der Schirme, sah bunte Farblachen, die sich in wechselnde Muster auflösten, und konnte mir keinen Reim darauf machen.

Erst als Anna weg war, bin ich dort eingebrochen und habe ihn gezwungen, alles offenzulegen. Ich ließ ihm keine Wahl mehr. Ich hätte alles kleingeschlagen, wenn er sich geweigert hätte, und er wußte es, nachdem er am Boden unter meinen Krücken lag.

Ich habe außer Roden noch nie jemanden verprügelt und muß zugeben, daß es mir eine außerordentliche Freude gemacht hat. Inzwischen habe ich den Ruf eines gefährlichen Krüppels bekommen, und es gefällt mir. Es gibt noch ein Dutzend Leute, die ich gern, sehr gern verprügelt hätte.

Wir benutzten nicht die Vernetzung, die bei Untersuchungen aus therapeutischen oder diagnostischen Gründen üblich war, sondern spezielle, von Roden entwickelte Schemata; ich folgte seinen Anweisungen, kümmerte mich nicht um die Einzelheiten und fragte nicht, wonach er suchte. Ich hatte genug damit zu tun, die Testpersonen vorzubereiten und die Daten zu überprüfen, die während der Hypnose übermittelt wurden.

Rodens System schien mir keine gezielte Richtung zu haben. Er tastete sich an etwas heran. Wir erhielten exakte Angaben über die Zellkonstruktion von Schmetterlingsflügeln, gefolgt von langen lateinischen Zitaten aus den »Bekenntnissen« von Augustinus; später kamen die Daten der nächsten Sonnenfinsternisse bis ins Jahr 2300. Eine Hausfrau, deren Hände vom Waschen fast durchlöchert waren, diktierte im Schlaf ganze Seiten voller Noten mit präzisen Satzzeichen, die ich nirgends finden konnte. Meine Musikkenntnisse sind recht rudimentär, deswegen bat ich einen Musikstudenten, diese Melodien auf dem Klavier zu spielen, nahm sie auf und ging mit meiner Kassette zuerst durch die Schallplattenabteilungen, später bis zur Musikhochschule, um Experten zu fragen. Niemand kannte dieses Stück, das ziemlich lang war und mir gut gefiel. Es erinnerte mich an Beethovens Klavierkonzerte. Bevor ich in dieser Richtung weiter recherchieren konnte, hatte Roden die Hausfrau aus dem Projekt ausgeschlossen. Ich fragte, warum; sie schien mir vielversprechende Ansätze zu liefern, da es auf der Hand lag, daß sie selber viel zu ungebildet war, um Noten zu lesen. Rodens Antwort war klar:

»Diese Frau ist in der Vergangenheit hängengeblieben. Sicher würde sie uns einiges über den Anfang des 19. Jahrhunderts erzählen, aber wozu? Die Vergangenheit ist bekannt. Und es ist längst bewiesen, daß man unter Hypnose in die Zeit zurückgeführt werden kann. Es würde wahrscheinlich sogar bei Ihnen oder bei mir wirken. Die meisten erklären es durch Reinkarnation! Absurd, Bergmann, es ist vollkommen absurd, sich einzubilden, daß das Individuum den Tod überlebt und irgendwann reinkarniert wird. Ich hoffe, daß Sie kein Anhänger dieser Theorie sind?«

Ich schüttelte den Kopf.

»Selbstverständlich nicht. Aber Ihre Theorie ist nicht weniger absurd...«

Roden lachte nur.

»Sie sind ein Materialist. Gut. Ich auch, aber etwas anders als Sie. Sie glauben nur an das, was man messen, fassen und zählen kann. Da sind Sie im Unrecht. Weil das, worum es geht, sich nicht in diesen Kategorien einfangen läßt... Sie verstehen mich nicht, das weiß ich. Stellen Sie sich vor...«

Er brach ab und stand auf.

»Wir sprechen ein anderes Mal darüber. Die Vergangenheit interessiert mich nicht, und diese Frau ist ein schlechtes Subjekt. Sie läßt sich nicht lenken. Ich würde es mit der Zeit schaffen, aber ich brauche sie nicht. Ein oder zwei funktionierende Probanden reichen mir für die entscheidenden Experimente, und sie müssen wie Wachs in meiner Hand sein. Sie müssen sich wie Hunde an der Leine führen lassen und dabei noch mit dem Schwanz wedeln.«

»Sie übertreiben, Roden. Man denkt an die Erschaffung von Frankensteins Monster, wenn man Sie sprechen hört.«

»Nein, nein. Ich tue niemandem etwas an. Im Gegenteil. Unsere Leute dürfen schlafen, sich von der Hektik der Welt erholen. Ich leihe sie mir nur aus, für zwei, drei Stunden! Was ist schon dabei? Und sie werden dafür bezahlt!«

Er gab mir einige Tonbänder mit neuen Daten und schickte mich weg.

In der Anfangsphase war die Überprüfung der Aussagen unserer Testpersonen mühsam, besonders weil sie auch solche Gebiete betrafen, von denen ich nur wenig Ahnung hatte. Ich wurde gezwungen, mich mit Literatur zu beschäftigen, mit Musik, mit Geschichte, mußte Quellen ausfindig machen, verbrachte schließlich viel zuviel Zeit mit diesem Projekt und vernachlässigte meine eigene Arbeit. Roden war gereizt und unruhig, er suchte nach einem Faden, der sich ihm entzog.

»Keine Sorge, Bergmann, das ändert sich. Ich kreise das Problem allmählich ein. Aber ich muß auch die Spreu vom Weizen trennen, verstehen Sie, und unsere Kaninchen sortieren. Wenn dies getan ist, werden Sie sehen, wird der Rest von alleine fließen.«

Ich versuchte, so gut es ging, feste Stunden für meine Dissertation einzuplanen, stand früher auf und arbeitete nachts länger, aber es fiel mir immer schwerer, mich auf mein Thema zu konzentrieren. Ich kam nicht voran, schrieb keine einzige Zeile, las kaum noch Fachliteratur, ignorierte die Vorlesungen, die ich hätte besuchen sollen, kurz, ich verlor das Interesse. Dafür vertiefte ich mich in Augustinus »Bekenntnisse«, befaßte mich intensiv mit Philosophie. Zwischendurch vergaß ich, daß es mir darum ging, Roden zu Fall zu bringen. Als ich Wittgenstein las, blieb ich an dem letzten Satz vom »Tractatus logico-philosophicus« hängen – »Wovon man nicht sprechen kann, darüber muß man schweigen«, und stellte erstaunt fest, daß ich mich nicht mehr zurückziehen konnte. Ich war längst selber Teil des Experimentes geworden.

Es war zu spät, um Roden aufzuhalten. Er war für Einwände und Gegenargumente unzugänglich, sprach kaum noch und schien keinen Zweifel zu haben. Die Informationen, die wir erhielten, wurden genauer und detaillierter – und bei jedem Teilerfolg wurde er sicherer und verschlossener zugleich.

Um so mehr wollte ich ihn scheitern sehen; ich suchte verbissen die Risse, die Fehler in seinem Denken. Aber es war eine Angelegenheit zwischen ihm und mir; nach wie vor nahm ich die Testpersonen kaum wahr, redete mit ihnen so gut wie nie, schaute bei den Sitzungen selten zu und wollte nicht wissen, wer gerade was aus seinen tiefsten Gehirnschichten ausgegraben hatte.

Zur gleichen Zeit verringerte sich die Zahl der Probanden. Ich stellte keine Fragen mehr, Roden gab keine Erklärung. Wir arbeiteten intensiv nur noch mit drei Frauen und einem Mann. Roden reduzierte die Abstände zwischen den Sitzungen. Er schien gezielter zu führen, genauer zu fragen. Zu mir sprach er noch weniger als sonst. Die Ergebnisse, die ich zu überprüfen hatte, diese Listen von Daten hatten hauptsächlich mit Chemie zu tun. Die Fehlerquote war erschreckend niedrig, erschreckend für mich, weil die Konsequenz des Experimentes mir so bedrohlich erschien, daß ich meine anderen Tätigkeiten ganz aufgab, um mich damit zu beschäftigen.

Was ist, wenn er recht hat? Was ist, wenn es tatsächlich reicht, das Gehirn eines Menschen anzuzapfen, um alles zu erfahren, was man erfahren möchte? Ich dachte weniger an die Macht, die jemand für sich aus solchen Informationen erobern könnte, auch nicht an den Eingriff in die menschliche Privatsphäre und an die zahlreichen Manipulationsmöglichkeiten, als an die Frage: Was ist, wenn Außen und Innen nicht getrennt sind? Was bedeutet es, wenn der Kosmos in dem Gehirn dieser Hausfrau enthalten ist, die jedesmal bei den Vorbereitungen ihre Krampfadern erwähnt und erzählt, wie gut es ihr tut, die Stunden hier bei uns zu ruhen? Wenn es keine Grenze zwischen Außen und Innen gibt – was bedeutet das Wort »ich«? Kann ich Stein werden oder Frau? Bin ich ewig? Oder ist es das Gegenteil? Wenn Außen Innen ist, was bleibt aus einer individuellen Existenz?

Anna beachtete ich nicht. Sie war die jüngste der übriggebliebenen Testpersonen, eher attraktiv und gut angezogen, aber sie war verschlossen, sprach nicht, sagte nur »Guten Tag«, lächelte nicht. Sie ignorierte mich und hätte mich auf der Straße wahrscheinlich nicht erkannt. Sie wirkte überheblich, bemüht, die Vorbereitungen schnell und reibungslos hinter sich zu bringen. Sie schien weder Angst noch Interesse zu empfinden und gehörte für einen Wissenschaftler zu den angenehmsten Subjekten, weil sie keine Aufmerksamkeit für sich selbst beanspruchte. Einmal, ich weiß nicht, ob ich sie tatsächlich gefragt habe oder nicht, einmal sagte sie, sie würde diese Versuche nur aus finanziellen Gründen machen. Sie brauchte Geld und wußte nicht, wie sie es sonst verdienen könnte. Sie hatte nie etwas gelernt. Im Schlaf reich zu werden, das würde ihr liegen. Das wäre schön. Und dann lachte sie. Später, als ich ihre Testbögen genauer untersuchte, stellte ich fest, daß sie verschiedene Berufe ausgeübt hatte, aber nie lange. Sie schien tatsächlich keine Diplome, keine abgeschlossene Ausbildung zu haben. Als jetzige Beschäftigung hatte sie »Studentin an der Kunstakademie« angegeben.

Aber ich weiß nicht, ob ich sie gefragt habe oder ob ich davon geträumt habe, daß ich sie frage und sie mir in ihrem oder in meinem Traum geantwortet hat. Ich kann mich schlecht daran erinnern, wie ich sie vor einigen Wochen gesehen habe, wie ich sie zuerst gesehen habe. Es kommt mir manchmal vor, als würde ich sie schon immer gekannt haben, als wären wir wie Geschwister zusammen aufgewachsen, als hätte sie bei mir gelegen, damals, in jener Nacht, als ich die Sterne entdeckte. Ich erfinde Erinnerungen an Anna, und ich erkenne mich in ihrem Leben, ich erkenne die seidene Unterhose, die ich ihr damals geschenkt habe, zu ihrem achtzehnten Geburtstag, aber ich habe in meinem ganzen Leben nie einer Frau ein Stück Unterwäsche geschenkt, und ich weiß, daß irgend etwas mit mir verrückt spielt und meine Erinnerungen trübt. Das ist nicht wichtig. Ich gehöre Anna, und sie gehört mir, seit sie gegangen ist.

Deswegen bin ich bei ihr eingezogen. Zuerst wollte ich sie nur verstehen, aber jetzt will ich in ihrer Nähe sein, dort, wo ihre Sachen, ihre Bücher, ihre Erinnerungen sind, wo ihr Geruch in der Luft hängt und sich allmählich auf mich überträgt, sich in meinen Kleidern niederlegt, wenn ich nicht bei ihr, bei ihrem blassen, kaum lebendigen Körper im Institut bin.

Sie wohnt im zweiten Stock eines modernen Hauses, das hauptsächlich aus Fenstern besteht. Als ich das erste Mal hinging, mußte ich mich am Geländer festhalten, fast hochziehen, ich kam nur langsam voran. Im ersten Stock machte jemand kurz die Tür auf und wieder zu, als ich vorbeiging. Ich fühlte mich beobachtet und beeilte mich. Es war früh morgens. Ich hielt ihren Schlüsselbund in der Hand. Ein Mädchenschlüsselbund, dachte ich, mit einer großen roten Bommel daran. Sie besitzt viele Schlüssel. Drei kleinere, die ähnlich aussehen, zwei Sicherheitsschlüssel, zwei lange alte schwarze, die kalt und kantig sind und schwer in der Hand liegen, und einen Autoschlüssel für einen Citroën. Aber sie hat kein Auto, das steht in den Testfragen. Sie hat den Führerschein sehr jung gemacht und kaum Fahrstunden dafür gebraucht. Sie hat angegeben, daß sie gern fährt, am liebsten lange Strecken und nachts, ohne Pausen. Die Autos, mit denen sie gefahren ist, gehörten Freunden oder waren gemietet, einen eigenen Wagen hatte sie nie.

An dem Schlüsselbund hängt noch ein winziges silbernes Ding, das zu einem Geheimkasten oder einem Tagebuch gehören könnte. Und ein Hotelschlüssel, vom Hotel du Pavillon in Toulouse, Chambre numéro 17, ein verbogener Fahrradschlüssel für ein Billigschloß, das in zehn Sekunden mit einem Schraubenzieher geknackt werden kann, eine kleine eiserne Kette und ein Vorhängeschloß, zu dem kein Schlüssel paßt. Ich habe nicht herausgefunden, was man mit diesen Schlüsseln öffnen kann. Nur für die Haus- und die Wohnungstür braucht man einen Schlüssel, der Briefkasten läßt sich mit leichtem Druck auf- und zumachen.

Als ich ankam, war die Wohnung nicht abgesperrt, die Fenster hatte sie trotz der Kälte nur angelehnt. Geld lag zwischen bunten Murmeln in einer durchsichtigen Glasschale, die auf einem Tisch im Flur stand. Anna hatte die Tür hinter sich nur zugezogen, vielleicht hatte sie sie geknallt, vielleicht knallte Anna immer die Tür ihrer Wohnung hinter sich zu und wurde von ihren Nachbarn beobachtet, wenn sie durchs Treppenhaus ging. Aber vielleicht war Anna so leise, daß keiner wußte, ob ihre Wohnung bewohnt oder leer war, und die Nachbarn wurden neugierig, als sie meine Schritte im Treppenhaus hörten.

Ich öffnete die Tür und suchte nach der Katze. Ich rief und machte diese kußähnlichen Geräusche mit dem Mund, die Katzen locken, weil sie sich wie das Fiepen der Mäuse anhören. Nichts rührte sich. Ich schloß die Tür hinter mir und wußte sofort, daß kein Tier in der Wohnung war. Es kam mir selbstverständlich vor, daß sie nie eine Katze hatte. Daß sie mir nur ihren Schlüssel geben wollte. Daß sie mich hierher gelockt hatte, und ich wußte nicht, warum. Ich blieb lange stehen, war wütend auf sie, wütend auf mich, daß ich nicht sofort wieder weggegangen bin, fühlte in mir, daß jede Sekunde zuviel war, die ich in ihrer Wohnung verbrachte.

Aber ich konnte nicht hinausgehen und so tun, als wäre ich nie hier gewesen.

Ich ging wie ein Dieb durch die Zimmer, bemühte mich, keine Spuren zu hinterlassen, kein Geräusch zu machen. Annas Wohnung, klar, offen und still, ihre Wohnung schwieg mich an, sie sagte nichts, außer daß sie uns hereingelegt hatte. Mich hatte sie mit ihrer Katze hereingelegt, Roden hatte sie schon viel früher, von Anfang an hereingelegt.

Es ist am 23. Februar, gegen zwei Uhr nachmittags geschehen. Ich saß hinter dem Spiegel und schaute Anna zu. Sie schlief. Sie atmete regelmäßig. Ihr Mund bewegte sich ein wenig. Mir schien, als würde sie summen oder leise singen, aber ich konnte sie nicht hören. Etwas summte im Raum oder in meinem Kopf. Es dauerte schon zu lange. Roden war in seinem Zimmer verschwunden. Er hatte sich eingesperrt.

»Heute ist der Tag, Bergmann. Ich brauche vollkommene Ruhe. Um fünf werden wir es wissen.«

Er sah siegessicher aus.

Aber um fünf Uhr hatte er Anna verloren. Um zwei Uhr nachmittags saß ich hinter der Scheibe und wartete. Wir hatten früh angefangen. Mein Nacken hatte sich verkrampft, mein Rücken war steif geworden, es schmerzte, mir war es, als würde sich eine eiserne Hand in meinem Nacken festkrallen und mich zwingen, Anna anzuschauen, die seit zwei Stunden schlief, ruhig, ruhig wie ein Baby, fast traumlos. Ihre Brust bewegte sich langsam, ich atmete nach dem Rhythmus ihrer Brust, ich war ruhig, nah am Einschlafen wie ein Baby, das gewiegt wird, wie vom Meer in einen tiefen Traum gebracht, als ich plötzlich keine Luft mehr bekam, ich hustete und wachte auf und suchte nach ihr, aber es war zu spät. Ich sah sie fallen, sie drehte sich zuerst langsam um sich selbst und fiel und drehte sich, als würde sie etwas Unsichtbares ziehen. Sie entfernte sich immer mehr, drehte sich schneller und fiel, wie eine Sternschnuppe fiel sie, immer schneller, immer weiter, sie wurde kleiner, ihr Licht wurde weniger, das Summen wurde höher und höher, die Hand in meinem Nacken drückte mir den Kopf nach vorne, näher an die Scheibe, etwas drückte mir die Kehle zu, es dröhnte mir in den Ohren, als rasten Lastwagen mit voller Geschwindigkeit durch einen Tunnel, etwas riß Anna in den Tunnel hinein, und die Dunkelheit verschluckte das letzte Licht. Als ich die Augen wieder öffnete, war sie weg. Alles war still geworden.

Auf der Liege sah ich, daß ihre Brust sich kaum noch bewegte.

Ich trat Rodens Tür ein, er schaute mich an und sagte, er hätte sie verloren. Ich hörte ihn nicht, ich sah nur die Kurven auf den Monitoren, die ruhigen Kurven ihres Herzrhythmus, ihrer Gehirnströme. Sie wurden langsamer, kleiner. Es war ruhig, zu ruhig. Erschreckend symmetrisch. Auf einem anderen Schirm weiteten sich Farblachen aus, die einander auflösten und neu entstanden, immer in derselben Reihenfolge, bunte, grelle Farben. Rot dominierte.

»Holen Sie sie zurück«, sagte ich Roden.

Er schwieg. Ich begann, ihn zu schütteln und zu schreien, aber er wehrte sich nicht, und ich ließ ihn fast sofort wieder los. Er hatte sie wirklich verloren.

Ich habe die Stunden nach Annas Verschwinden nur noch dunkel in Erinnerung. Ich mußte durch den Mund atmen, um ein wenig Luft zu bekommen. Der starke Druck in meinem Kopf hinderte mich am Denken, meine Stirn tat weh, meine Augen sahen unscharf wie durch einen Schleier, der von kurzen grellen

Blitzen durchbrochen wurde. Ich war unfähig, meine Gedanken zu steuern, ich suchte nach Worten und sah nur einzelne Bilder, die sich nicht einordnen ließen, als hätte nicht ich sie gedacht oder gesehen, sondern fremde Gehirne.

Anna war sehr blaß geworden, ihr Puls hatte sich extrem verlangsamt, ihr Blutdruck war gesunken, ich konnte sie nicht atmen hören, aber ich wußte, daß sie lebte. Sie schien in einer niedrigen, kaum wahrnehmbaren Frequenz zu vibrieren. Zwischendurch kam es mir vor, als würde sie in einem harten, eiskalten Licht schweben, und ich berührte kurz ihre Hand; aber es gab kein Licht, nur eine Hand, die nichts fühlte, nicht reagierte, nicht antwortete.

Roden, zu ruhig, kontrollierte ihre Körperfunktionen. Er hatte Doktor Karl, einen Arzt, den er kannte, gerufen und flüsterte mit ihm eine Weile bei der Tür. Ich zog mich zurück, als der Arzt versuchte, sich Anna zu nähern. Es gelang ihm nicht. Er war noch zwei Meter von ihr entfernt, als die Kontrollinstrumente in Rodens Büro begannen, verrückt zu spielen. Annas Herz raste. Karl streckte die Hand nach ihr aus, ohne sie anzufassen, und Anna verkrampfte sich. Sie wurde steif, ballte die Hände zur Faust und zuckte rhythmisch wie bei einem epileptischen Anfall. Ich dachte, daß sie gleich von der Liege fallen würde, ich wollte zu ihr rennen, aber Roden hielt mich fest.

Doktor Karl ging vorsichtig einige Schritte zurück, aber erst als er die Tür hinter sich zugezogen hatte, als Anna wieder allein war, beruhigten sich allmählich die Monitoren. Roden atmete auf. Annas Zustand brauchte eine Weile, um sich vollkommen zu stabilisieren. Nach einer Stunde sah sie aus, als würde sie friedlich schlafen. Nur ihre Hände waren noch verkrampft.

»Das ist ein gutes Zeichen«, meinte Roden, »ein Teil von ihr ist noch da, wenn sie einen Fremden spürt. Wir haben Chancen.«

Ich wunderte mich nicht, daß sonst niemand kam. Einzelteile fügten sich zusammen, ich wußte auf einmal deutlich, daß Roden keine Genehmigung für seine Experimente erhalten hatte, ich verstand seine Kriterien zur Auswahl der Testpersonen, auch warum er mich als Assistenten ausgesucht hatte. Ich war sein Komplize, mitschuldig an Annas Koma. Diese Gedanken kamen und gingen, sie legten sich für den Bruchteil einer Sekunde auf meine Stirn, bevor etwas anderes sie vertrieb.

Plötzlich spürte ich Annas Schlüsselbund in meiner Tasche,

obwohl er noch im anderen Raum auf dem Tisch lag, er beulte meine Hosentasche aus, bildete eine harte, kalte Stelle gegen meinen Schenkel, er tat meinem Bein weh – mich zog es in ihre Wohnung, aber ich zögerte, sie allein mit Roden zu lassen.

Er gab sich gelassen und behauptete, er bräuchte einige Stunden, höchstens einen Tag oder zwei, um in aller Ruhe das Problem in den Griff zu bekommen.

»So wie sie ist, kann sie wochenlang bleiben. Sie wird nur dünner. Und wir können sie intravenös ernähren, wenn es notwendig wird, wenn es mir nicht gelingt, sie bald zurückzuholen. Aber machen Sie sich keine Sorgen, Bergmann, es gelingt schon. Nur wenn Sie wie eine verrücktgewordene Wespe um mich herumtanzen, kann ich nichts machen. Ich muß mich konzentrieren. Gehen Sie nach Hause, schlafen Sie sich aus! Sie können später wiederkommen und mich ablösen.«

Es klang so, als wäre er selbst davon überzeugt, daß es gar kein wirkliches Problem sei, sondern nur ein unbedeutender technischer Zwischenfall, aber er log, er log sich die eigene Überzeugung vor, das wußte ich. Auf einmal haßte ich ihn, ich sah, wie ich die Hände um seinen Hals legte und ihn würgte, und wandte mich ab, bevor der Drang, es zu tun, zu groß wurde. Ich holte Annas Schlüsselbund, steckte ihn in meine Tasche und hielt ihn so fest, daß mir die Finger weh taten.

»Wenn Anna etwas geschieht, Roden, werde ich Sie wegen Mord anzeigen. Oder ich werde Sie selber umbringen.«

Er lachte nur.

»Sie sind ein Idiot, Bergmann. Das Mädchen ist meine Zukunft. Und Ihre. Sie ist mein Ruhm. Was glauben Sie, was wir danach von ihr erfahren werden? Alles! Während sie ruhig liegt, als würde sie traumlos schlafen, füllt sie jede einzelne Gehirnzelle mit Wissen, mit Informationen. Sie speichert und speichert, und je weniger sie von hier noch beeinflußt wird, desto klarer und genauer werden die Daten sein, die sie uns übermitteln wird. Sie sieht jetzt, was wir schon immer wissen wollten. Und sie wird berichten! Wir werden alles erfahren! Alles! Ich muß nur die Leine wiederfinden. Und wenn ich sie zurückgebracht habe... Wir werden es zusammen schaffen, mein Freund. Sie werden mir helfen, ich brauche Sie.«

Ich ging durch die Straßen, nachts, morgens, hinkte durch die Straßen, suchte den Schmerz in meinen Knochen, den Schmerz gegen meinen Schenkel, den Schmerz in meinen Fingern, und als ich ihn gefunden hatte, ließ ich ihn nicht mehr los. Er ließ mich nicht mehr los. Wir hielten uns aneinander, der Schmerz war meine einzige Realität. So kam ich bei Anna an.

Mir bleibt nicht viel Zeit. Der Druck verstärkt sich. Inzwischen ist Annas Gesicht in allen Zeitungen veröffentlicht worden – es ist meine Schuld. Ich mußte es tun, um sie zu schützen, um die Abgeschlossenheit, in der sie sich befindet, vor Roden zu schützen. Inzwischen sind andere da, Mira und Iris, die bei ihr wachen, wenn ich weggehe. Sie passen auf, daß ihr niemand zu nahe kommt.

Roden wartet auf einen Prozeß, auch ich bin mit ihm angeklagt. Mein Rechtsanwalt behauptet, daß ich Bewährung bekommen werde, aber das interessiert mich nicht. Ob ich im Gefängnis sitze oder woanders, wenn Anna stirbt, hat keinerlei Bedeutung. Ich weiß nicht, ob ich noch leben möchte, wenn sie nicht zurückkommt. Ich werde nie wieder ein Buch lesen oder einen guten Wein trinken, ohne ihr das erzählen zu müssen. Und wenn sie stirbt, wenn ihr Körper nicht mehr da ist...

Die Nächte verbringe ich meistens bei ihr im Institut. Tagsüber bleibe ich lieber in ihrer Wohnung, weil das Licht hereinscheint und weil da ihre Bilder sind. Sie sind datiert, einige hat sie kurz nach einer Sitzung gemalt oder gezeichnet. Ich habe die Sitzungsprotokolle geholt und sie vor dem entsprechenden Bild gelesen, dann das Bild angeschaut und wieder gelesen und dann nur noch das Bild gesehen, als hätte Anna dort auf ihre Weise das von Roden Gesuchte zusammengefaßt. Ihre Bilder sind wie mathematische Formeln, sie sind knapp und elegant, sie bestehen aus wenigen Linien und Schatten, und das, was sie mir mitteilen, ist wie ein Vorgeschmack auf etwas Wesentliches und Grenzenloses zugleich. Ja, so ist es. Noch verstehe ich ihre Bilder nicht. Ich spiele mit ihnen, betrachte sie einzeln oder lege sie auf den Boden um mich herum, ich hänge sie auf, stelle sie wie Teile eines Rätsels zusammen. Ich versuche, sie zu begreifen, in meine Worte zu fassen, in meine Bilder zu verwandeln. Mich ihnen anzunähern.

Ich habe mit ihrem Kunstlehrer gesprochen; ich hatte ihn besucht, weil ich hoffte, er könnte mir etwas erklären, aber er konnte es nicht. Anna hatte kurz nach den ersten Sitzungen aufgehört, am Unterricht teilzunehmen. Er zeigte mir frühere Bilder von ihr, sie hatten keine Ähnlichkeit mit denen, die ich schon kannte. Nur die letzten zwei, die sie malte, bevor sie den Unterricht aufgab, hatten schon ansatzweise diese durchsichtige Struktur, diese erstaunlichen Webmuster, diese Verbindung nicht erfaßbarer Dimensionen, die die Bilder in ihrer Wohnung prägen. Als der Dozent sie auf die Veränderung in ihrem Stil angesprochen hatte, antwortete sie nur, sie hätte sich in letzter Zeit mit Geometrie beschäftigt. Danach kam sie nicht mehr.

Ich zeigte ihm eins der letzten Bilder. Er fand es interessant, höchst interessant, aber auch er verstand es nicht.

»Vom Standpunkt der Kunst«, sagte er, »könnte man es so ausdrücken, daß sie alles weggelassen hat, was sie sichtbar machen wollte, und dadurch entsteht diese Unruhe des Bildes, diese scheinbare Beweglichkeit der Proportionen und der Einzellinien, als würde es dem Betrachter überlassen sein, selber das Bild zu gestalten.«

Er sprach noch lange, verwickelte sich in Widersprüche, sprach immer geschwollener und wurde noch unklarer. Am Ende bat er mich, ihm das Bild zu überlassen. Aber ich wollte es nicht.

»Ich verstehe«, sagte er zum Abschied und wirkte dabei verlegen. »Das macht nichts. Wahrscheinlich kann ich genausoviel in diesen zwei Entwürfen studieren. Ich selber werde nie solche Bilder malen, und ich weiß auch nicht, ob jemand solche Bilder malen möchte. Die gehören zu den Bildern, die ein Mensch malen muß, und wenn sie fertig sind, kann er sie auch nicht betrachten, ohne das Gefühl zu haben, er müßte sich eine Kugel in den Kopf jagen oder sich für immer in einem Kloster vergraben. Einer, der solche Bilder malt, muß schon sehr stark sein, oder er wird verrückt. Und ich glaube nicht, daß sie stark genug war. Was weiß ich schon davon. Ich werde solche Bilder nie malen. Und ich bin froh darüber.«

Dann schenkte er mir die zwei Entwürfe und bat mich, Anna von ihm zu grüßen.

»Ein gutes Mädchen. Nicht wirklich begabt, aber irgendetwas hatte sie schon. Traurig. Und wenn sie aus diesem Koma herauskommt – wird sie je wieder so sein wie früher, oder wird sie... behindert bleiben?«

Darauf habe ich nicht geantwortet. Ich denke nicht darüber nach. In den Zeitungen sind Berichte aller möglichen Spezialisten erschienen. Wie immer sagen sie alle das gleiche, auch wenn sie so tun, als hätten sie neue Erkenntnisse, neue Ansichten. Ich habe alles gelesen, man kann es in einem Satz zusammenfassen: Keiner der Mediziner zieht die Möglichkeit ihrer Rückkehr ernsthaft in Erwägung.

Es dauert zu lange, sagen sie, und die Tatsache, daß ihre Körperfunktionen auf ein Minimum reduziert sind, bedeutet ziemlich sicher eine Unterversorgung der wesentlichen Organe, eine Dauerschädigung. Auch diese seit Wochen gleichbleibenden Kurven der Elektroenzephalogramme weisen auf eine kaum noch vorhandene Gehirntätigkeit hin. Mir scheint es, als würden die Spezialisten darauf warten, daß die Amplitude noch minimaler wird, damit sie den definitiven Tod des Gehirns und damit Annas Tod bestätigen können. Einige stehen wie Geier in der Nähe, ihr Sezierbesteck schon in der Hand.

Aber Annas Zustand ist stabil, und wir passen auf sie auf.

Nachts, wenn ich bei ihr sitze, schalte ich alles ab. Ich will nichts summen hören, und ich will keine Zeugen haben, wenn ich bei Anna bin. Das, was ich ihr sage, soll nur sie hören, wenn sie überhaupt hören kann. Es geht keinen anderen etwas an.

IV

Das Muster

Am 17. September 1987 fand die erste Hypnosesitzung mit Anna statt. Fünf Monate später, am 23. Februar 1988, ist Anna ins Institut gekommen, gegen elf Uhr am Vormittag hat sie sich hingelegt und ist eingeschlafen. Inzwischen sind Wochen, lange wie die Ewigkeit, vergangen, und mir ist, als wäre es gestern geschehen. Ich habe zunehmende Schwierigkeiten mit der Zeit. Obwohl es warm geworden ist, friert es mich ständig. Ich bin mitten in diesem Februartag stehengeblieben. Zeitabschnitte schieben sich übereinander, alles scheint gleichzeitig zu existieren. Ich weiß zwar, daß draußen der Frühling angefangen hat, ich nehme das Grün im Park wahr, aber dieser glaskalte Februartag ist gegenwärtiger als der heutige; jede einzelne Ebene der Realität ist da, in Reichweite, und ich kann zwischen den Ebenen nicht entscheiden. Ich finde keine Priorität, suche nach Anhaltspunkten, nach Kriterien, nach Regeln, vielleicht nach einer Moral, die mir helfen würde, und fange dabei immer wieder von vorne an. Ich weiß, daß ich es finden werde, aber nicht, indem ich linear vorgehe. Es gibt keinen geraden Weg. Die Wahrheit, welch ein geschwollenes Wort, die Wahrheit über Anna und über mich werde ich nur in diesen ziellosen Wiederholungen finden. Jedesmal werden die Kreise ein wenig weiter, die Schichten tiefer, und gelegentlich erreiche ich eine Klarheit des Blicks, die ich früher nicht kannte.

In diesen Momenten ist alles präsent und deutlich, ich sehe Anna am 23. Februar, als sie angekommen ist und die Tür aufgerissen hat. Draußen ist der Boden zugefroren, eine dünne Schneeschicht liegt über dem Park, der Himmel knistert fast, so blau ist er. Sie trägt eine Wollmütze mit langen Fäden, die voller Eiszapfen sind. Durch die Wärme im Raum schmilzt der Reif, ihr Gesicht ist umgeben von winzigen glänzenden Wasserperlen, ein wenig gerötet, als wäre sie stundenlang in der Kälte gelaufen. Sie sieht aus wie eine Winterfee. Wahrscheinlich habe ich sie nur flüchtig angeschaut, damals, aber ich sehe sie jetzt und kann ihre Nähe fühlen, ihr Parfüm einatmen. Sie hat ihren Mantel, einen dunklen Duffle-Coat mit Kapuze, ausgezogen, ihre gefütterten Stiefel nebeneinander beim Schrank aufgestellt und schwarze Wollsocken über ihre dünnen Strümpfe angezogen. Sie hat große, schmale Füße, die feuchte Zeichen auf dem Linoleumboden hinterlassen. Ich verfolge sie, versuche, sie wie eine Morsenachricht zu lesen, bevor sie sich in dem überheizten Raum auflösen. Ich sehe zu, wie der Umriß ihrer Zehen zuerst undeutlich, dann immer kleiner wird, bis er schließlich ganz weg ist.

Anna setzt sich auf den Stuhl und wartet. Sie trägt einen dunklen Rock, einen dunklen Shetland-Pullover, der ihr viel zu groß ist. Ihre Augen leuchten, als hätte sie Fieber.

Jetzt spreche ich mit ihr. Jetzt weiß ich, daß sie nicht nur Angst hat, sondern auch Lust. Daß sie es will. Damals habe ich nicht mit ihr gesprochen. Wie immer habe ich angefangen, die Elektroden auf ihrem Kopf anzubringen, aber an diesem Tag war sie unruhig, sie atmete anders, tiefer; ich wunderte mich, es war das erste Mal, daß Anna Angst hatte. Ich mußte besonders langsam vorgehen, behutsam ihre langen Haarsträhnen trennen, um den genauen Platz zu finden. Ihre Angst floß in meine Hände hinein. Sie prikkelte in meinen Fingerkuppen, sie krabbelte an der Innenseite meiner Arme hoch, sie gab mir Gänsehaut, sie machte mich ungeschickt. Ich brauchte länger als sonst. Ihre langen Haare hätte ich am liebsten gestreichelt, um ihr die Angst zu nehmen, und je mehr ich sie streicheln wollte, desto kälter und sachlicher wurden meine Hände.

»Ich heiße Anna«, hat sie dann gesagt.

Nur diese drei Wörter, und es hat gereicht.

Jetzt bin ich hier, bei ihr, oder in ihrer Wohnung und stelle Fragen. Fragen, die keine Antworten bekommen. Vielleicht sind sie nicht die richtigen, ich weiß es noch nicht. Vielleicht ist es einfach zu früh, vielleicht fehlen wesentliche Elemente dieser Fragen, und ich muß sie Stück für Stück suchen, zusammenstellen und aufbauen, bis sie sich von allein vervollständigen und sich selbst beantworten. Vielleicht. Vielleicht wird es mir nie gelingen, aber ich habe keine Wahl und kann nichts anderes tun. Es ist schwierig, die richtigen Worte zu finden, um eine Frage genau zu formulieren. Ihre Bedeutungen verwandeln sich manchmal, während ich sie ausspreche oder aufschreibe, dann schweige ich ein wenig, bevor ich es noch mal versuche. Der Umgang mit Worten muß gelernt werden; ich verirre mich zu oft, wiederhole mich, kreise fast ziellos um den Schatten einer Intuition, folge Klangpfaden, die verschwinden, sobald ich ihnen näherkomme; ich sollte schweigen, bis mich die richtigen Worte gefunden haben, aber diese Stille, die zu überqueren ist, halte ich nicht aus.

Warum ist sie an diesem Tag nicht aufgestanden, warum hat sie nicht gesagt, daß sie Angst hat, daß sie weggehen möchte? Nein, das ist es nicht. Warum habe ich sie nicht zurückgehalten? Aber das ist es auch nicht. Warum habe ich Anna erst an diesem Tag kennengelernt? Warum habe ich sie zum ersten Mal wahrgenommen, als sie schon dabei war, wegzugehen? Warum habe ich Roden nicht gefragt, was genau er vorhatte? Warum... Und warum wollte sie weggehen? Warum diese Lust an der eigenen Auflösung? Daß ich diese Fragen stelle, ist absurd. Ich habe die Antwort schon immer gewußt, für mich; aber für andere gilt sie nicht. Für Anna darf sie nicht gelten. Für sie verlange ich eine andere Antwort, und ich werde nicht loslassen, bis ich verstanden habe, bis diese tausend Bruchstücke sich zusammengefügt haben.

Ich bin, nachdem wir Anna verloren hatten, den ganzen Tag in ihrer Wohnung geblieben. Nach einigen Stunden habe ich mich auf ihr Bett gelegt und bin eingeschlafen. Ich habe nicht geträumt, kann mich an nichts mehr erinnern, nur daran, daß es schon dunkel war, als ich wach wurde, und daß ich mich fast glücklich fühlte. Was geschehen war, machte mir plötzlich keine Angst, es schien mir fast, als wäre es vollkommen normal. Für eine Weile war Anna weggegangen, sie hatte es selber bestimmt, ich brauchte mir keine Sorgen um sie zu machen. Ich bin aufgestanden, habe die Decke glatt gezogen und bin gegangen, ohne abzusperren, wie Anna es tut; auf der Straße habe ich ein Taxi angehalten und mich ins Institut fahren lassen.

Beim Betreten des Gebäudes sank meine Stimmung. Ich eilte zum Untersuchungsraum. Er war abgeschlossen. Ich schüttelte die Türklinke, dachte einen Augenblick lang, daß Roden Anna vielleicht weggebracht hatte, sogar, daß sie gestorben sein könnte; ich stürzte in sein Büro. Er saß vor einem Stapel Bücher an seinem Schreibtisch, alle Monitoren waren eingeschaltet. Anna lag in derselben Stellung wie am frühen Morgen, als ich gegangen war, ihre Herztöne hallten regelmäßig in dem kleinen Raum. Nichts hatte sich geändert.

Roden hatte nicht geschlafen, seine Augen waren rot unterlaufen, als hätte er sie wundgerieben. Er sah von seinen Papieren auf, schaute mich an und schüttelte den Kopf.

»Es geht ihr gut. Aber es wird schwierig. Ich erreiche sie nicht.

Sie reagiert nicht auf meine Stimme. Ich finde sie nirgends.«

»Warum haben Sie das Zimmer abgeschlossen?«

Er antwortete nicht, zeigte auf den Schlüssel, der zwischen den Büchern lag. Ich nahm ihn und öffnete die Tür. Das Licht aus dem Nebenzimmer ließ Annas Körper wie eine Leiche erscheinen, die kühl bläulich schimmerte. Sie lag auf dem Rücken, mit einer dünnen weißen Decke zugedeckt, die tief herunterhing und nur den Kopf freiließ. Sie bewegte sich nicht. Ihr Gesicht bestand aus dunklen und hellen Flächen, es sah blaß und ausdruckslos aus wie das einer Fremden. Ihr Atem war so leicht, daß ich ihn nicht hören konnte. Ich blieb eine Weile auf der Schwelle stehen, um sie anzuschauen, dann habe ich die Tür hinter mir zugemacht. Es war dunkel, ich habe kaum noch etwas gesehen.

Es waren nur ein paar Meter von der Tür bis zu Anna, aber ich habe lange gebraucht. Bei jedem Schritt schien sie ein wenig mehr zurückzuweichen, jeder Schritt fiel mir schwerer. Ich konnte die Füße kaum heben, ich zog sie mit unendlicher Mühe über den gewachsten Fußboden und kam nicht voran. Sogar die Luft verdichtete sich und hinderte mich daran, ihr näher zu kommen; ich mußte durch den Mund atmen und immer wieder still stehen.

Es war wichtig, kein einziges Geräusch zu machen. Kurz glaubte ich, in einem Wald zu sein, in einem Wald, wo mich niemand hören durfte. Ich bewegte mich vorsichtig, ohne auf die kleinsten trockenen Äste zu treten, bis ich ihr nahe genug war, um sie zu berühren.

Ich habe über nichts nachgedacht, ich habe ihre Hand genommen und sie festgehalten. Sie war kalt. Ich bin bei ihr geblieben, mit ihrer Hand in meiner Hand, ohne zu denken, ich habe nicht einmal an sie gedacht, nur ihre Hand gehalten. Der Raum schien mit schwarzem Samt überzogen, auch mein Mund fühlte sich innen samtig und warm, weich, es war weich, wie wenn man träge auf einer Wiese liegt und wunschlos zwischen Schlaf und Traum ruht. Ich ließ mich in das Nichts einsinken, sank tiefer und verlor jedes Zeitgefühl. Plötzlich zerrte Rodens Stimme die Stille auseinander. Er stand an der Tür und beobachtete mich.

»Bergmann, ich muß hier weg, ich muß schlafen. Aber ich möchte mit Ihnen sprechen, jetzt. Bitte.«

Er ging aus dem Raum. Ich brauchte eine Weile, um mich von Anna zu lösen. Ich mußte ihr erklären, wohin ich ging, ihr sagen, daß ich zurückkommen würde, wie man es mit kleinen Kindern macht. Ich habe mich inzwischen daran gewöhnt, ihr genau Auskunft über alle meine Schritte zu geben. Es ist lächerlich, ich weiß es, aber es kommt mir vor, als würde ich dadurch eine dünne Leiter in das Undurchdringliche hineinweben.

Ich legte vorsichtig ihre Hand auf die Decke zurück und verließ den Raum, so leise ich konnte, um sie nicht zu stören. Roden wartete bei der Tür.

»Sie haben sie berührt?«

»Ich habe ihre Hand berührt, ja.«

»Ich habe es gemerkt. Sie hat reagiert, aber sie wehrt sich nicht gegen Sie. Gegen mich wehrt sie sich. Bergmann, Sie müssen mir helfen, das ist unsere einzige Chance, sie zurückzuholen. Wenn es eine Chance gibt.«

»Gestern nacht haben Sie anders gesprochen.«

»Ich habe den ganzen Tag damit verbracht, ihre Akte zu studieren. Ich habe alle Protokolle verglichen, und ich bin mir einer Sache sicher. Sie hat uns hereingelegt. Ich weiß nicht wie, aber sie hat es getan. Sie muß sehr genau gewußt haben, was wir tun. Sie hat mich ausgenutzt, mich angelogen, vielleicht hat sie sogar das, was gestern geschehen ist, sorgfältig geplant.«

Er öffnete die Tür.

»Warum, Bergmann, was hat sie dort zu suchen? Was will sie denn?«

Ich antwortete nicht.

»Ich muß schlafen«, sagte Roden. »Bleiben Sie bei ihr, paßen Sie auf sie auf.«

Roden entfernte sich. Er war so müde, daß er nicht mehr gerade laufen konnte. Er stützte sich gegen die Wand ab und verschwand um die Ecke. Ich wußte, daß er öfter in dem winzigen Zimmer für Ärzte, die Nachtdienst haben, schlief. Er lebte allein, niemand wartete auf ihn. Er würde diese Nacht hierbleiben und all die daraufkommenden Nächte auch.

Diesmal war es leicht, zu Anna zurückzugehen. Es kostete keine Kraft mehr. Es war schon selbstverständlich geworden. Ich setzte mich zu ihr, nahm ihre Hand vorsichtig wieder und hielt sie bis zum nächsten Morgen. Ich habe vergessen, woran ich gedacht, was ich gesprochen, was ich gefühlt habe. Ich war in ihrer Nähe auf eine seltsame Weise friedlich.

Irgendwann bin ich eingeschlafen. Ich habe von einer gelben Wüste geträumt. Es gab dort kein Lebenszeichen. Der Boden war hart, bestand aus unregelmäßigen schwefelgelben Steinen, die zerfielen, wenn ich sie anfaßte. Ich war ratlos in dieser Landschaft, wußte weder, wie ich hingekommen war, noch, was es da zu tun gab. Ich suchte nach Geiern am Himmel, sah aber keine. Nichts geschah, nichts änderte sich. Weder Mensch noch Tier waren je hier gewesen, oder es lag so weit zurück, daß jede Spur von ihnen ausgelöscht war.

Ein Geräusch weckte mich. Roden war zurückgekommen und stand in der offenen Tür. Er lächelte. Anna hatte sich nicht gerührt. Ich habe ihre Hand auf die Decke gelegt. Ich wäre lieber bei ihr geblieben. Das habe ich ihr zugeflüstert; ich sagte ihr, daß sie nicht allein sei, daß ich zurück zu ihr kommen werde, sobald ich mit Roden gesprochen hätte. Erst dann bin ich hinausgegangen. Rodens Lächeln gefiel mir nicht. Ich packte seinen Arm und fragte:

»Was ist mit Ihnen los?«

»Sie sind rührend, Bergmann, wie Sie mit dem Mädchen Händchen halten... Nun gehen Sie nach Hause. Sie sehen wie ein Zombie aus.«

»Sagen Sie mir, was Sie vorhaben. Ich werde Anna nicht mit Ihnen allein lassen, Roden. Sie haben genug angerichtet.«

»Wollen Sie denn Tag und Nacht hierbleiben und mich beobachten? Das halten Sie keine drei Tage durch, Bergmann.«

»Ich könnte die Polizei benachrichtigen. Sie haben nie eine Genehmigung für diese Experimente bekommen.«

»Das stimmt. Ich habe es nicht einmal versucht. Für solche Experimente gibt es keine Genehmigungen. Rufen Sie die Polizei an, Bergmann. Sie werden mit mir verhaftet, und das Mädchen stirbt. Einfach so. Sie werden sie in irgendein Krankenhaus transportieren, und sie wird tot sein, bevor der Krankenwagen dort ankommt. Ist es das, was Sie wollen?«

»Selbstverständlich nicht, aber...«

»Sie wissen es genau wie ich. Ihre einzige Chance ist, ungestört hierzubleiben, bis wir etwas finden. Und diese Chance ist nicht allzu groß.«

»Was wollen Sie tun?«

»Nichts. Noch nichts. Ich kann im Augenblick nichts tun. Nur darauf achten, daß sie nicht alles aufgibt. Schauen Sie, ich weiß nicht, wo sie ist, ich weiß nicht, warum sie das getan hat, aber eins weiß ich: Sie hat einen starken Willen, und wenn es das ist, was sie will, wird sie sterben. Die Außenwelt, das hier, nimmt sie noch wahr. Sie reagiert, sie wehrt sich, wenn jemand ihr zu nah kommt, das haben Sie gestern gesehen, als Doktor Karl sie untersuchen wollte. Solange sie das tut, bedeutet es, daß noch ein kleiner Teil von ihr da ist. Wenn sie ihre Abwehr aufgibt, ist sie verloren.«

»Und das heißt, daß niemand sie berühren kann?«

»Sie können es. Warum auch immer, von Ihnen läßt sie sich berühren. Vielleicht sonst nur von ihrem Freund, wenn sie einen hat, oder von ihrer Mutter. Ich kann es nicht. Wenn ich schon in den Raum komme, zuckt sie zusammen, das kann ich Ihnen auf dem Schirm zeigen.«

»Ich warne Sie, Roden. Wenn ihr etwas passiert ...«

»Ach, so ist es? Gefällt sie Ihnen? Beruhigen Sie sich. Ich will genau wie Sie das Mädchen rausholen, wenn auch aus anderen Gründen. Geben Sie doch endlich Ihr Mißtrauen auf, Bergmann, sonst kommen wir nirgends hin.«

Ich antwortete nicht. Meine Hände zitterten. Wieder sah ich mich ihn würgen. Seine Leiche lag auf dem steinigen Boden der gelben Wüste, ich wischte meine Hände an der Hose ab und sah in der Ferne Geier erscheinen, so viele, daß der Himmel schwarz wurde.

»Gehen wir in mein Büro«, sagte Roden. »Ich möchte Ihnen etwas zeigen.«

Er schloß die Tür hinter uns zu und ging gleich zu seinem Computer. Er tippte einige Zahlen ein. Annas Akte lag offen auf seinem Schreibtisch, auf der Vorderseite war links oben ein Paßfoto angeklebt, auf dem sie wie ein Schulmädchen aussah. Ich nahm die Akte in die Hand. Roden drehte sich zu mir.

»Das ist wirklich interessant, Bergmann. Wie haben Sie das geschafft? ... Schauen Sie ...«

Er löschte den Schirm und brachte das Programm zum Anfang zurück, dann suchte er einen bestimmten Punkt. In seiner Nähe versteifte sich mein Nacken. Ich versuchte, mich auf den Monitor zu konzentrieren. Er zeigte völlig entspannte, regelmäßige Kurven, die extrem langsam verliefen.

»Sehen Sie? Das war heute nacht, als Sie bei ihr waren. Die Kurven sind fast normal im Vergleich zu denen des Tages. Das Mädchen ist ruhig, wie ein glückliches Baby im Tiefschlaf. Schon ein wenig zu ruhig, es stimmt. Aber viele erreichen diese Ruhe, wenn sie meditieren, es ist noch lange nicht pathologisch. Und da – sehen Sie, das bin ich, als ich sie vorhin gestört habe. Und ich stand nur an der Tür!«

Die Kurve veränderte sich; es war keine Beschleunigung, kein Wechsel der Amplitude, der Frequenz. Früher, als Elektroenzephalogramme noch von Stiften auf endlosen Papierbahnen aufgenommen wurden, hätte man wahrscheinlich gemeint, daß es zu wenig Tinte gab. Der Impuls wurde schwächer, der Strich dünner und intensiver, zittrig wie die Handschrift einer alten Frau, die aufgeregt ist.

»Sie benimmt sich wie ein Igel. Sie spürt Gefahr und wehrt sich mit Krämpfen. Eine Art Epilepsie. Sie zerstört nicht nur ihre Verbindung mit der Außenwelt, sie zerstört ihr eigenes Gehirn ...«

Er schwieg. Ich hätte zu gern meine Hände um seinen Hals gelegt und langsam zugedrückt. Die Bilder auf dem Schirm rollten noch eine Weile ab, bis die Kurve wieder ruhig, der Strich wieder fest wurde.

»Ich mache Ihnen einen Vorschlag. Ich werde das Mädchen nicht berühren, ich versprech's Ihnen. Ich werde den Raum nicht einmal betreten. Sie können mir glauben. Ich will sie nicht umbringen. Geben Sie mir ihre Akte, ich muß sie studieren. Irgendwo muß der Schlüssel liegen, und ich werde ihn finden.«

Ich reichte ihm widerwillig Annas Akte.

»Ich bringe Sie um, wenn Sie ihr etwas antun.«

Ich ging zurück zu Anna, setzte mich zu ihr, berührte ihre Hand. Nach und nach schienen sich Kräuselwellen zu bilden und von ihr zu mir zu fließen, kleine unruhige Wellen wie manchmal auf der Oberfläche eines Sees, bevor der Wind aufsteigt. Ihr ganzer Körper strahlte diese Schwingungen aus und sog sie gleichzeitig ein. Die Luft über Anna knisterte. Ich hatte Gänsehaut. Vielleicht habe ich aber selber die Schwingungen entstehen lassen und auf Anna übertragen, vielleicht war es auch Rodens Wirkung, ich weiß es nicht. Ich wurde immer nervöser. Die Spannung stieg, sie breitete sich wellenförmig aus und füllte bald das ganze Zimmer. Ich dachte daran, das Fenster zu öffnen, um sie hinausfließen zu lassen, aber langsam verebbte sie. Schließlich war nichts mehr zu spüren. Ich war müde geworden. Ich verabschiedete mich von Anna, wie ich es wochenlang jeden Morgen machen würde, und bat sie, auf mich zu warten. Es war elf Uhr morgens, die Sonne schien, und der Boden war hart gefroren. Ich wollte schlafen, nur noch schlafen.

Ich schlug den Weg zu mir ein, zu meiner eigenen Wohnung, und lief durch die kalte Morgenluft. Plötzlich stand ich wieder vor Annas Tür. Zum zweiten Mal ging ich die Treppe hinauf, zum zweiten Mal öffnete ich ihre Tür und wunderte mich, wie selbstverständlich mir ihre Wohnung geworden war. Ihr Bett, der Geruch ihrer Seife, die Töpfe in der Küche, alles war mir bekannt. Ich brauchte nicht nach dem Dosenöffner zu suchen, ich wußte, wo er war, als hätte ich ihn selbst dort hingehängt, oberhalb der Spüle in der Ecke.

So bin ich mehr oder weniger bei ihr eingezogen. Ich gehe nur noch selten zu mir nach Hause, um den Briefkasten zu leeren. Die Wohnung ist mir fremd geworden. Es ist, als hätte jemand, den ich nicht kenne, diese Räume eingerichtet. Ich möchte nie mehr dort schlafen, es ist mir zu kahl, zu kalt, zu nüchtern. Ich werde nicht mehr da wohnen.

Wenn Anna zurückkommt, möchte ich diese Stadt für immer verlassen. Aber solange sie wegbleibt, wohne ich bei ihr. Ich habe das wenige, was ich brauche, zu ihr gebracht, einige Kleidungsstücke, einen Rasierapparat, eine Zahnbürste. Meine Bücher und meine Arbeit habe ich nicht mitgenommen. Mir ist nicht nach Wissenschaft zumute, ich überlege manchmal, ob ich je wieder ein Fachbuch lesen werde. Ich lese das, was bei Anna herumliegt: Frauenzeitschriften, Kunstbücher, Gedichte. Sie besitzt einige Bücher in polnischer Sprache, die ich gern in die Hand nehme, obwohl ich kein Wort polnisch verstehe. Ich lese, was sie liest, und ich schlafe viel. Ich liege auf ihrem Bett, sehe die Bilder, ertaste die Muster und verfolge die Äste und ihre Begegnungspunkte, ich suche den Weg in das Labyrinth, die Parallelen, die sich irgendwann doch schneiden, wenn sie die nächste Dimension erreichen. Dabei schlafe ich ein und suche im Traum weiter, suche Anna und das, was sie da draußen gefunden hat. Wenn ich aufwache, ist es mir, als würde ich von weit weg endlich nach Hause zurückkehren.

Vielleicht sind es die Lichtverhältnisse dort, das Spiel der Schatten auf den Wänden zwischen ihren Bildern, mit ihren Bildern, vielleicht ist es, weil meine Begegnung mit Anna in ihrer Wohnung realer, faßbarer ist, als wenn ich ihre Hand halte. Die Frau, die dort lebt, hat nicht für immer Abschied genommen. Sie hat ihre Blumen gegossen und alles liegen lassen, wie es war. Sie hat sich keine Mühe gegeben, etwas zu verbergen, im Gegenteil. Sie offenbart sich in jeder Ecke, in jedem Stück Stoff, in jedem Teller, sie schenkt sich mir, wie sie mir ihre Schlüssel gegeben hat, ohne zu fragen, ob es mir recht war, ob ich sie will.

Anna ist das einzige, was zählt. Es gibt nichts anderes. Ich spreche zu ihr, wie ich zu niemandem gesprochen habe, ich erzähle ihr meine Träume, ich erzähle ihr von früher, von meiner Krankheit und von den Sternen. Ich erzähle ihr von meiner Liebe.

Wenn ich im Institut ankomme, gehe ich an Roden vorbei, schließe die Türen hinter mir ab, schalte die Maschinen aus, und dann erzähle ich Anna, daß ich sie liebe. Ich denke manchmal, daß sie mich hört, und ich habe Angst davor. Wenn sie eines Tages die Augen aufmacht und mich anschaut, wird sie mich sehen, wie mich nie einer gesehen hat. Sie wird mich kennen, wie ich mich selber kenne. Vor ihrem Blick fürchte ich mich.

Ich vertraute Roden überhaupt nicht. Ich wußte, daß er in manchem recht hatte, daß Anna nicht bewegt werden durfte. Ich wußte, daß er mit all seinen Mitteln versuchte, sie zu erreichen. Aber er kam nicht weiter. Er hatte die Akte und die Protokolle hundertmal gelesen, ohne den kleinsten Ansatz zu finden, und mir war es klar, daß er bald zu neuen Mitteln greifen würde. Ich war mir sicher, daß er meine Abwesenheit dafür ausnutzen würde, und hatte Angst.

Ich brauchte Hilfe. Jemanden, der im Institut auf ihren Körper aufpassen würde. Freunde hatte ich nicht – wen kannte ich schon, einige Kollegen, die meine Fachinteressen teilten, wenige Kneipengesichter, von denen ich mir die Namen nicht gemerkt hatte. Sonst blieben nur meine Eltern und zwei oder drei entfernte Verwandte, mit denen ich keinen Kontakt pflegte. Ich dachte kurz daran, meinen Vater in die Stadt zu holen. Wir hatten uns lange nicht gesehen, wir waren weder warmherzig noch besonders freundlich zueinander, aber ich schätzte ihn. Ich habe nicht vergessen, wie er meine Matratze in den Garten geschleppt hat, und bin ihm dankbar, auch wenn ich es ihm nie gesagt habe; er hat mich aus dem zu bequemen Schoß der Familie ausgestoßen und dadurch gerettet. Er hätte mir geholfen, wenn ich ihn nur darum gebeten hätte. Aber ich konnte es nicht tun.

Die letzten Jahre hatte ich keine Hilfe gebraucht. Alles war gut gelaufen, ich war gesund wie lange nicht mehr. Ich hatte mich an der Universität wohlgefühlt, mir gefiel es, nächtelang am Rechner zu sitzen. Ich kam gut voran, es war für mich befriedigender als jede Geselligkeit. Ich war froh, allein auszukommen. Für gelegentliche Unterhaltung ließ sich immer jemand finden. Aber jetzt ging es nicht um Unterhaltung, es ging um Anna, und es gab in meinem Leben keinen Menschen, dem ich Anna anvertraut hätte.

Anna. Anna gehört mir. Niemand soll sie anfassen. Niemand sie berühren, niemand sie anschauen. Ich möchte sie vor jedem beschützen, ich möchte alles, was ihr angst macht, von ihr fernhalten, ich möchte allein mit ihr sein, verstehen, warum sie weggegangen ist – und vor allem will ich, daß sie zurückkommt, daß sie zu mir zurückkommt, daß sie sich zu mir in ihr Bett legt, daß sie mit mir schläft. Ich will ihren Busen streicheln und sie küssen, und ich will mit ihr schlafen, ihr dabei wehtun, ich will, daß sie mein Gewicht spürt und meine Kraft, ich will so tief wie möglich in sie hineindringen, ihr die Haare ziehen, bis sie sich wehrt, ich will sie kämpfen sehen, ich will, daß sie mir ihre Schlüssel entreißt, mich hinaus aus ihrer Wohnung und aus ihrem Leben wirft. Was sie getan hat, erfüllt mich mit Zorn. Sie hat sich in meine Hände begeben, mir die Verantwortung für ihre leere Wohnung, für ihren seelenlosen Körper übertragen und ist davongegangen.

Ich weiß nicht, ob ich Anna liebe oder hasse. Ich weiß nicht, ob es die richtige Frage ist, ich glaube es nicht. Es gibt einen Punkt, der zwischen Schmerz und Lust pendelt, und wenn man ihn entdeckt hat, kann man ihn nicht mehr loslassen; das ist Anna in meinem Leben geworden.

In ihrer Wohnung habe ich eine Schallplatte gefunden, mit der Aufnahme eines Geigers, der in einer Kathedrale spielt, allein, ohne jegliche Begleitung. Ich habe diese Platte zehn, zwanzig Mal gehört und weiß immer noch nicht, ob ich mir die Ohren zuhalten möchte oder nicht. Es ist eine Musik, die ich in meinem Körper spüre. Ich bin mir nicht sicher, daß sie mir gut tut, und genau das ist Anna für mich, etwas, was sich in meinem Körper, in meiner Seele ausgebreitet hat, und ich weiß nicht, ob sie mir gut tut oder ob sie mich zerstört, aber es ist unwichtig, weil ich es nicht ändern kann. Ich kann nicht so tun, als wäre sie nie da gewesen, und wenn ich morgens aufwache und nicht an sie denke, dann weiß ich, daß es Trug ist. Nicht Anna ist Illusion, nein. Sie ist in meinem Leben anwesend, sie bestimmt es, und sie hat darin mehr Realität als je etwas anderes. Ich kann sie nicht aus mir, aus meinem Selbst hinauswerfen, ich habe es versucht, ich habe meinen Kopf gegen die Wand gehauen, es ist sinnlos. Ich kann es nicht, ich will es nicht. Ich schlafe mit Anna ein, wache mit ihr auf, sie ist präsenter als jede reale Frau. Ich kann mich Anna nicht entziehen; auch wenn sie stirbt, werde ich mich ihr nicht entziehen können.

Ich habe ihre Wohnung nach Adressen von Freunden, nach Briefen durchsucht, aber ich habe nichts gefunden. Sie scheint weder Fotos noch Briefe zu besitzen. Sie schreibt kein Tagebuch. Ich hatte bereits fast eine ganze Woche bei ihr verbracht, als mir auffiel, daß ihr Telefon nie klingelte. Es ist kein einziger Anruf für sie gekommen, in ihrem Briefkasten liegen nur Werbesendungen und Kontoauszüge. Einmal kam eine Rechnung über 157 DM für Zeichenmaterial und Farben. Ich habe die Rechnung bezahlt.

Am zweiten Tag hatte mich Roden um Annas Schlüssel gebeten. Ich sagte nein. Er begann, mir zu erklären, daß er selber dorthin gehen, nach Hinweisen forschen wollte. Ich sagte noch einmal nein, ohne es zu begründen. Er schaute mich mit einem sonderbaren Blick an und gab auf. Später fragte er, ob Anna Briefe oder Anrufe bekommen hätte, und war erleichtert zu erfahren, daß sich niemand gemeldet hatte. Er wußte, daß ich bei ihr wohnte, ohne daß wir darüber gesprochen hatten.

»Immerhin ein Punkt, in dem sie nicht gelogen hat«, sagte er, »also von dieser Seite sind keine Scherereien zu erwarten.«

Ich ging aus dem Raum, um die Konfrontation noch einmal aufzuschieben, obwohl es mir immer klarer wurde, daß sie unausweichlich war.

Annas Zustand änderte sich nicht. Ihre Körperfunktionen waren extrem reduziert, als hätte man sie unterkühlt, sie lebte langsam, so langsam, daß man es kaum merkte, sie lebte langsam, wie vielleicht Steine leben, sie vibrierte leise und weit entfernt, aber sie lebte. Es war nicht notwendig, an künstliche Ernährung zu denken. Anna sorgte für sich selbst. Ihr Körper brauchte nichts und verbrauchte nichts, oder so wenig, daß es nicht auffiel. Sie schien nur dünner, durchsichtiger zu sein. Wenn ich ihre Hand hielt, nachts, war sie kühl, aber nicht steif, ihre Finger ließen sich bewegen, träge und faul, ohne eigenen Willen, aber auch ohne Widerstand, und wenn ich sie lange gehalten hatte, dachte ich manchmal, sie seien wärmer geworden. Ich versuchte, Anna meine Wärme zu geben. Und ich sprach mit ihr, ununterbrochen, jede Nacht.

Ich kann mich nicht daran erinnern, wann genau etwas geschehen ist. Die Ereignisse haben einen eigenen Rhythmus entwickelt, der nichts mit der normalen Zeitrechnung zu tun hat. Die Zeit pocht nach Annas Rhythmus, viel zu dicht und kaum wahrnehmbar, je nachdem, wie ich sie betrachte. Ich lebe parallel zu ihr, ohne sie zu erreichen, in einer Zeit, die keine ist, und erst wenn ich mich von ihr löse, berühre ich sie, Anna, ein anderes Etwas, das Leben.

Ihre Schwingungen lassen Stunden und Wochen gleichwertig werden. Ich kann immer noch zwischen Tagen und Nächten unterscheiden, aber ich bin mir nicht sicher, ob sie einander folgen, wahrscheinlicher ist es, daß sie gewissermaßen gleichzeitig ablaufen. Aber mir ist es nicht möglich, diese Gleichzeitigkeit, die ich sehe, in der ich lebe, auszudrücken.

Die Sprache ist es, was mir immer noch im Weg steht, diese absurde Linearität der Sprache, die meine Gedanken in Zeit und Raum zurückdrängt. Ich muß aus diesen Strukturen ausbrechen, ich will etwas anderes sagen. Ich bin kein Dichter, aber ich werde es versuchen, und sollte ich an diesem Versuch zugrunde gehen. Wenn es mich in diesen Wirbel hineinzieht, in dem ich keine Orientierung finde, wenn es mich um den Verstand bringt, werde ich es versuchen, und wenn meine Finger zum Schreiben zu steif werden, werde ich sprechen, bis mir die Zunge austrocknet, bis mir die Worte in der Kehle steckenbleiben, und es ist mir egal, ob jemand mich versteht; ich muß es versuchen, auch wenn ich weiß, daß es zum Scheitern verurteilt ist. Es ist das einzige, was ich habe. Dieser Versuch.

Vielleicht sollte ich lieber malen, wie Anna es getan hat. Die Umrisse nachzeichnen, mich führen lassen, anstatt mit Wörtern zu ringen, die sich jeder Bedeutung entleeren, kaum habe ich sie aufgeschrieben. Vielleicht läßt sich das, um was es geht, nur durch die Sprache der Bilder ausdrücken, denn in ihr gibt es keine Zeitenfolge.

Ich weiß, um was es geht. Und weil ich es eine Nacht mit dem Leben hier aufgenommen habe und bis zu meinem Tod nicht aufgeben werde, weiß ich auch, daß die Jagd nie zu Ende geführt werden kann. Es liegt in der Natur der Sache.

V

Der Boden

Ich habe es schließlich gemacht. Ich habe Anna der Öffentlichkeit ausgeliefert. Ihr Foto war in allen Zeitungen, sogar im Ausland. Von überall sind Scharen von Journalisten angereist, und Anna wird von uns und von der Polizei bewacht, damit keiner bis zu ihr vordringen kann. Wir müssen sehr vorsichtig sein. Unter diesem Pack gibt es Menschen, die vor nichts zurückschrecken, vor keinen Lügen und vor keinen Verkleidungen, um angeblich das Recht der Öffentlichkeit auf Information zu befriedigen. Die Schäden, die sie verursachen, lassen sie gleichgültig. Bis jetzt ist es uns gelungen, sie fernzuhalten. Wir haben das Stockwerk hermetisch abgeriegelt.

Roden ist festgenommen worden. Als er abgeführt wurde, winkte er mir fröhlich zu, als würde er gern ins Gefängnis gehen. Den Journalisten sagte er kein Wort, er lächelte in die Kamera und sah auf den Fotos sympathisch aus. Trotzdem machte die Presse aus ihm einen Psychopathen, einen wahnsinnigen Wissenschaftler, der skrupellos mit dem menschlichen Leben spielt. Er gab keine Erklärung ab, wehrte sich nicht, und ich habe erfahren, daß er seinem Anwalt verboten hat, seine Freilassung zu beantragen.

Mich hat man nicht verhaftet. Es gab Demonstrationen, Unterschriftenlisten, Anfragen an die Behörden und viele, viele Menschen, die ihre Hilfe angeboten haben. Zu viele. Ich habe innerhalb kurzer Zeit mehr Menschen kennengelernt als in meinem ganzen Leben zuvor. Jetzt hat sich die Aufregung etwas gelegt, mehr oder weniger. Eine Flugzeugkatastrophe und ein Giftskandal haben die Aufmerksamkeit der Presse von Anna abgelenkt. Bald sind Wahlen, wir werden noch eine Weile Ruhe haben, aber es kann wieder von vorne anfangen, wenn den Journalisten die Themen ausgehen. Mira fürchtet sich vor dem Sommerloch.

Eine Zeitschrift hat mir eine unvorstellbar hohe Summe für die Exklusivrechte an dieser Geschichte angeboten. Ich habe abgelehnt, selbstverständlich, aber ich halte sie in Reserve und habe dem Redakteur versprochen, daß ich mich für ihn bei Anna einsetzen werde, wenn sich ihr Zustand bessert, wenn sie zurückkommt. Wenn sie stirbt, darf er alle Fotos machen, die er will. Mich interessiert das Geld nicht, wohl aber die Unterstützung, die ich von diesem Mann bekomme. Er ist bereit, Spezialisten ausfindig zu machen und einzufliegen, wenn ich es wünsche, aber im Moment, und das ist mir das Wichtigste, hält er mir alle anderen Journalisten vom Leib.

Es ist Mira, die mir geraten hat, so zu handeln. Mira ist die erste Journalistin, die ich kennengelernt habe, nachdem ich beschlossen hatte, mit der Presse Kontakt aufzunehmen, und bis jetzt scheint sie mir die einzige zu sein, die von dem Beruf nicht vollkommen korrumpiert ist. Die meisten sind gefühllos bis zur Brutalität, sie richten ihren Blick nur auf die Risse, in die sie vielleicht hineinschlüpfen können, um ein Ereignis, einen Menschen auszuschlachten, und wenn sie einen Riß gefunden haben, setzen sie alles daran, ihn zu erweitern. Sie spielen einen Augenblick lang echte Anteilnahme vor, bis sie erreichen, was sie wollen; dann ist man verloren. Jeder Satz wird akribisch umgedreht, nach Fehlern und Unstimmigkeiten abgetastet, die kleinsten Details werden gedeutet, bis alles zusammenpaßt. Wenn Mira mich nicht gewarnt hätte, wäre ich hoffnungslos in die Falle gegangen. Inzwischen habe ich viele Interviews gegeben, ich habe gelernt, bei Pressekonferenzen Neugierde zu wecken, ohne etwas zu verraten, ich habe gelernt, viel zu sprechen und dabei nichts zu sagen, Informationen nur zu geben, wenn sie meinem Ziel dienen. Ich habe gelernt, zu lügen, mir eine offene Maske aufzusetzen, um erfolgreich mitspielen zu können. Journalisten sind Spieler; sie müssen tagtäglich irgendwelche Sandhaufen zu Monolithen erheben, die gleich vergessen werden. Es ist viel Aufwand für einige gedruckte Zeilen, die am nächsten Tag bestenfalls noch einen Salatkopf umwickeln.

»Paß auf«, sagte Mira, bevor ich zum ersten Mal ihren Kollegen begegnete, »du mußt sie manipulieren. Du mußt sie auf deine Seite ziehen – und dafür brauchen sie einen Sündenbock. Liefere ihnen Roden aus, drück auf die Tränendrüse und halt den Mund.«

Für Erklärungen blieb uns zu wenig Zeit. Aber ich habe schnell verstanden, mit der Eitelkeit dieser Menschen umzugehen. Mira half mir dabei, sie kannte die Schwachstellen ihrer Kollegen, beschrieb den »Leithammel«, wie sie ihn nannte, und seinen Konkurrenten, einen ewig magenleidenden und krankaussehenden Mann. Ich lernte sogar, ihre jeweiligen Empfindlichkeiten gegeneinander auszuspielen. Ich verlor jede Scheu vor der Öffentlichkeit; das habe ich Mira zu verdanken; ich wundere mich manchmal darüber, welches Glück mich mit ihr zusammengebracht hat.

Zuerst wollte ich einen Mann ansprechen, der für eine überregionale Zeitschrift arbeitet. In seinen Artikeln werden »menschliche Schicksale und politische Hintergründe« so geschickt verarbeitet, daß der Eindruck entsteht, er wäre eine Art Kreuzritter für die Opfer unserer Gesellschaft; ich rief mehrmals in seiner Redaktion an, er rief nie zurück. Als ich ihn schließlich kennenlernte, war ich froh darüber. Er ist weitaus rücksichtsloser als viele andere.

Ich versuchte dann, Mira zu erreichen. Sie arbeitet in der Tageszeitung, hauptsächlich für das Feuilleton; ich mag ihren Stil, sie schreibt kurz und deutlich und bringt Fakten so, daß der Leser sofort weiß, was sie meint. Auch wenn ich weit davon entfernt bin, all ihre Ansichten zu teilen, finde ich es angenehm, nicht jeden Satz entziffern zu müssen. Als ich bei ihrer Zeitung anrief und nach ihr fragte, war sie sofort am Apparat.

»Ich möchte Sie treffen«, sagte ich, »ich brauche Ihre Hilfe.«

»Worum geht es?« fragte sie.

»Ich kann es Ihnen am Telefon nicht sagen.«

»Keine Zeit«, sagte sie, »tut mir leid. Es sei denn, Sie nennen mir einen guten Grund.«

Ich schwieg und überlegte, wie ich sie wohl überreden könnte.

»Sind Sie noch da?« fragte sie plötzlich.

»Ja«, antwortete ich, »aber ...«

»Sie können mich heute abend zum Essen einladen«, sagte sie. »Ihr Schweigen ist vielsagend.«

Wir trafen uns in einem italienischen Restaurant. Ich kam zu spät, Mira saß schon vor einem Salat und einem Glas Rotwein.

»Entschuldigen Sie mich bitte, ich konnte nicht früher kommen. Ich bin Christoph Bergmann.«

Sie legte ihr Besteck zur Seite und zündete sich eine Zigarette an.

»Setzen Sie sich. Und schauen Sie mich nicht so erschrocken an, ich werde Sie nicht auffressen. Wo ist das Problem?«

Ich lehnte meine Krücken an die Wand. Es gab wieder Tage, an denen ich ohne sie kaum gehen konnte, die Spannung und die Erschöpfung machten mich steif und langsam, meine Gelenke schmerzten, jeder Schritt tat weh. Der Kellner wartete. Ich bestellte eine Lasagne, ohne auf die Karte zu schauen, und als er sich entfernt hatte, begann ich sofort, von Anna zu erzählen. Ich nannte keinen Namen, blieb bei den Details absichtlich unklar, aber ich hatte Vertrauen zu dieser Frau, die eine Zigarette nach der andern rauchte, mich andauernd mit Fragen unterbrach und mich winzige Einzelheiten wiederholen ließ. Als ich mit meinem Bericht fertig war, bestellte sie eine doppelte Grappa und sagte:

»Ihre Lasagne wird kalt.«

Ich aß einen Bissen und legte meine Gabel nieder.

»Ist schon geschehen. Aber das macht nichts, ich habe keinen Hunger.«

Mira bat den Kellner, die Lasagne aufzuwärmen.

»Mikrowelle, Herr Bergmann, eine wunderbare Erfindung für Leute wie Sie. Lassen Sie mich nachdenken, bis Ihr Essen da ist.«

Sie trank ihre Grappa, rauchte eine Zigarette und sprach erst wieder, als ich anfing, die heiße Pasta zu essen.

»Nehmen wir an, ich würde Ihnen glauben, Herr Bergmann, dann gibt es noch einige Fragen. Die erste ist: Können Sie diese Geschichte beweisen? Das können Sie vermutlich. Aber wie? Das Mädchen ist ihr Beweisstück, Sie werden nicht darum herumkommen, Ihr Mädchen vorzuführen. Nun, wie wollen Sie es einrichten, wenn sie tatsächlich außer Ihnen niemanden in ihrer Nähe erträgt? Haben Sie sich das schon überlegt? Dann – was erwarten Sie von mir? Warum denken Sie, daß ich, ausgerechnet ich, Ihnen helfen kann, und was soll ich bitte Ihrer Meinung nach veranstalten?«

Mira ließ mir keine Chance, darauf zu antworten.

»Essen Sie. Nein, es stimmt, Sie haben schon recht, ich kann Ihnen helfen, und ich werde es tun, wenn Sie mir eine letzte Frage beantworten. Was ist Ihr Ziel, Ihr Interesse an dem Mädchen? Was verbindet Sie mit ihr?«

Sie machte eine kurze Pause, bestellte noch eine Grappa. Ich überlegte mir, wie ich es erklären konnte, ohne vollkommen lächerlich zu wirken. Mira winkte ab.

»Später. Dann hoffe ich, daß es Ihnen klar ist, was Sie damit auslösen werden, sowohl für Sie selbst als auch für die anderen. Sie werden mit ziemlicher Wahrscheinlichkeit verhaftet werden. Das wäre das erste. Nein, essen Sie jetzt endlich und lassen Sie mich reden. Man wird Sie freilassen, dafür wird Ihr Professor es nicht ganz so leicht haben. Sie werden von Journalisten und Neugierigen verfolgt werden, man wird sie nicht vergessen, Sie werden nie mehr ein Bier in Ruhe trinken können, ohne daß irgendwer auf Sie zeigt oder um ein Autogramm bittet. Haben Sie sich überlegt, ob Sie es in Kauf nehmen? Haben Sie über all das nachgedacht?«

»Nein«, sagte ich, »aber kann man es nicht...«

»Nein«, unterbrach sie mich, »man kann es nicht anders machen. Sie wollen Anna schützen und brauchen Hilfe. Sie sind hoffentlich nicht davon ausgegangen, daß ich mich mit einer Pistole vor ihre Tür stelle und Wachschichten mit Ihnen teile? Ich bin siebenundvierzig Jahre alt, Herr Bergmann, und längst aus dem Alter raus, wo man noch Spaß daran hat, Räuber und Gendarm zu spielen. Ich mag meine Bequemlichkeit, abends essen gehen und ein schönes Glas Rotwein dazu. Ich mag lange schlafen, ich hasse Waffen und jede nutzlose Aufregung. Aber ich könnte Ihnen schon einige Tips geben, wie man mit der Öffentlichkeit umgeht, wenn Sie fest entschlossen sind, diesen Weg zu gehen, und wenn Ihnen nichts Besseres einfällt. Das Spiel mit der Presse ist nicht einfach. Es kann gutgehen, und es kann furchtbar werden. Wir müssen zusammen eine richtige Taktik entwickeln. Fangen wir an. Haben Sie irgendwelche Ärzte gefragt, wie man jemanden aus einer solchen Bewußtlosigkeit zurückholt?«

»Ich habe ungefähr die ganze medizinische Literatur über Hypnose und hypnotisches Koma gelesen, die ich gefunden habe.«

»Aber Sie haben niemanden gefragt?«

Ich schüttelte den Kopf.

»Nein. Offensichtlich kann man nur warten. Man muß die Lebensfunktionen erhalten und kontrollieren, daß die Gehirntätigkeit noch vorhanden ist. Es gibt keine erprobte medizinische Methode, Menschen aus einer tiefen Bewußtlosigkeit zu wecken. Es gibt zahlreiche Fälle, die man aufgegeben hatte, und die plötzlich doch die Augen aufgemacht haben.«

»Wundert mich. Ich hätte gedacht, daß unsere Medizin doch irgendwelche Schocktherapien aus ihrem Zauberkasten ziehen könnte, sie ist doch sonst nicht so zimperlich. Und wie sind die Chancen, daß jemand aus einem solchen Koma aufwacht?«

»Nicht besonders groß. Statistisch gesehen, werden sie Tag für Tag kleiner, je länger dieser ... komatöse Zustand anhält.«

»Ach, lassen Sie die Statistik! Mich interessieren die Ausnahmen, die Wunder. Ihr Mädchen ist kein normaler Fall. Wenn ich Ihnen glauben soll, liegt bei ihr keine organische Ursache vor. Die meisten Leute im Koma haben bestimmt Kopfverletzungen, Gehirntumoren oder Krankheiten, was weiß ich. Sie sind nicht, wie Ihr Mädchen, während einer Hypnosesitzung verschwunden, weil sich ihr Bewußtsein selbständig auf die Reise gemacht hat! Es ist etwas ganz anderes, und ich sage es Ihnen, wir werden Spezialisten brauchen. Mehrere. Einen Neurologen, einen Psychiater. Einen vernünftigen Parapsychologen, wenn es so was gibt. Und vielleicht sogar einen Priester. Wir können uns dieses ganze Gebiet jetzt nicht allein erarbeiten, oder haben Sie soviel Zeit?«

Ich legte mein Besteck auf den Teller. Ich hatte keinen Appetit. Die Lasagne schmeckte mir nicht, sie war weich und fad, sie klebte im Mund; mit Mühe hatte ich ein Drittel davon gegessen. Mira blätterte in ihrem Telefonbuch. Ich wurde unruhig. Wir hatten tatsächlich keine Zeit.

Ich war vorhin bei Anna gewesen, alles schien in Ordnung zu sein. Ich hatte dann Roden gesagt, daß ich erst spät kommen würde, gegen zehn oder elf Uhr, und er schien darüber sehr erfreut. Er meinte, ich bräuchte überhaupt nicht zu kommen, ich könnte mich ruhig erholen, ein paar Tage aussetzen. Er hatte schon öfter versucht, mich von Anna fernzuhalten, und ich mißtraute ihm zunehmend. Ich schaute auf die Uhr; es war noch früh, aber plötzlich schnürte es mir die Kehle zu. Ich stand auf.

»Entschuldigen Sie bitte«, sagte ich zu Mira, »ich muß dringend weg. Ich muß dorthin. Ich habe den Eindruck, als würde Anna etwas geschehen ... Ich rufe Sie an!«

»Oh nein«, sagte Mira und rief den Kellner, »ich komme mit.«

Sie zahlte, hielt ein Taxi an und stieg mit mir ein. Ich versuchte nicht, sie aufzuhalten. Etwas war mit Anna los, und ich wußte nicht, was es war, nur daß es nichts Gutes sein konnte. Mira sagte mir etwas, ich hörte die Worte, ohne sie zu verstehen, und plötzlich sah ich Roden im Institut in seinem weißen Kittel. Er eilte durch die Gänge. Ich spürte Annas Angst. Meine Hände verkrampften sich. Ihre Hände verkrampften sich. Roden. Roden war dabei, zu Anna zu gehen, und er war nicht allein. Ein Mann begleitete ihn, sein Gesicht schien mir bekannt, aber ich wußte nicht genau, wer er war. Plötzlich erinnerte ich mich – es war der Arzt, den Roden am ersten Tag geholt hatte. Doktor Karl. Annas Abwehr ballte sich in meinem Bauch zusammen, ich zitterte von ihrer Angst vor diesem Mann, sah, wie sie sich noch mehr zurückzog, fühlte den Sog der anderen Seite, der Dunkelheit, die in leuchtendes Blau übergeht, ich sah Anna wegdriften, sah sie ertrinken und kam mit einem Schlag ins Gesicht zurück ins Taxi. Mira hatte mir eine Ohrfeige gegeben.

»Hören Sie auf zu spinnen, Bergmann. Wo müssen wir hin?« Ich nannte die Adresse des Instituts. Das Taxi setzte sich langsam in Bewegung.

»Fahren Sie, so schnell Sie können«, sagte ich.

»Ganz wie Sie wollen«, brummte der Fahrer, »mir ist alles recht, solange Sie zahlen.«

»Fahren Sie wie ein zivilisierter Mensch«, sagte Mira zu ihm. »Und hören Sie mir jetzt zu, Bergmann: Sie haben sich da hineingesteigert, und wenn Sie nicht ganz den Boden unter den Füßen verlieren wollen, dann strengen Sie sich an. Es mag sein, daß Sie Intuitionen haben, von mir aus eine telepathische Verbindung zu dem Mädchen – aber das können Sie alles in den Müll werfen, wenn Sie nicht einen klaren Kopf behalten! Also nehmen Sie sich zusammen, wenn Sie wollen, daß ich Ihnen helfe!«

Was Mira sagte, war mir egal. Ich spürte nur eine riesige Welle in mir aufsteigen, die gesamte Wut, die sich gegen Roden angesammelt hatte, und ich wußte, daß ich sie diesmal nicht aufhalten würde.

Das Taxi hielt vor dem Krankenhaus an. Ich hinkte, so schnell ich konnte, an der Pförtnerloge vorbei, der Mann kannte mich, er sah nur kurz von seinem Fernsehgerät auf. Niemand war in der Halle, niemand in den grell beleuchteten Gängen. Der Aufzug brauchte lange, ich konnte nicht warten, ich lief die Treppen hoch, hinter mir hörte ich Miras Schritte, aber ich wartete nicht auf sie. Ich kann mich mit Krücken sehr schnell bewegen, ich spürte keine Schmerzen mehr, mein Gesicht, mein Blut brannten, ich rannte, wie ich in meinem Leben noch nie gerannt war.

Im zweiten Stock war kein Geräusch zu hören. Ich blieb kurz stehen. Ich sah niemanden, zögerte, ob ich zu Anna gehen sollte oder zu Roden. Mira hatte mich eingeholt. Sie legte die Hand auf meinen Arm.

»Können Sie mir vielleicht endlich erklären ... ?«

»Psst! Halten Sie den Mund. Bleiben Sie hier stehen.«

Ich ging sehr leise zu Rodens Büro und öffnete die Tür. Er stand vor seinen Monitoren, so konzentriert, daß er mich nicht hörte. Ich sah auf dem Bildschirm diesen Doktor Karl in Annas Zimmer. Er näherte sich ihr.

»Rufen Sie ihn zurück«, sagte ich.

Roden drehte sich zu mir.

»Ach, Bergmann. Sie sind schon wieder da ...«

»Rufen Sie diesen Mann zurück.«

Ich ging auf Roden zu.

»Nein. Sie muß von einem Arzt ...«

»Er bringt sie um. Roden, rufen Sie ihn sofort zurück, Sie sind wahnsinnig!«

Roden stellte sich vor seinem Schreibtisch auf. Ich wußte, daß ich Karl über die Sprechanlage herausholen mußte, ich konnte mir nicht leisten, in Annas Zimmer zu stürzen, dort zu schreien. Sie war in den letzten Tagen so empfindlich, so verletzlich geworden, daß ich selber immer leiser zu ihr sprach. Sie verwelkte, sie verlor die restliche Kraft, die sie noch hatte. Sie löste sich immer mehr von der Erde.

Auf einmal spielten die Monitoren verrückt. Annas Herztöne steigerten sich kurz, setzten aus, auch ihr Atem setzte aus. Ihr Herz begann wieder zu schlagen, aber die Kurven bildeten seltsame Muster auf den Schirmen, abgebrochene, zackige Zeichnungen, die sich nach einigen Sekunden von neuem entfernten.

Ich stieß Roden mit aller Wucht zur Seite. Er stolperte, und ich schlug auf ihn ein, bis er stürzte, dann nagelte ich ihn mit meiner Krücke an den Boden. Ich hätte ihn gern totgeschlagen.

Mira stand im Türrahmen, sie beobachtete uns, ohne ein Wort zu sagen.

»Wo ist der Mikrofonknopf?«

Roden antwortete nicht sofort. Ich schlug ihm mit der Faust ins Gesicht.

»Links. Oben.«

Ich ließ Roden los, stand auf, drückte auf den Knopf. Karl blieb stehen. Er war sehr nah bei Anna. Ihre Atmung wurde flach. Ihr Herz schien nicht mehr zu schlagen.

»Karl. Hier spricht Christoph Bergmann. Verlassen Sie diesen Raum. Gehen Sie langsam zurück. Lassen Sie Anna in Ruhe. Sie stirbt.«

Der Arzt ging unschlüssig einen Schritt zurück, drehte sich zur Videokamera.

»Das Mädchen stirbt an Unterernährung, Bergmann.«

»Ihr werdet so lange diskutieren, bis sie wirklich tot ist, ihr Idioten.«

Das war Mira, die plötzlich in Annas Zimmer stand. Ich sah sie hinter Karl erscheinen, sie ging ruhig an dem Arzt vorbei, bis zur Liege und beugte sich zu Anna hinunter.

»Mira«, habe ich gerufen und wollte hinausrennen, aber Roden, der sich aufgesetzt hatte, hielt mich zurück.

»Schauen Sie«, sagte er und zeigte auf die Kontrollmonitoren.

Anna atmete wieder, ihr Herzschlag normalisierte sich. Mira hatte ihre Hand auf Annas Kopf gelegt und streichelte ihre Haare. Ich hörte sie undeutlich sprechen, wie man zu einem Kind spricht, das man beruhigen will. Ich habe nicht verstanden, was sie gesagt hat, aber ich habe gespürt, daß Anna keine Angst vor ihr hat. Zum ersten Mal seit Wochen ist jede Spannung von mir abgefallen.

Ich habe Anna zum Leben gezwungen. Ich habe sie unter Doktor Karls Anweisungen an einen Tropf gehängt. Mira stand bei mir, sie hielt Annas Kopf mit beiden Händen. Ich versuchte, mich zu sammeln, während Mira mit Anna sprach, als könnte sie jedes Wort verstehen.

»Weißt du, ich habe Angst vor Spritzen, ich falle in Ohnmacht, wenn man mir Blut abnimmt«, sagte sie, »ich finde dich wahnsinnig mutig, Kleine, an deiner Stelle würde ich aufstehen und weglaufen. Aber das kannst du immer noch machen. Überleg's dir. Dieser Mensch hat noch nie eine Spritze gegeben, meine Güte, wird das ein Blutbad werden! Bergmann, bestellen Sie gleich eine zweite Liege für mich. Mensch, Anna, wenn du wüßtest, wie es in meinem Magen aussieht, würdest du mir den Kopf halten... Mädchen, hast du schöne Haare, ich werde sie dir kämmen, wenn er endlich fertig ist. Einverstanden? Und später werde ich sie waschen. Mir ist schlecht. Ich brauche frische Luft, du auch, glaube ich. Krankenhausluft bekommt niemandem. Wir sollten im Park eine Runde drehen. Es ist schon dunkel, aber die Nacht ist klar heute, vielleicht könnten wir einige Sterne sehen...«

Mira redete und redete, ich hörte nicht mehr zu. Karl überwachte den Vorgang über die Monitoren. Er hatte mir jeden Schritt erklärt. Ich mußte ihre Vene suchen, die Armvene, die unter ihrer durchscheinenden, blassen Haut gut sichtbar war, aber unter meinen Fingern wegrollte. Zuvor hatte mir Mira trotz ihrer Angst ihre Arme als Übungsfeld angeboten; sogar Roden hatte sich zur Verfügung gestellt. Sie hatten mich überzeugt, daß es notwendig war, Anna künstlich zu ernähren, und daß ich es tun mußte.

»Ich glaube, daß sie es von Ihnen annehmen wird. Aber Sie sollten ein wenig üben, das erste Mal ist es nicht ganz einfach...«, sagte Karl.

»Ich brauche keine Übung«, sagte ich. »Erklären Sie es mir.«

Meine Finger sind geschickt, ich habe keine Angst vor Blut,

keine Angst vor Spritzen, ich war sicher, daß es mir gelingen würde. Den Arm abbinden, die Vene halten, hineinstechen, durch die dünne Hautschicht, ein wenig Blut abnehmen, das Karl untersuchen wollte, dann die Kanüle für die Infusion legen. Eine klare Reihenfolge präziser Bewegungen, die man sorgfältig ausführen muß, eine einfache Arbeit.

Aber meine Hand zitterte, die Nadel schien immer größer zu werden, und schwer, zu schwer. Ich stellte mir vor, wie die Plastikspritze ihr Blut, das dick und fast schwarz war, einsaugen würde, wie die durchsichtige Flüssigkeit aus dem Tropf in ihre Venen fließen, sich mit ihrem Blut verbinden würde, es tat mir weh; es war mir, als hörte ich Annas Stimme, die zuerst nein sagte, dann schrie, als ich die Binde um ihren Arm festzog. Der Schrei wurde leiser, immer leiser, bis das Bild sich wandelte: Ich sah ein Flußbett mit fast stehendem Wasser, zwischen den breiten Ufern stiegen Sandbänke auf, und in der Ferne sah ich eine Ackerlandschaft und kleine Menschen mit Sonnenhüten, die auf den Feldern arbeiteten. Esel oder seltsam winzige Pferde zogen Holzkarren auf ungeteerten Wegen und wirbelten Staubwolken auf, die undurchdringlich in der Luft hängenblieben, bevor sie im Zeitlupentempo zu Boden fielen; und mir war, als könnte ich den Klang jedes Staubpartikels einzeln hören, es waren metallische Töne am Rand des menschlichen Hörbereichs, ich fühlte einen Druck unterhalb der Ohren, fast einen Schmerz, der in meinem Mund säuerlich wie Erbrochenes schmeckte. Die Felder waren grün, ein hartes, trockenes Grün, das sich in die Nähe des Flusses drängelte, den rauhen Sand des Ufers entlangkroch, dürr zwischen den Steinen raschelte. Ich fröstelte. Mein Mund war trocken, ich hatte Durst, die Erde war verdorrt, verkrustet und rissig.

Annas Haut verwelkte, als die Nadel sich näherte. Ich drückte mit meinem Daumen auf ihre Armbeuge, hielt ihre Vene fest, stach durch die dünne papierne Haut durch, zog das Blut bis zur Markierung ein und befestigte die Nadel mit einem Pflaster. Als die Spritze voll war, nahm ich sie ab. Der Rest war leicht. Karl hatte die Infusionsflasche vorbereitet, ich drehte den winzigen Hahn ein wenig auf und sah zu, wie die ersten Tropfen langsam in den Schlauch fielen, sich träge hinunterschlängelten. Es dauerte lange. Der Fluß verdichtete sich. Er wurde fester, nichts drang hinein, die Tropfen stauten sich; sie blieben einen Augenblick rund, in sich abgeschlossen, tanzten auf der Oberfläche wie kleine Glasperlen, bevor sie zersplitterten, mühsam einen Weg nach innen fanden und verschwanden. Der Fluß bäumte seinen Rücken auf, abweisend und mißtrauisch. Aber nach einer Weile bewegte sich das Wasser, ihr Blut schien auf die Flüssigkeitszufuhr zu warten, sich den glänzenden Tropfen zu öffnen. Ich drehte den Hahn auf, und die Kochsalzlösung floß in Annas Vene hinein.

»Es reicht, nicht so schnell«, sagte Doktor Karl.

Mira verließ den Raum. Ich blieb mit Anna allein und sah die Wege des Blutes durch ihre Haut, Verästelungen, Bäume, die ihre Wurzeln tief in die Erde eingraben, mit anderen Wurzeln Labyrinthe bilden, Wurzeln, die reisen, Wurzeln, die nie bleiben, immer weiter wachsen, immer nach neuen Quellen suchen, und Äste, die in den Himmel hineinschießen, sich verzweigen, dünner, länger werden, immer weiter greifen, immer weiter im Himmel Halt suchen. Ich sah Wege, Straßen, Kreuzungen, Stiegen, Tunnels, ich sah Bäche und Flüsse, sie begegnen sich, stauen sich, ergießen sich in Kaskaden, ich sah Wasser, das fließt, Wasser, das tränkt, Wasser, das befruchtet. Anna öffnet sich, es fließt, sie fließt, jeder Tropfen verbindet sie mit einem anderen Strom, und ich sitze bei ihr und singe ihr ein Lied, das ich nicht kenne.

»Waren Sie schon in Afrika?« fragte Karl später.

»Nein, warum?«

»Ich habe zwei Jahre in Kamerun verbracht, nach meinem Studium. Ich war auf dem Land, ziemlich einsam. Am Fluß, der meistens so gut wie trocken war, hockten die Frauen zusammen in kleinen Trauben, die Knie in Kinnhöhe, sie haben sich dort gewaschen und ihre Tiere getränkt, und danach hockten sie sich hin, bewegten sich genau wie Sie, ein langsames seitliches Schaukeln. Und wenn man nahe genug war, hat man sie gehört; sie haben dasselbe Lied gesungen wie Sie vorhin. Also, es klang ziemlich ähnlich. Die Worte habe ich nicht verstanden, aber ich habe mich erkundigt. Es ist ein Flußlied. Das singen die Frauen, damit der Fluß immer genug Wasser hat. Woher kennen Sie es?«

»Keine Ahnung. Wahrscheinlich habe ich es irgendwo gehört. Oder ich hatte vielleicht eine schwarze Amme.«

Aber es stimmt nicht. In Bayern auf dem Land gibt es keine schwarzen Ammen. Ich habe dieses Lied nie gehört. Es geschieht andauernd mit mir, seitdem diese Geschichte angefangen hat, daß ich mich plötzlich in fremdem Gedankengut befinde, Bilder sehe, die nicht meine sind, Melodien singe, ohne mir bewußt zu sein, daß ich überhaupt singe; Reime tauchen in meinem Gedächtnis auf, Landschaften, durch die ich nie gereist bin, Gesichter, die mir vertraut sind, obwohl es nicht sein kann. Es sind nicht meine Erinnerungen. Sie gehören Anna. War Anna in Afrika? Hatte sie eine schwarze Amme? Ich weiß es nicht. In ihrer Akte steht nichts davon. Doch ich weiß mehr über Anna, als sie uns je gesagt hat.

Ich lebe mit Annas Bildern zusammen, ich erkenne Dinge, Menschen, die ich nie gesehen habe, ich fühle fremde Gefühle, ihre Gefühle, die meine werden. Ich kann mich von ihr nicht abgrenzen, zwischen mir und ihr nicht unterscheiden. Aber es ist mehr als nur Annas Bilder und Erinnerungen. Ich berühre Ebenen, zu denen ich nie Zugang hatte.

Es geschieht andauernd mit mir, daß ich eine Ebene verlasse, eine andere betrete, und ich bin unfähig, das zu steuern. Ich weigere mich nicht, sondern gebe mich dem hin, dabei fühle ich mich halb blind, wie jemand, der ein Puzzle ohne Vorlage macht. Ich weiß nicht, nach welchem Muster, nach welchen Farben, nach welchen Inhalten ich suche. Ich taste nur die Formen ab, die mir zufällig in die Hand kommen. Ich wähle die einzelnen Stücke nicht aus. Sie bieten sich an, drängen sich auf und führen mich. Ich frage nicht mehr, wohin. Nicht mehr nach dem Warum. Ich habe mich ergeben.

Das Puzzle ist nicht zweidimensional. Auch nicht dreidimensional. Es wächst wie ein Kefirpilz nach allen Richtungen, es wuchert und verändert sich, und ich habe die Geduld der Steine, ihre Langsamkeit, ihre Schwere, und sehe mit unverwandtem Blick zu, wie die einzelnen Zellen sich teilen und vermehren und unentwegt neue Formen erfinden.

Diese Gedanken verwirren mich, aber die Bilder nicht. Was ich zu denken versuche, braucht mehr Raum, als im steifen Gehäuse der Sprache vorhanden ist, es läßt sich nicht einschränken, es braucht kein Gerüst, sondern etwas Weiches, Durchlässiges, das immer in Bewegung bleibt. Wenn es mir gelingt, kann ich vielleicht das Muster verfolgen und erweitern. In das Bild hineingehen. Mich in Annas Bilder fallen lassen, selber Anna sein.

Es ist eine Frage der Zeit.

»Komm, trink ein Glas Wein, Christoph. Du denkst zuviel. Wenn ich ein Mann wäre, würde ich mit dir ins Bordell gehen.«

Mira schlägt mir in die Rippen. Sie schlägt fest zu. Wir stehen in einer Kneipe und trinken, sie bestellt immer mehr Wein, ich werde konfuser, sie wird klarer. Die Ereignisse haben keine Reihenfolge mehr, oder ich habe sie vergessen.

Mira organisiert alles, kümmert sich um fast alles, als würde sie täglich solche Angelegenheiten regeln. Sie hat alles fest in der Hand.

Roden sitzt im Gefängnis, arbeitet, sagt er, an der Auswertung der letzten Daten. Er hat die volle Verantwortung übernommen und mich entlastet, so kann ich bei Anna bleiben. Niemand versucht, sie mir wegzunehmen.

Als die Polizei zum ersten Mal kam, bestätigte Doktor Karl, daß Anna vom medizinischen Standpunkt vorerst bestens versorgt sei und daß sie mich brauche. Der Inspektor war wohl ein Freund von Mira; ich weiß nicht, wieviel sie ihm am Telefon erklärt hatte, aber er schützte uns vor seinen aufdringlichen Kollegen und verhinderte, daß irgend jemand zu Anna ging.

»Sie muß unbedingt ungestört bleiben«, sagte Karl. »Jede Unruhe, jede Bewegung in ihrem Zimmer würde ihr schaden. Und außerdem ist sie für Infektionen extrem anfällig.«

Der Inspektor vergewisserte sich nur, daß Anna lebte. Er betrat nicht ihr Zimmer, sondern betrachtete sie eine Weile auf den Bildschirmen, ohne etwas zu sagen. Danach ließ er sich von Karl und Roden die Funktionen der verschiedenen Monitoren erläutern. Er schien damit zufrieden, aber als er später allein mit Mira und mit mir blieb, klang er skeptisch. Wir standen hinter dem Einwegspiegel.

»Ich hoffe, das geht gut.« Er zeigte auf Anna. »Sie sieht aus, als würde sie schlafen. Schade um das Mädchen.«

»Kannst du uns ein wenig Zeit lassen, bevor sich alle einmischen?« fragte Mira.

»Kaum. Ein, zwei Tage höchstens. Ich werde meinen Bericht in eurem Sinne schreiben, und wenn ihr Glück habt, wird die Sekretärin erst übermorgen Zeit haben, ihn zu tippen. Aber länger kann ich es nicht aufhalten.«

»Das reicht, danke, Philip. Bis dahin haben wir den Rest organisiert. Du bist ein Schatz.«

»Ja, ja«, sagte er und wirkte dabei nicht sehr überzeugt. »Mira, sei vorsichtig mit dieser Geschichte. Ich nehme an, daß du weißt, was du tust. Es ist nicht ganz legal.«

Mira hatte wie ein Raubtier gelächelt.

»Ich bin immer vorsichtig. Du weißt es. Wie geht es bei dir zu Hause?«

»Danke. Es war schon mal schlechter. Man findet sich ab, es ist zuerst nicht so schön, aber es hat auch überraschend gute Seiten. Wir sind in Urlaub gefahren.«

»Gut. Es freut mich.«

»Ich weiß nicht, was du damit sagen willst. Ich muß jetzt gehen, diesen Bericht schreiben. Ich lasse euch zwei Männer da. Sie werden schon nicht stören.«

Und er war gegangen, ohne sie anzuschauen.

Später, als wir beide in der Kneipe allein saßen, habe ich Mira gefragt, ob er ein Freund von ihr sei.

»Ja. Hat eine nette Familie, viele Kinder. Drei oder vier. Vor einigen Jahren hatte ich Probleme mit einem Mann, der mich mit wiederholten Morddrohungen belästigte. Ich habe es nicht sehr ernst genommen, habe aber trotzdem die Polizei benachrichtigt. Philip hat den Fall übernommen. Er hat mich so gut wie gerettet. Ich habe ihn gern. Schade, daß er verheiratet ist.«

Diese Nacht wachte Karl bei Anna. Seit sie an der Infusionsflasche hing, bekam sie keine Krämpfe mehr, wenn er bei ihr war. Er hatte sie mit Valium ruhiggestellt. Er hatte darauf bestanden, daß es unbedingt notwendig war, bis sich ihr körperlicher Zustand stabilisiert hatte, und Mira hatte ihn unterstützt.

»Schau, Christoph, in den nächsten Tagen wird hier die Hölle los sein. Und glaube nicht, daß du diese Ruhe bewahren kannst. Wir müssen sie abkapseln, und Valium ist gut. Für eine Woche oder zwei wird es ihr nicht schaden. Danach ...«

»Anna hat sich gegen dich auch ohne Valium nicht gewehrt«, sagte ich. »Ich frage mich, ob sie ihren Widerstand ganz aufgibt oder ob sie es nur bei manchen Menschen tut. Ich hätte nie gedacht, daß sie sich von dir anfassen läßt.«

»Ich war nicht sicher«, sagte Mira, »aber es ist logisch. Irgendwie logisch.«

»Ich weiß nicht, was daran logisch sein soll.«

»Vergiß es und trink. Du würdest es nicht verstehen. Später. Laß uns jetzt den Rest angehen, eine gescheite Taktik entwickeln. Und bestell mir ein Sandwich, ich bin ausgehungert.«

Wir, oder eher Mira hat Stunden damit verbracht, diese Taktik zu entwickeln. Es machte ihr offensichtlich Spaß. Mir war das alles zuviel, zu gewagt, ich fürchtete mich vor der Lawine, die sie auslösen wollte. Zuerst hatte ich nur Einwände, wollte sie am liebsten bremsen. Es war unmöglich. Mira schäumte über, schrieb einen Zettel nach dem anderen, aß in Windeseile zwei Sandwiches, ließ sich ein Telefon an den Tisch bringen und rief den ersten Journalisten an. Miras Augen glänzten, ihr Kollege war offensichtlich sehr aufgeregt und stellte viele Fragen.

»Was hat er gesagt?« fragte ich, als sie eingehängt hatte.

»Endlich mal was anderes, hat er gesagt. Nun zum nächsten.«

»Komm, Mira, hör auf. Wir können Anna nicht wie die Sensation des Jahres verkaufen.«

Aber wir konnten es.

Nach und nach, mit jedem Schluck Rotwein, den ich trank, zerbrachen meine Argumente. Am Schluß war ich vollkommen davon überzeugt, daß Mira recht hatte; als sie mir den Hörer reichte, gab ich mein erstes Interview. Zwei Tage später war Annas Foto in jeder Zeitung.

Und jetzt warte ich darauf, daß jemand kommt, der Anna kennt. Eine Freundin, ein Verwandter. Ein Liebhaber. Ein Zahnarzt. Eine Friseuse. Irgend jemand, der mir sagt, was Anna da draußen sucht. Warum sie uns benutzt hat, um sich von diesem Leben zu entfernen. Jemand, der mir hilft, sie wieder zu erreichen, der mir verrät, warum sie geweint hat. Aber vielleicht hat Anna nie geweint, und ich erfahre nur, was sie zum Lachen gebracht hat. Das ist, was ich wissen muß. Was sie bewegt hat. Was sie erschüttern kann. Was für sie wichtig ist, lebenswichtig.

Sie liegt vor mir, der Fluß ist breit geworden, das Gras am Ufer beugt sich unter dem leichten Wind, es ist sehr still. Ihr Körper ist da, ein unbewohntes Gebäude, das nicht zusammenfällt, das von uns instand gehalten wird, ein komplexes System, dessen Gleichgewicht stabiler geworden ist, seitdem sie am Tropf hängt und fachliche Pflege bekommt. Sie nimmt nicht mehr ab, ihr Herz schlägt regelmäßig, ihre Atmung und ihre Blutwerte normalisieren sich. Ihre Haut ist weniger weiß, und wenn ich sie berühre, fühlt sie sich wärmer, lebendiger an. Obwohl sie kein Valium mehr bekommt, reagiert sie nicht mehr mit Krämpfen, wenn jemand Fremdes ihr näher kommt. Die Kurve der Elektroenzephalogramme verläuft ohne jegliche Veränderung, die Amplitude ist minimal, aber nicht außerhalb der Norm, als würde Anna denselben wohligen langweiligen Gedanken, kurz bevor sie einschläft, unablässig wiederholen.

Doktor Karl ist zufrieden. Die wenigen Fachleute, die sie sehen durften, sind von ihrem Zustand beeindruckt. Sie betrachten Anna als ein medizinisches Wunder. Sie kann jahrzehntelang weiterleben, sagen sie. Sie scheint im Gegensatz zu anderen Menschen, die Wochen und Monate im Koma verbracht haben, erstaunlich robust zu sein, und es gibt keinerlei Anzeichen eines fortschreitenden Zerfalls der Körperfunktionen.

Selbstverständlich sehen sie nur eine Seite. Sie messen, vergleichen, analysieren. Daß sie sich nicht mehr wehrt, legen sie als Besserung aus. Es ist aber keine Besserung. Ich weiß es. Anna hat ihren Widerstand aufgegeben, weil ihre Seele sich noch mehr von ihrem Körper gelöst hat. Sie ist weiter weg, als sie je war. Das, was da liegt, hat nichts mehr mit ihr zu tun. Sie hat uns ihren Körper, eine leere Hülle, hinterlassen.

Ich habe sie verloren, und ich weiß nicht, wo ich sie suchen soll. Ich verbringe weniger Zeit im Institut, sie braucht mich nicht. Sie ist verreist, und es gibt keine Nachricht von ihr, keine neue Anschrift, keine Spur, die ich verfolgen könnte. Auch in ihrer Wohnung habe ich nichts gefunden, was mir helfen könnte, sie zu finden, aber ich lebe dort und träume in ihrem Bett von einer anderen Anna, von einer lebendigen Frau, mit einem lebendigen Körper. Und ich warte auf etwas, ohne zu wissen, was es sein könnte.

Nachdem Annas Foto überall erschienen war, haben sich viele Menschen gemeldet. Sie haben angerufen oder sind gekommen, die meisten wollten sie sehen, aber wir haben niemanden zu ihr gelassen. Ich habe ihnen Fragen gestellt, immer dieselben Fragen wiederholt, anders formuliert, und als mir allmählich bewußt wurde, daß keiner mir die Antworten gab, die ich brauchte, habe ich sie erzählen lassen. Es gibt Kisten von Tonbändern, Kilometer von Magnetstreifen mit den Stimmen der Menschen, die gekommen sind, um von Anna zu sprechen, und nach und nach bemerken, daß sie nichts von ihr wissen. Sie schweigen dann, und nach einer Weile sprechen sie von sich, von ihrem Leben, von ihrer Einsamkeit oder vom Tod ihrer Haustiere. Meistens lasse ich sie sprechen und wundere mich darüber, daß sie irgendwann aufstehen und gehen. Ich höre schon lange kaum noch zu. Aber ich warte immer noch, daß etwas geschieht.

Mira meint, daß ich meine Zeit vergeude. Es stimmt nicht. Wenn es schon nichts Sachliches über Anna zu erfahren gibt, muß ich den anderen Weg gehen, hören, was nicht ausgesprochen wird, sehen, was sich den Augen entzieht. Meine Denkmuster ausschalten und warten, mich treiben lassen von Intuitionen, Zufällen und bedeutungslosen Details.

»Nichts für mich.« Mira schüttelte den Kopf. »Ich habe es gern handfest. Ich halte nichts von Intuitionen, von diesem ganzen irrationalen Zeug. Ich bin ein Realist. Du hättest eine gute mittelalterliche Mystikerin abgegeben, Christoph. Mach nur, ich paß auf, daß du nicht abhebst.«

Sie füttert mich mit Rotwein und Pasta, achtet darauf, daß ich einmal am Tag esse. Ich habe keinen Hunger, und der Wein macht mich nicht betrunken, nur ein wenig schwer.

Iris war als erste gekommen. Sie stand im Flur, als ich morgens aus Annas Zimmer kam. Es war sehr früh. Sie hatte die Zeitung abends gelesen und sich sofort auf den Weg gemacht. Sie hatte Mira getroffen, wollte aber unbedingt mit mir sprechen und hatte die Nacht auf der Holzbank verbracht. Sie sah überhaupt nicht müde aus. Ihr Gesicht kam mir bekannt vor, aber ich wußte nicht, woher. Bevor ich mich erinnern konnte, stellte sie sich vor. Ihr Name sagte mir nichts. Sie erzählte, daß sie sich für die Testreihe gemeldet hatte und daß man sie nicht genommen hatte.

Iris sprach ununterbrochen. Sie schien sich für das, was mit Anna geschehen war, verantwortlich zu fühlen.

»Ich habe sie zu Ihnen geschickt. Sie hat mich gefragt, ob ich einen Job wüßte... Ich hatte gerade von diesen Tests erfahren, habe ihr gesagt, sie sollte es versuchen. Und jetzt ist sie halb tot.«

»Sie können nichts dafür. Nur weil Sie ihr die Adresse gegeben haben...«

»Ach, das ist es nicht. Ich mache selber seit Jahren solche Tests, mir ist nie etwas passiert. Aber Anna...«

Iris atmete tief ein und strich sich die Haare aus dem Gesicht.

»Ich kenne Anna schon lange, ich hätte wissen sollen, daß es nicht gut für sie ist... Sie ist zerbrechlich... Nein, nicht zerbrechlich, es ist etwas anderes. Ich kann es nicht genau erklären, es ist, als würde sie spielen. Ja, sie spielt. Aber...«

Iris versuchte, Anna zu beschreiben, und verwickelte sich in Widersprüche. Sie sprach viel, ich ließ sie sprechen, ohne sie zu unterbrechen, wartete, wenn sie Pausen machte. Ich hatte ein Tonbandgerät eingeschaltet.

»Ich weiß es«, sagte sie später. »Immer, auch wenn sie lacht, sind ihre Augen unruhig, als wäre sie auf der Hut oder als suchte sie etwas. Sie ist freundlich... Diese Freundlichkeit, diese gute Laune, die zugleich ein wenig abweisend sind. Waren Sie je in Amerika?«

Ich nickte.

»Dann wissen Sie, was ich meine. Sie läßt damit niemanden wirklich näher an sich heran. Man hat fast das Gefühl, daß es ihr egal ist, mit wem sie gerade ein Glas Wein trinkt. Sie lernt Leute kennen, stellt sich auf sie ein und hört zu. Ich glaube, daß sie Menschen mag. Aber ich bin mir nicht sicher. Manchmal ist sie mitten im Lärm still geblieben, hat sich nicht bewegt, niemanden beachtet, einmal stand sie da, und ich war erschrocken, sie so zu sehen. Sie war abwesend, vollkommen für sich, und ich habe sie gefragt, ob es ihr schlecht ginge. Sie hat den Kopf geschüttelt und gelacht. So war sie manchmal. Das hat mich beeindruckt. Diese Ruhe. Sie können es sich nicht vorstellen!«

»Doch. Sagen Sie – mit wem hat sie sich getroffen? Mit wem war sie oft zusammen? Mit wem ist sie ausgegangen?«

Iris überlegte. Sie brauchte eine Weile, bevor sie zögernd antwortete.

»Ich denke, daß sie viele Leute kennt. Aber wen sie besonders häufig getroffen hat, das weiß ich nicht. Wir sind nicht eng befreundet. Und sie hat nie von ihrem Privatleben erzählt. Kein Wort.«

»Wovon hat sie sonst gesprochen, was hat sie beschäftigt? Was hatte sie für Probleme?«

Iris schüttelte den Kopf.

»Wenn Sie so genau fragen – ich habe keine Ahnung. Sie hat nie viel erzählt. Ich weiß nicht, was sie beschäftigt hat. Aber es wundert mich nicht, daß sie das gemacht hat, das paßt zu ihr.«

»Was meinen Sie?«

»Es wundert mich nicht, daß sie die Erde verlassen hat, das meine ich.«

Ich war überrascht und bat sie, mir das zu erklären, aber sie wurde allmählich konfuser und gab schließlich zu, daß sie unfähig war, etwas Konkretes über Annas Leben zu sagen.

»Es stimmt. Ich war nie bei ihr zu Hause. Ich weiß nicht einmal, wo sie wohnte. Ich habe sie nie mit einem Mann gesehen, ich meine, sie war andauernd mit Männern zusammen, aber sie waren austauschbar. Ich weiß nicht, ob sie einen Freund hatte, nicht, ob sie mit jemandem schlief. Ich hätte es gern gewußt, weil sie mir manchmal heilig und unantastbar vorkam! Sonst... Was weiß ich von ihr? Sie hat studiert. Ich habe aber keine Ahnung, was sie studiert hat. Das hat mich auch nicht interessiert. Wenn ich es mir überlege, kenne ich sie nicht. Wir haben uns selten gesehen, und dann immer zufällig. Aber... irgendwie war sie mir vertraut, ich hatte sie gern, können Sie das verstehen?«

»Ja. Ich kann es verstehen. Aber hören Sie auf, von Anna in der Vergangenheit zu reden. Sie ist nicht tot.«

Iris dunkle Augen glänzten, ich dachte, daß sie gleich anfangen würde zu weinen, und stand auf, um sie zu verabschieden. Sie hielt meine Hand fest.

»Wir werden uns wiedersehen. Die Journalistin, ich habe ihren Namen vergessen, hat mich gefragt, ob ich tippen und ein Telefon beantworten kann. Sie brauchen Hilfe, hat sie mir gesagt. Und ich habe ihr angeboten, in den Kneipen nachzufragen, ob jemand etwas weiß. Die Barkeeper sind meist sehr gut informiert. Ich habe Zeit.«

Iris hatte nicht nur Zeit. Sie wollte Anna beschützen. Sie war entschlossen, für sie alles zu tun, was sie konnte. Deswegen hat sie angefangen, mit uns zu arbeiten. Sie ist gut für uns, sie spürt, was wichtig ist und was nicht, sie wählt Anrufer aus, schickt unerwünschte Besucher mit Takt und, wenn es sein soll, mit Gewalt weg. Als die Unruhe den höchsten Pegel erreichte, als wir tatsächlich Wache vor Annas Tür halten mußten, schlief Iris tagelang im Institut. Sie hat ihr normales Leben aufgegeben und begleitet uns, ohne Fragen zu stellen.

Nach Iris sind viele gekommen. Ich habe sie zuerst alle empfangen. Ich sprach mit Schülern der Kunstakademie, mit Frauen aus Annas Viertel, die sie in der Bäckerei gesehen hatten, auch mit Leuten, die sich einbildeten, Anna zu kennen, sie aber in Wirklichkeit nie gesehen hatten. Und ich sprach mit Männern, die mit ihr geschlafen hatten. Manchmal waren sie sich nicht sicher, ob es wirklich Anna war, die sie mit zu sich nach Hause genommen hatten; die Frau sei mitten in der Nacht verschwunden, hatte weder einen Namen noch eine Adresse hinterlassen, erzählten sie. Ich fragte den ersten, wie er sie kennengelernt hatte. Er schüttelte den Kopf.

»Nichts Besonderes. Sie saß an der Theke, und ich habe sie angesprochen. Routine. So was klappt ziemlich selten, aber man versucht es trotzdem. Ich habe ihr ein Glas Wein spendiert, und irgendwie haben wir über Sex geredet. Sie hat gemeint, daß Männer feig sind, viel zu selten direkt eine Frau fragen, ob sie mit ihnen ins Bett geht. Ich habe ihr gesagt, daß sie mir wahrscheinlich eine Ohrfeige geben würde, wenn ich sie danach fragte. Sie provozierte mich. So habe ich gesagt: Schläfst du mit mir? Jetzt? Und sie sagte: Ja, klar. Aber nicht hier. Gehen wir zu dir.«

»Und dann?«

»Das haben wir gemacht. Wir sind schon im Taxi aufeinander losgegangen. Der Fahrer hat mehr in den Rückspiegel geschaut als nach vorne. Bei mir haben wir wie die Weltmeister gebumst. War mir lange nicht mehr passiert.«

»Und danach?«

»Danach bin ich wohl eingeschlafen. Als ich wach wurde, dachte ich, daß ich wahrscheinlich geträumt hatte. Sie war weg, hatte keine Spur hinterlassen. Nicht mal ein Haar. Ich dachte schon, daß ich verrückt bin.«

»Sie haben Anna nie wiedergesehen?«

»Nein. Ich wußte nicht einmal, daß sie so heißt. Ich glaube, sie hat mir einen anderen Namen genannt, ich habe es vergessen. Ich bin am nächsten Abend in die Kneipe gegangen, wo ich sie getroffen hatte, aber sie war nicht da. Macht auch nichts. Sie war keine Frau für was Ernstes.«

»Wie meinen Sie das?«

»Schwer zu sagen. Sie war hübsch, toller Körper, und noch ein bißchen Hirn dazu, eine kluge Frau. Nur ... sie wollte nur bumsen. Das war's. Sie hätte auch einen anderen genommen. Es war geil, aber ich brauche ein wenig mehr auf die Dauer. Verstehen Sie, einmal oder ein paarmal O. K. Aber ich bin doch keine Nutte, ich habe auch einen Kopf und Gefühle ... Ja, das ist es, die Frau, die hatte keine Gefühle. Nicht die Spur von einem Gefühl.«

Die Berichte der anderen waren ähnlich. Sie hatten miteinander wie wild geschlafen. Bei keinem war Anna bis zum Morgen geblieben. Und sie hatte tatsächlich verschiedene Vornamen benutzt. Bei zweien hatte sie sich Lucy genannt. Als ich Mira davon erzählte, lachte sie.

»Auch Frauen brauchen Sex in regelmäßigen Abständen, Christoph, und es gibt auch Frauen, die keine Komplikationen wollen. Kein Schmalz, keine Szenen, keine Ansprüche. Es ist doch nicht so schlecht. Und du, wie gehst du damit um?«

Ich wurde wahrscheinlich rot. Ich konnte mich kaum noch daran erinnern, wann ich das letzte Mal mit einer Frau geschlafen hatte. Es war bestimmt kein überwältigendes Erlebnis gewesen. Seit ich zu Anna gezogen war und in ihrem Bett schlief, glaubte ich manchmal, daß sie bei mir lag. Sie legte ihre Hände auf meinen Körper, ich spürte ihren Mund auf meinem, und sie streichelte mich, bis ich explodierte. Es geschah oft, und auch im Traum. Ich wachte auf, fühlte die kühle Nässe meines Samens, fühlte mich elend. Der Traum war verloren, ich lag einsam in Annas Bett, versuchte, die Stücke, die Eindrücke, die Erinnerungsbrüche zusammenzufügen, und scheiterte jedesmal. Aber manchmal riß mich eine wahnsinnige Lust aus dem Schlaf, und ich onanierte mehr und intensiver, als ich es je in meinem Leben getan hatte.

Mira und ich saßen an diesem Abend in ihrer Wohnung. Es war ruhiger als in den Restaurants, wo wir öfter von ihren Kollegen oder von Neugierigen gestört wurden. Wir zogen uns lieber zurück, teilten uns die mageren Ergebnisse unserer Aktivitäten mit, kommentierten die Zeitungen, ärgerten uns über die Presseerklärungen und Flugblattaktionen von verschiedenen Gruppen. Am Schluß behaupteten wir immer, daß wir Fortschritte machten, der Lösung näherzukommen, um den Mut nicht zu verlieren. Wir tranken Wein und rauchten Zigaretten und waren Freunde geworden.

»Ich lebe wie ein Mönch«, sagte ich Mira. »Das ist noch unkomplizierter. Und du, wie lebst du?«

Diese Frage hätte ich nicht stellen sollen. Eigentlich war es vollkommen egal, was ich sagte. Ob ich antwortete oder nicht. Wir hatten viel Zeit zusammen verbracht, viele Spannungen, Angriffe und Enttäuschungen erlebt. Zuviel. Es war längst fällig, Miras Nähe fühlte sich an wie eine Brandfläche, obwohl wir zwei Meter voneinander entfernt saßen.

»Mira …«

Mira drückte ihre Zigarette aus, setzte sich zu mir auf ihr Sofa und begann mich auszuziehen. Sie knöpfte mein Hemd auf, öffnete meinen Gürtel und nahm meinen Schwanz fest in ihre Hände.

Ich bin diese Nacht bei Mira geblieben, und wir haben wie die Weltmeister miteinander geschlafen, so wie es der Mann von seiner Nacht mit Anna gesagt hatte. So kam es mir vor. Immer wieder. Wie sind in ihr großes Bett gegangen, Mira hat ihre Brille abgesetzt und sah plötzlich verändert aus, jünger und fraulicher. Mit ihren zerwühlten Haaren und nackten Brüsten bekam sie etwas Zartes, was am nächsten Morgen wieder verschwunden war, als sie angezogen am Küchentisch saß, mit mir Kaffee trank und vom Komitee gegen Menschenversuche berichtete, das zu einer Kundgebung aufgerufen hatte.

VI

Die Kälte

Eine Zeitlang ist mir die Welt wärmer vorgekommen, selbstverständlicher. Es gab keinen Grund. Nur Miras Körper, ihre Wärme, ihre Nähe, die für eine Weile die Einsamkeit vertrieben und mir Zuversicht und Geduld geschenkt haben. Ich hoffte wieder, bildete mir ein, winzige Hinweise einer Verbesserung zu entdecken. Ich fühlte mich stark genug, Anna ins Leben zurückzurufen. Es schien mir nur eine Frage der Zeit und der Ausdauer zu sein. Aber es war eine Illusion. Miras Wärme hatte mich betäubt, mich für einige Stunden glücklich gemacht und dadurch meine Unruhe gelindert. Sie hatte mich aufgeweicht wie ein heißes Bad, und ich habe es ausgekostet, obwohl ich wußte, daß ich nicht zu lange darin bleiben durfte. Ich fühlte mich zu wohl bei ihr.

In Wahrheit zeigt sich nicht das geringste Anzeichen eines Fortschrittes. Anna nimmt diese Welt nicht wahr, und mich auch nicht. Jeder beliebige Mensch könnte bei ihr wachen, ich weiß es, für sie wäre es kein Unterschied, aber für mich, deswegen verbringe ich jetzt wieder fast alle Nächte im Institut; ich bin gern bei ihr, lieber als anderswo. Ich brauche sie, ihre Abgeschlossenheit und diese Spannung, die auf mich übergeht, sich unter meine Haut schiebt und mich fühlen läßt, als wäre ich sie, als wäre ich Anna.

Mira arbeitet. Sie will die Aufnahmen der Hypnosesitzungen genau untersuchen und hat sich mit den Protokollen zurückgezogen. Außer Roden und mir hat sich bis jetzt niemand damit befaßt, obwohl sie der Öffentlichkeit als Informationsmaterial zur Verfügung standen. Bei einer Pressekonferenz habe ich sie verteilt, dabei habe ich betont, daß die Daten, die wir überprüft hatten, alle richtig waren. Aber die anwesenden Journalisten haben sich nicht dafür interessiert, sie haben kaum Fragen gestellt, möglicherweise haben sie nicht verstanden, worum es geht. Laien tun sich schwer mit den Protokollen, die zum größten Teil aus Zahlenreihen und spröden Formeln bestehen. Und die Wissenschaftler, die die Mittel hätten, die Ergebnisse auszuwerten, wollen nichts damit zu tun haben. Sie fürchten um ihren Ruf und behaupten einfach, es sei alles ein Riesenschwindel gewesen.

Jetzt ist die große Welle vorbei, und ich bin froh, daß ich mit der

Presse nichts mehr zu tun habe, doch etwas beschäftigt mich sehr: Warum kam niemand auf die Idee, daß die Tonbänder massive Argumente für Rodens Theorie sind? Denn es ist weder mit Betrug noch mit Reinkarnationstheorien zu erklären, daß ein gewöhnlicher Mensch ohne jede Bildung die genaue Struktur von Schmetterlingsflügeln beschreibt, wie sonst nur Spezialisten es können. Auch Anna hätte die Daten, die sie übermittelte, nirgends finden können. Sie muß sie in sich entdeckt haben.

Vielleicht ist das Universum doch ein endloser holographischer Körper, vielleicht ist tatsächlich in jedem seiner Teile das Ganze enthalten!

Es macht mir angst. Es kommt mir vor, als würde eine Tür aufgehen, hinter der nichts ist, nur ein riesiger leerer Raum, und ich sehe keine Wände, keinen Boden, nichts, woran ich mich festhalten könnte. Ich habe Angst, in dieses Nichts zu stürzen. Ich kann und will nicht daran denken. Ich sagte es Roden, kurz bevor Anna weggegangen ist, und er lachte mich aus.

»Es hat noch nie eine verschlossene Tür gegeben, mein Freund. Nur im Märchen. Es ist der Mensch, der sich verschlossene Türen baut und offene Türen verschließt. Er bildet sich dann ein, sie im Schweiße seines Angesichtes aufbrechen zu müssen. Eine schlechte christliche Gewohnheit. Wir sind Teil vom Universum, wir sind nicht von ihm getrennt, ich weiß nicht, was Sie da verunsichert. Im Gegenteil macht es alles viel einfacher. Denken Sie darüber nach, Christoph. Ich glaube, Sie erzeugen Ihre eigene Angst.«

Er selber schien weder Angst noch Zweifel zu kennen. Ab einem gewissen Zeitpunkt hat er Anna immer mehr zugemutet. Er hat sie immer weiter geschickt. Zuerst setzte er sie zur Erforschung des Sonnensystems ein. Er ließ sie den Mond untersuchen; die Daten waren durch die Arbeit der amerikanischen Raumsonden leicht zu kontrollieren. Anna machte keinen einzigen Fehler. Ihre Beschreibungen der Planetenbahnen waren perfekt. Sie ließ keine einzige Abweichung aus. Als sie um Pluto einige kleinere noch unbekannte Monde entdeckte, hätte ich diese am liebsten registrieren lassen. Sie überschüttete uns mit Daten, und die Fakultät hätte Monate gebraucht, um sie alle zu überprüfen, aber Roden wollte sich nicht damit aufhalten. Da alles in seinem Sinne funktionierte, ging es ihm nur darum, weiterzugehen, Anna aus dem Sonnensystem herauszuführen, sie dorthin zu bringen, wohin bis jetzt kein Mensch hatte blicken können. Er brauchte einen Zeugen.

Er wollte weiter sehen, als die Teleskope und andere Beobachtungsinstrumente es ermöglichen, er wollte die Berechnungen und die Hypothesen der Kosmologie durch Beweise untermauern.

Anna sollte für ihn sehen, bis zum Anfang oder zum Ende der Welt. Sie sollte sein Auge sein, sie sollte für ihn reisen und berichten. Sie sollte sein Instrument werden. Und sie gehorchte. Sie war gut. Sie tat, was er wollte. Nur das letzte Mal nicht. Das letzte Mal hat sie sich fallenlassen, in das Nichts, und die letzte Tonbandaufnahme sagt nichts darüber aus, wohin sie gegangen ist.

Anna leiert mit eintöniger Stimme endlose mathematische Koordinaten, die einen Kugelsternhaufen beschreiben. Als ich zum ersten Mal das Band abhörte, konzentrierte ich mich nur auf die letzten Minuten und achtete nicht auf die Zahlen. Mir fiel nichts Besonderes auf, alles schien plausibel zu sein. Erst als ich später das Band abschrieb, wurde mir klar, daß dort kein Kugelsternhaufen ist. Diese Gegend, im Sternbild des Orion, ist nah am Sonnensystem und relativ gut bekannt, man kann die einzelnen Sterne des Himmelsjägers mit bloßen Augen sehen, und mit einem einfachen Teleskop ist der Orionnebel deutlich zu erkennen. Das, was Anna beschreibt, soll ein Kugelsternhaufen von unvorstellbarer Ausdehnung sein, und ein Objekt dieser Größe wäre niemals den Beobachtungen entgangen. Nichts ist dort. Diese Daten haben keinen Wert, sie sind falsch oder beziehen sich auf andere Koordinaten. Etwas stimmt nicht.

Als ich es entdeckte, wollte ich mit Roden darüber sprechen, vergaß es aber, weil mir alle Sternhaufen des Alls gleichgültig waren. Nur Anna zählte, Anna, die ich am Leben erhalten, die ich zurückholen wollte.

Die letzte Aufnahme hört abrupt auf, mitten im Wort, mitten in einer Zahlenreihe, 1-6-8-3-9-…, die nicht vollständig ist. Diese Zahlen sagt Anna zweimal, immer langsamer, als wäre sie abgelenkt oder unsicher, wie es weitergeht. Ähnliches war schon häufig in anderen Sitzungen mit anderen Probanden geschehen; Roden wartete einen Augenblick, wiederholte dann den letzten Satz, die letzten Worte mit fragendem Ton. Die Testperson nahm den Faden auf und fuhr fort zu berichten. Selten mußte Roden stärker eingreifen, lauter sprechen oder den Probanden ein Stück weiter zurückführen.

Diesmal sagte er nichts. Es war bei Anna nie notwendig gewesen, etwas zu wiederholen, sie schien nie ihren Faden zu verlieren, sie machte keine Pausen, und wenn sie die sachliche Ebene verließ, glitt sie unmerklich von der Realität der Zahlen in die Realität einer anderen Erzählform. Sie beschrieb dann die Objekte, die sie untersuchen sollte, als würde sie sie in der Hand halten, umdrehen und von allen Seiten betrachten; dann benutzte sie Worte, die seltsam verloren wirkten, fast poetische Worte.

Ihr Schweigen hat Roden überrascht. Er wartet. Er wartet zu lange. Annas Stimme ist dünner geworden, sie stockt. Die Abstände zwischen den Zahlen dehnen sich aus, Pausen entstehen sogar zwischen den Buchstaben, eine dickflüssige Trägheit läßt ihre Lippen zusammenfallen, bis nur noch ein leiser rauchiger Hall zu hören ist, immer leiser wird und stirbt. Nichts mehr. Kein Ton. Kein Wort. Sie ist erstarrt. Für den Bruchteil einer Sekunde ist die Stille dicht und vollkommen, dann atmet Anna ein, als wäre es ihr letzter Atemzug, als wäre sie am Ertrinken, als füllte sie ihre Lungen vor einem wahnsinnigen Schrei, den sie nie ausstößt, als würde ein unbeschreibliches Staunen ihren Mund und ihre Augen weit aufreißen, als würde sie ihren ganzen Mut einatmen, bevor sie springt. Was sie in diesem Augenblick wahrnimmt, gehört nur ihr. Sie sagt nichts mehr, ihr Schweigen wird so dicht, daß es fast weh tut.

Gleich darauf spricht Roden, mit harter, unruhiger Stimme, er wiederholt diese Zahlen: »1-6-8-3-9...«, auch er sagt sie zweimal, und dann sagt er »Anna!«, er ruft nach Anna, wiederholt ihren Namen, lauter, und spricht ihren Namen mit einem zornigen Ton, als würde er seine Tochter schelten, die etwas anstellt, er ruft sie, als wollte er sie bestrafen, aber sie kommt nicht, sie antwortet nicht, und er beginnt zu betteln, und es gibt undeutliche Geräusche auf dem Band, als würde er Gegenstände bewegen, dann eine Pause, und zuletzt, bevor die Aufnahme aufhört, sagt er zu mir: »Ich habe sie verloren.«

Die letzten Worte, die Anna spricht, sind überall abgedruckt worden, und es gab alle möglichen Spekulationen über die Zahlen 1-6-8-3-9, denn es handelt sich nicht um astronomische Koordinaten. Rigel, der Fußstern des Orion, ist zwar ungefähr neunhundert Lichtjahre von der Erde entfernt, aber die restlichen Zahlen ergeben keinen Sinn. Man hat überprüft, ob am 16. August 1939 etwas geschehen sei, was mit Anna in Verbindung gebracht werden könnte. Man hat nichts gefunden. Dieses Datum liegt nur einige

Tage vor Kriegsbeginn, und die Zeitungen sind voll von besonderen Ereignissen. Man hat eine Telefonnummer vermutet, deren letzte Ziffer fehlt, man hat diese Zahlen auf verschiedene Diagramme übertragen, Kurven gezeichnet, aus ihnen entweder asymmetrische Dreiecke wachsen lassen, die an chinesische Flugdrachen erinnern, oder Figuren gebaut, die sich im Raum spiegelverkehrt wiederholen; man hat die Zahlen addiert, dividiert und miteinander auf alle denkbaren und undenkbaren Arten kombiniert, ohne Ergebnis.

Und jetzt beginne auch ich, mit Zahlen zu spielen, lese über Zahlenmagie, Zahlenmystik, phantasiere über die Eins, die immer der Ausgangspunkt ist, über die Einheit, und über die Neun, die in unserem Dezimalsystem das Ende des Zyklus bedeutet, führe Annas Reihe nach demselben Schema fort, finde ein Muster von Paaren, die sich im Fünferschritt kreuzen und nie begegnen, bis ins Unendliche, wenn die Neun zum Anfang des nächsten Paares wird. Ich kritzle Bilder, Kurven, Graphiken, die immer anders aussehen, je nachdem, wie ich diese Zahlen einsetze.

»Schau«, erkläre ich Mira, die es nicht versteht, »wenn ich die Zahlenreihe linear fortführe, gibt es ein wiederkehrendes Muster. Wenn ich es zweidimensional mache, bekomme ich Dreiecke, die proportional immer größer oder immer kleiner werden. Es hängt vom Standpunkt ab. Und wenn ich noch eine Dimension dazunehme . . .«

»Hör auf«, sagt sie. »Ich bin kein Mathematiker, ich glaube es dir, deine Zeichnungen sehen überzeugend aus, aber ich kann damit nichts anfangen. Sind es mehr als nur mathematische Spielereien?«

»Bis jetzt nicht. Es fehlen uns zu viele Elemente. Anna hört zu früh auf. Aber vielleicht gibt es Ähnlichkeiten, Parallelen. Außerdem kommt man manchmal bei solchen Versuchen auf neue Ideen.«

Es gab jede Menge Deutungsversuche von Numerologen und von anderen Mystikern – ich habe mir nur gemerkt, daß die Quersumme der letzten Zahlen »neun« ergibt, wie die letzte Ziffer, die sie nicht zu Ende ausspricht, und die Neun wird im großen Arkana des Tarot dem »Eremiten« zugesprochen. Es paßt zu Anna. Sie hat sich zurückgezogen und schweigt.

Es ist Mira, die entdeckte, daß Roden mich von vornherein betrogen hatte, daß die Tonbänder, die er mir gab, manipuliert waren. Ich hatte mich am Anfang schon über die Häufigkeit der Tonsprünge und über die mittelmäßige technische Qualität der Aufnahmen gewundert. Roden hatte behauptet, er hätte in den längeren Sprechpausen das Gerät ausgeschaltet. Ich fragte nicht weiter. Diese Erklärung reichte aus, um die Unterschiede zwischen der Dauer der Aufnahmen und der Sitzungen zu rechtfertigen.

Mira erschien eines Morgens in meinem Büro und warf mir einen Stapel Blätter auf den Schreibtisch. Sie war gereizt.

»Ich habe es durchgelesen und so gut wie nichts verstanden. Ich bin kein Wissenschaftler. Sag mir, ob es stimmt oder nicht.«

»Was ich überprüfen konnte, stimmt. Hundertprozentig. Nur die letzte Aufnahme stimmt nicht. Nicht nur die letzten Zahlen sind unverständlich. Auch der Rest. Sie beschreibt einen Kugelsternhaufen.«

»Und? Gibt es so was nicht?«

»Doch. Aber nicht dort, wo sie ihn sieht. Die Koordinaten müssen falsch sein. Eine einzige falsche Zahl vielleicht... Im Orion gibt es keinen Kugelsternhaufen.«

»Gut. Roden wollte schließlich Neuland erforschen. Scheint ihm gelungen zu sein. Und vielleicht geben uns diese letzten Daten einen Hinweis auf das Warum und Wieso und Wo und etc. Hast du danach gesucht?«

Ich versuchte ihr zu erklären, was diese letzten Daten waren. Aber sie hatte wirklich keine Ahnung von Astronomie. Ich sprach und sprach und sprach, bevor ich merkte, daß Mira längst nicht mehr zuhörte.

»Ist es zu kompliziert?« fragte ich.

»Nein«, sagte sie, »ich habe schon verstanden. Roden hat sie zum Orion geschickt, dort beschreibt sie ausführlich einen Kugelsternhaufen, den es nicht gibt. So wie wenn sie Wasserfälle in der Sahara sehen würde. Stimmt es?«

»Ungefähr.«

»O. K.«, sagte sie. »Dann ist es einfach. Entweder gehe ich davon aus, daß diese Geschichte ein Hirngespinst ist, und ich schmeiße dieses ganze Zeug in den Müll – das kann ich aber nicht, wenn die früheren Informationen wahr sind. Oder ich gehe davon aus, daß auch diese Daten wahr sind, und es gibt diesen verfluchten Kugelsternhaufen. Du folgst mir?«

»Ja.«

»Gut. Also es gibt dort einen Sternhaufen, den keiner kennt. Richtig?«

»Nein. Da gibt es keinen.«

»Vielleicht sind eure Teleskope unbrauchbar.«

»Das ist unmöglich. Diese Gegend ist relativ nah, relativ gut beobachtet.«

»Das sagst du. Mir kommt das Weltall verdammt groß vor. Ich wäre mir nicht so sicher, daß ihr überhaupt mehr als einen vagen Schimmer von ihm habt. Es ist noch nie ein Physiker dort gewesen, oder?«

Ich schüttelte den Kopf.

»Man muß nicht Gegenstände sehen, um zu wissen, daß sie existieren. Die Mathematik ...«

»Ich weiß schon. Man rechnet aus, daß irgendwas da sein muß, damit das gesamte Gebilde stimmt. Aber Annas Kugelsternhaufen ist präzis und überzeugend beschrieben?«

»Ja, nur die Koordinaten stimmen nicht. Da ist keiner. Endgültig nicht. Und auch die Radiostrahlung ist dort normal.«

»Ich möchte mit Roden sprechen«, sagte Mira. »Ich möchte wissen, ob er nicht Anna woanders hingeschickt hat. Mich interessiert, warum alles so perfekt ist und auf einmal nichts mehr stimmt... Vielleicht kann uns Philip helfen, mit Roden ohne Zeugen zu sprechen!«

Es gelang nicht. Wir hätten Roden weder mit noch ohne Zeugen besuchen können. Er war in Untersuchungshaft, nur sein Anwalt durfte zu ihm, und dieser war mir nicht wohlgesinnt, weil Roden gegen seinen Rat die volle Verantwortung übernommen und mich hundertprozentig entlastet hatte. Er weigerte sich sogar, ihm einen Brief von Mira zu überbringen. Mira schickte ihn dann per Post ab.

Kurz darauf kam Mira ins Büro und reichte mir eine Karte von Roden, auf der er nur geschrieben hatte: »Orion und Kugelsternhaufen!« Das »und« war unterstrichen. Daneben hatte er eine grobe Zeichnung von Orion gekritzelt und ein Kreuz in der Nähe von Rigel eingezeichnet, an der Innenseite des Sternbildes, unterhalb von M 42, dem berühmten Orionnebel. Ich zeigte Mira, die nicht besonders interessiert war, den angeblichen Standort des Kugelsternhaufens auf einer Himmelskarte, dann ein Foto vom Orionnebel. Sie wirkte abwesend und schob das Buch zur Seite.

»Sehr schön.«

Ihr Kommentar fiel trocken aus. Sie schien nachzudenken.

»Du könntest durch ein gutes Teleskop nachschauen, ob es dort wirklich keinen Kugelsternhaufen gibt, Christoph. Manchmal, wenn man weiß, was man sucht und wo man es suchen soll, findet man es. Und dann nimm die Daten der letzten Aufnahme unter die Lupe. Vielleicht hast du etwas falsch abgeschrieben. Ich möchte die Tonbänder selber hören, alle, von Anfang an.«

Sie ging mit zwei Kartons voller Bandmaterial nach Hause. Ich überlegte, ob ich auf die Sternwarte fahren sollte. Die Teleskope dort sind nicht stark genug, um die Entdeckung neuer Objekte zu erlauben, abgesehen davon, daß der Stadthimmel nie dunkel und sauber genug ist, um etwas ernsthaft beobachten zu können. Und ich wußte, daß im Orion kein Kugelsternhaufen existiert. Jeder wußte es. Ich würde nichts sehen, würde unzählige Fragen beantworten müssen und wollte mich dem nur ungern aussetzen. Die Mitglieder der Sternwarte waren mir noch lieber als die Universitätskollegen. Einige unter ihnen sind ausgezeichnete Wissenschaftler, die für die wenigen klaren Nächte leben, die wir in Deutschland haben, sie opfern ihrer Leidenschaft alles, ein Vermögen für die Anschaffung von Teleskopen und Fotoausrüstungen, auch ihren Schlaf und ihre gesamte Freizeit. Sie leben für die Sterne, umgeben von einer Mischung spröder Zahlen und Poesie. Viele unter ihnen sind skurrile Gestalten, die mir zu sehr ähneln, daß ich mich unter ihnen wohl fühlen könnte.

Ich überlegte gerade, daß ich Mira fragen würde, ob sie mich nicht begleiten wollte, als mein Telefon klingelte. Sie war am Apparat, ihre Stimme klang ziemlich aufgeregt. Sie hatte eben die erste Kassette angehört.

»Wie lange dauerte die Sitzung?«

»Datum, Uhrzeit und Dauer stehen auf der Kassette.«

»Hier steht: 12. November, von vierzehn bis sechzehn Uhr. Das Band ist genau siebenundzwanzig Minuten lang!«

»Um vierzehn Uhr ist die Testperson angekommen, dann hat die Sitzung durchschnittlich eine Viertelstunde später angefangen. Ich habe die Zeit gebraucht, um die Elektroden zu plazieren. Und nach der Sitzung hatten die meisten eine Viertelstunde nötig, um wieder zu sich zu kommen.«

»Es bleiben trotzdem neunzig Minuten. Wo sind die dreiundsechzig Minuten fehlendes Bandmaterial?«

Ich wiederholte Rodens Erklärung.

»Komm, das ist ein absoluter Quatsch, Christoph. Kein Mensch würde so etwas tun. Es ist das Unwissenschaftlichste, was ich je gehört habe. Diese Tonbänder sind gekürzte Kopien. Ich will die Originalbänder.«

»Ich habe nie andere in die Hand bekommen.«

»Es muß andere Bänder geben. Laß uns ins Institut fahren. Ich will diese Bänder. Roden muß sie irgendwo versteckt haben. Ich bin in einer halben Stunde dort.«

Wir haben überall gesucht, nichts gefunden. Rodens Wohnung war damals von der Polizei durchsucht worden. Es war unwahrscheinlich, daß dort noch etwas lag. Mira vergewisserte sich durch einen Anruf bei Philip, daß keine Tonbänder gefunden wurden. Ich war fest davon überzeugt, daß Roden niemandem etwas anvertraut hätte. Er war zu sehr Einzelgänger. Wenn etwas anderes existierte, mußte er es im Institut versteckt haben. Auf einmal fiel mir der Ruheraum für diensthabende Ärzte ein, in dem er öfter übernachtete. Ich holte den Schlüssel beim Pförtner ab, aber der Raum war leer und steril wie ein Hotelzimmer. Als ich den Schlüssel zurückbrachte, fragte mich der Mann, wie es Anna ging.

»Armes Mädchen«, sagte er. »Daß sie diesem ... Roden in die Hände fallen mußte! Der hat mir noch nie gefallen. Er grüßte kaum und wollte immer etwas Besseres sein als die anderen.«

Und dann erzählte mir der Pförtner, daß Roden tatsächlich nie in dem normalen Ruheraum geschlafen hatte, weil es ihm dort zu laut war. Er hatte ein Zimmer ohne Telefonanschluß verlangt, ein Zimmer, das er mit niemandem teilen mußte. Er hatte einen eigenen Raum bekommen, im obersten Stockwerk, beim Speicher, weit entfernt von der geschäftigen Unruhe des Gebäudes. Der Portier hatte keinen Schlüssel für diesen Raum.

»Es ist nicht wichtig«, sagte ich und ging zurück zu Mira.

Der Rest war zu leicht. Wir hatten keine Schwierigkeit, die Tür zu öffnen, der Schlüssel hing an Rodens Schlüsselbund, der in seiner Schublade geblieben war. Das Zimmer war winzig, nur mit einem Bett und einem Schrank möbliert. Im Schrank bewahrte Roden keine Kleider, sondern kistenweise Material. Alle Originalbänder waren da und noch Stapel von Unterlagen, die ich nie zu Gesicht bekommen hatte. Ich nahm ein Band, zufällig, und steckte es in den Recorder, der direkt auf dem Boden stand. Nach einigen Sekunden war es mir klar, daß Roden mehr als die Sprechpausen herausgeschnitten hatte und daß wir die Bänder so schnell wie möglich aus dem Institut bringen sollten. Miras Wohnung schien der beste Platz zu sein.

Es war viel Arbeit, diese Bänder von Anfang bis Ende zu hören, aber wir ließen nichts aus, auch nicht die von anderen Probanden. Zum größten Teil hatte Roden Unwesentliches herausgeschnitten, Sätze wie »... ich weiß nicht... ich bin nicht sicher... ich weiß nicht, wie ich es ausdrücken soll... ich finde keine Worte... das Bild ist nicht ganz klar...« etc. Außerdem hatte er sämtliche Aussagen entfernt, die nicht sein Thema betrafen, alle Ausschweifungen und die überflüssigen Kommentare. Unsere Testpersonen klagten häufig über Kälte, obwohl sie mit einer dicken Decke zugedeckt waren und der Raum gut geheizt wurde. Fast auf jedem Band wiederholten sie in regelmäßigen Abständen »mir ist kalt«. Auch Anna klagte über Kälte.

Zwei der Probanden, die Roden bald aus der Versuchsreihe ausgeschlossen hatte, wimmerten wie kleine Kinder. Sie sahen zugleich den Gegenstand, den sie untersuchen sollten, und etwas sehr Bedrohliches. Sie hatten Angst. Eine Frau versuchte, das, was sie sah, zu beschreiben, aber Roden ließ es nicht zu und brachte sie immer zurück zum Anfang. Sie blieb kurz beim Thema, rezitierte und antwortete diszipliniert; nach einigen Minuten wurde ihre Stimme höher, sie zitterte und wehrte sich. Ich erinnerte mich, daß Roden sie beiläufig als potentiell schizophren bezeichnet hatte.

Offensichtlich verloren die Leute immer wieder den Faden, um in eine eigene Phantasiewelt zu fallen, oder sie zogen es vor, durch Landschaften zu reisen, die ihnen näher, familiärer waren als die, die Roden untersuchen wollte. Sie bewegten sich durch symbolträchtige Standbilder, durch saftige grüne Wiesen, auf Wegen, die in dunkle Wälder verschwanden oder auf Berge hinaufführten, sie sahen Quellen, Zäune, offene oder geschlossene Tore. Diese Sammlung von Klischees hätte einen Psychoanalytiker glücklich gemacht. Jeder schien ähnliche Bilder aus den tiefen Schichten seines Unbewußten heraufzubeschwören. Im Vergleich zu dieser bunten Üppigkeit war der Anteil an brauchbarer Information gering. Ohne Rodens Schnitte hätte das Material kaum Überzeugungskraft gehabt. Mich regte dieser Betrug auf. Mira lachte nur müde.

»Jeder tut dasselbe. Jeder, der eine Idee hat, verdeckt alles, was diese Idee schwächen könnte. Möglicherweise ist es Roden nicht einmal bewußt, daß er manipuliert. Komm, Christoph, wirklich, sei nicht so naiv. Jeder tut das. In der Politik ist es um einiges schlimmer.«

Wir machten weiter. Wir hatten beschlossen, die Tonbänder in der chronologischen Reihenfolge der Aufnahmen zu hören, auch wenn die meisten uninteressant waren. Wir wollten nichts auslassen. Allmählich blieben nur noch Annas Sitzungen übrig, und ich konnte es kaum erwarten, bis zur letzten zu kommen.

Anna verließ nur selten Rodens Ebene. Und wenn sie es tat, produzierte sie nicht diese Bilderbuch-Banalitäten der anderen Testpersonen. Die ersten Sitzungen mit ihr hatte Roden fast vollständig übernommen, tatsächlich nur ihre Sprechpausen gekürzt. Es gab nicht viele. Anna sprach langsam, mit einer erschreckenden Sachlichkeit, sie beantwortete jede Frage, nahm bereitwillig nach jeder Pause den Faden genau da auf, wo sie aufgehört hatte. Sie sagte nur hin und wieder »Mir ist kalt« und »Darf ich bitte noch eine Decke haben?«

Bei den späteren Bändern hatte Roden mehr und mehr herausgeschnitten. Nicht weil Anna die Projektebene verließ, um eine eigene zu besuchen, im Gegenteil. Weil sie angefangen hatte, die Daten, die sie übermittelte, zu interpretieren, zu kommentieren. Sie mischte sich ein, arbeitete mit, als wäre sie Rodens Assistentin, und noch mehr.

Sie hatte ihm die nächsten Schritte vorgeschlagen. Sie hatte ihn dazu geführt, mit ihr weiterzugehen. Von einer Sitzung zur nächsten äußerte sie ihr Verlangen immer deutlicher, immer dringender. Sie wollte das Bekannte verlassen, von jeder Erdanziehungskraft befreit werden, sie wollte weg, sogar aus dem Sonnensystem hinaus, als ginge es ihr nur darum, jede Bindung weit hinter sich zu lassen. Bei der letzten Sitzung war sie längst zur treibenden Kraft geworden.

Ihre Sprache hatte sich im Laufe der Zeit verändert. Einerseits wurde sie distanzierter, nicht nur in ihrem Tonfall, sondern in der Wahl der Wörter; sie sprach manchmal von sich in der dritten Person, als wäre sie ein neutraler Beobachter. Sie sagte: »Das Subjekt nähert sich dem Gegenstand.« Je länger die Sitzungen dauerten, desto komplexer drückte sie sich aus.

Dann plötzlich, mitten in einem wissenschaftlichen Vortrag wechselte sie die Ebene, und ... aber das kann ich nicht beschreiben, das ist dieses Muster in ihrer Wohnung, diese Symmetrie, die sich andauernd ausweitet, diese Tentakelfinger, die nach einer verspiegelten Realität greifen, um sie in die Luft zu werfen, diese tausend Scherben, die herunterfallen und sich zusammenfügen, das ist dieser hohe Ton, der schmerzt und für einen Augenblick die Seh-, die Denkweise so verschärft, daß alles gleichzeitig zu erfassen ist, bevor es sich auflöst, und ich, wieder blind geworden, weiß, daß ich es nie verstehen werde.

Diese andere Ebene wird von Aufnahme zu Aufnahme deutlicher, sie nimmt mehr Platz ein, sie drängt alles andere weg. Vom letzten Tonband hat Roden so gut wie nichts übriggelassen, außer Zahlen. Die letzte Zahlenreihe, die letzte Zahl, diese 1-6-8-3-9, ist tatsächlich das Ende der Aufnahmen. Da hat er nichts verändert.

Iris hat die Tonbänder abgeschrieben. Ich wäre dazu nicht in der Lage gewesen. Ich habe sie gehört, einmal mit Mira zusammen, in ihrer Wohnung. Ich hatte einen Stift in der Hand. Und irgendwann habe ich den Stift fallen lassen, die Augen geschlossen und vergessen, wo ich war.

Ein zweites Mal habe ich Annas Bänder in den Kassettenrecorder gesteckt und auf den Knopf gedrückt. Ich war in Annas Wohnung, es war dunkel. Ich habe mich auf ihr Bett gelegt, mich mit ihrer Decke zugedeckt und bin an ihrer Seite gereist. Mehr kann ich nicht sagen. Und ich will dieses Band nicht mehr hören, zumindest so lange nicht, bis ich mir sicher bin. Ich glaube, daß ich nicht wiederkommen werde, wenn ich es noch einmal höre. Ich glaube, daß auch ich die Weite vorziehen würde. Ich glaube, daß diese Tonbänder mich und vielleicht andere dazu bringen können, alles hinter sich zu lassen. Ich glaube, daß sie gefährlich sind. Es ist beim Hören kaum möglich, ihrer Sogwirkung zu widerstehen.

Sie sind jetzt in dem Schließfach einer Bank untergebracht. Dort sollen sie bleiben. Iris hat den Schlüssel, und wenn es nach ihr ginge, sollten sie gelöscht werden. Auch Mira, die sonst immer auf der Erde bleibt, bekam vom Zuhören Gänsehaut. Sie zitterte.

»Christoph, das hat eine Wirkung ... wie eine Droge ... Ich glaube, das macht süchtig. Ist sie wahnsinnig? Das macht mir angst. Stell dir vor, was geschieht, wenn diese Bänder veröffentlicht werden! Nein, das darf nicht sein. Wir müssen sie in Sicherheit bringen. Vielleicht fällt uns später etwas ein. Später. Wenn sich etwas getan hat. Jetzt muß es weg.«

Iris war bleich, als sie mir die abgeschriebenen Tonbänder brachte.

»Für Rechtschreibung und Interpunktion kann ich nicht garantieren. Ich wollte es nicht wiederlesen. Gut, daß es diese Zahlen dazwischen gibt, sonst hätte ich es nicht geschafft. Es war hart.«

Und nach einer Pause fügte sie hinzu: »Anna wird nicht aufwachen. Kann ich mir nicht vorstellen. Sie ist vollkommen verrückt geworden. Von dort kommt niemand zurück. Dieses Zeug macht jeden verrückt.«

Ich habe die Blätter genommen und habe angefangen, aus Iris Abschrift alle Daten, Zahlen und Informationen auszuklammern. Es hat lange gedauert, weil ich immer nur kurz daran arbeiten konnte. Jetzt bleibt nur noch das, was Roden weggelassen hatte. Es bleibt das Nicht-Sachliche.

Diese Seiten sind ein Auszug aus dreiunzwanzig Stunden Bandmaterial. Ungefähr ein Drittel ist wie das, was folgt. Vieles wiederholt sich, einiges ist unverständlich.

Zu lesen ist es harmlos. Der Verstand mischt sich ein und schafft Abstand, so daß diese geschriebenen Worte nicht im geringsten wie die gesprochenen Worte wirken. Annas Stimme fehlt, ihre Pausen, ihr Atem und ihr Zittern, in dem sich das Gesehene spiegelt. Nur das Hören der Bänder erzeugt Bilder, in die man einsteigt, ohne zurückzuschauen.

Der Text, mit den sauber getippten Buchstaben, den geraden Linien und der schmalen Schreibmaschinenschrift, ist nicht einmal eine Annäherung an das Gesprochene; er löst kaum etwas aus. Aber es wird trotzdem mehr als genug sein, wenn er an die Öffentlichkeit kommt, um die Sympathie und die Unterstützung, die wir erhalten, ins Gegenteil umschlagen zu lassen. Genug, um Anna dem Experimentierwunsch einiger Psychiater und Neurologen auszuliefern, die sie einer Schocktherapie unterziehen möchten. Vielleicht hat Iris recht, und wir sollten, zu Annas und zu unserer eigenen Sicherheit, diese Bänder zerstören. Vorher möchte ich mit Roden sprechen. Er hat sie aufgehoben – warum?

»Der Gegenstand steht vor ihren Augen, sie schließt die Augen, sie muß die Augen schließen, sonst kann sie nicht sehen. Der Gegenstand ist so dunkel, daß er ihren Augen weh tut. Er verbrennt sie. Der Gegenstand befindet sich im Zustand des absoluten Ungleichgewichtes. Er wechselt andauernd zwischen verschiedenen Seinszuständen, das bedeutet, daß er weder in dem einen noch in dem anderen stehenbleibt, sondern nur im Wechsel. Er befindet sich nicht. Sie muß die Augen schließen. Die unvorstellbare Geschwindigkeit der Pendelbewegung erzeugt die Illusion des Stillstandes. Diese Geschwindigkeit ist jenseits der normalen Wahrnehmung – sie kann ihre Sinne aber darauf einstellen. Es ist notwendig, daß das Auge das Schwarze sieht und das Helle ignoriert. Das wird sie in der nächsten Phase des Experimentes versuchen.

Das Auge, in seiner Unfähigkeit, die Geschwindigkeit der Schwingung wahrzunehmen, zwingt dem Gegenstand einen Zustand und eine Erscheinungsform auf. Beide stimmen nicht. Was stimmt, ist das Dunkle und die Bewegung. Roden, es gibt dafür keine Worte, ich kann den Gegenstand nicht beschreiben, ich muß anders, ich muß, Moment ... Sie muß zu dem Gegenstand werden, sie muß hinein, oder dunkel, und sie muß sich auflösen, das Subjekt wird sich gänzlich auflösen, und es wird nicht zurückkommen, um zu berichten.«

Hier bleibt Anna stehen, sie spricht nicht mehr. Ihr Atem wird arhythmisch, stockt manchmal einen Augenblick. Auf dem Elektroenzephalogramm sieht man Gewitterzonen, kurze Blitze durchbrechen das Bild. Annas Augen bewegen sich sehr schnell. Roden drängt sie. »Komm, Anna«, sagt er, »geh weiter. Geh weiter. Jetzt.«

Und sie gehorcht und fängt zu sprechen an, schneller als vorher.

»Jetzt. Es ist nicht weit, es ist hier, ich bin es. Blau, blau, grau und leuchtend, und ich spüre sie in mich hineindringen und durch mich durchgehen, da, ich bin es alles, ich kann es nicht aufhalten, es muß weitergehen, es, er will weitergehen, er nimmt mir Anna, er zieht sie an der Hand, aber sie hat keine Hand, und er hat keine Hand, er nimmt sie mir, er nimmt sie auf, er zieht sie an, und sie kreist lange, lange Millionen Jahre um ihn, um sie herum, langsam, sie hat unendlich Zeit, es gibt kein anderes Ende, sie kreist, und er wartet, er zieht sie an, er saugt sie auf, er trinkt sie, er ißt sie, oder sie ist, ißt ihn, sie kreist, und er weitet sich, er dehnt sich ihr, ihm entgegen, er nimmt sie ...«

Ihre Stimme hat sich fast bis zu einem Schrei gesteigert. Sie fällt zurück, wird leiser und spricht jede Silbe deutlich aus.

»Er nimmt ihre Seele und zieht sie hinein zu sich, hinunter, sie stürzt schnell, die Kälte ist hart, und sie ist auch hart, er zieht sie zu sich, und sie macht sich auf den Weg, sie dringt in ihn hinein, und es geht ... sie ist enorm ... sie ist riesig ... sie ist ... – Roden, das ist wichtig, Sie müssen das verstehen, sie, sie ist viel größer als er, Roden, erkläre mir das, wie ist das möglich, es macht mir angst, daß sie sich um ihn nach allen Richtungen ausbreitet, wie geht das? Roden, er ist ein Punkt, er ist weniger als ein Punkt, er ist so gut wie nicht, und er ist es doch, der sie aufsaugt, und er nimmt sie ganz auf, und er ist sie geworden, oder sie ist er geworden, ich weiß es nicht, Roden, du kannst es mir nicht erklären, ich kann es dir nicht erklären, wir müssen da noch mal ansetzen, es ist wichtig, ich weiß es, jetzt, jetzt, es ist eine Welle, sie erhebt sich, nein, sieh nicht hin, schließe die Augen, ich weiß es jetzt, stich dir die Augen aus, denn es sind die Augen, die lügen, stich dir die Augen aus, Roden, nur das, was du nicht siehst, ist es, vergiß die Farben, die Formen, siehst du, siehst du, ich sehe es mit geschlossenen Augen, das Licht dahinter, die Umkehrung der Form, siehst du dieses Oktaeder, durch, noch einmal durch und umgekehrt, weiß du, was es bedeutet, wenn du es von der anderen Seite siehst, und es ist durchsichtig und hat keine Ecken und keine Linien und keine Kanten mehr, und es ist ein Oktaeder, das keine Grenzen hat und nicht da ist, weil ich durchgehe und meinen Nacken anlehne, mich hinein- und hinauswinde, und seine Achtflächen samten sich in seine Vulva, sie schleimt den Kanten entlang und hinein, sie rauht sich an den glatten weichen Flächen auf, sie klirrt und schabt und hat es in sich hineingezogen, ganz – es ist nicht mehr ... nichts ist mehr ...«

Annas Stimme ist rauh geworden.

»Ich habe Angst, Roden. Ich bin alles und ich habe Angst vor mir. Hilf mir. Hilf mir hineinzugehen ...

Roden! Stich mir dir die Augen aus und lösch das Gehirn – sie will weg von hier, sie will sich ganz auflösen, um eins zu sein, das Getrennt-Sein tut zu weh, aufhören, Roden, deine Geometrie ist ein Spielzeug, sie verwandelt sich, sie scheint, und ihr Glanz blendet dich, stich dir die Augen aus, wenn du sehen willst ...

Sie will, was will sie, sie hat das Wollen aufgegeben, sie weiß nicht, was wollen bedeutet, das Wort wollen, ein Wort wollen, ich will ein Wort, ein Wort, wenn ein Wort ausreicht, nur welches

Wort ist es – am Anfang war das Wort, welches Wort, wollen, Wille, ich will, ich will nicht, ich löst sich auf, ich will nicht ich, ich ist alles, es will nicht, es ist, es sei – und nein, er zieht sie hinauf an der Seele, er saugt ihre Seele auf, er atmet sie ein, und sie wehrt sich nicht, sie will nicht wollen, sie läßt es geschehen, alles, was sie trennt, die Wand der einzelnen Zellen, ihre Haut, alles löst sich auf und wird mehr, wird mehr, wird mehr, wird Meer, es fließt, es ist voller Salz, ihre Tränen, deine, meine, der Geschmack ihres Geschlechtes, das Meer – weißt du, Roden, wie es ist, wenn Innen und Außen eins sind, weißt du, Roden, wie es ist, wenn du dich umdrehst und du hinter dir stehst und dein Gesicht mit deinem Gesicht anschaust, und es ist kein Spiel, weißt du, Roden, wie es ist, die Welt in der Hand zu halten, sie auf dem Mittelfinger im Gleichgewicht zu balancieren und keinen Finger zu haben, keine Hand, keinen Körper, kein Gehirn, das habe ich ausgeliehen, das gehört mir nicht, das steht zur Verfügung, wenn ich will, aber ich weiß nicht, was es heißt, es will mich, es, ich bin die Welt, ich bin es ... Weißt du, Roden, was es ist?«

Annas Stimme bricht.

Und dann kommt ihre letzte Beschreibung. Ihre Stimme ist weit weg, kühl und kaum zu erkennen. Sie spricht sehr langsam, trennt die Wörter voneinander, ihre Sprechpausen werden immer länger.

»Sie befindet sich unweit von Rigel ... es ist kalt ... die Dunkelheit beschleunigt sich ... die Geschwindigkeit wird ... nein sie ist hart, sie glänzt wie hartes Metall. Sie verdichtet sich ... sie steht unendlich schnell ... es tut weh ... sie fällt hinein ... allein ... es tut so weh, so dunkel, so kalt, es gibt kein Entrinnen, sie stirbt ... hör ... sie sieht es, schwarz, schwarz, nur noch schwarz und dann nichts mehr ...«

Ihre Stimme verändert sich noch einmal, sie klingt fest und artikuliert jeden Buchstaben.

»Sie befindet sich in der Mitte eines Sonnenmeeres ...
es atmet ein und aus jede Schwingung gebiert eine neue Sonne
jede Schwingung löscht eine Sonne
es verwandelt sich und bleibt immer gleich

hunderttausend Sonnen und noch mal hunderttausend strahlen
von innen nach außen und von außen nach innen
innen ist Licht ... nichts anderes ...
Licht, das in Dunkelheit übergeht
es ist schwarz, so schwarz
es entzieht sich jeder Wahrnehmung
die Geschwindigkeit ist überschritten
sie weiß, daß es das Zentrum bildet,
schwarz und dicht, es kommt nichts mehr durch ...
es bewegt sich nichts mehr
es hört auf
und fängt an immer
es ist der Anfang«

Dann fährt sie mit ihrer normalen Stimme fort, die leiser und leiser wird, sie gibt die Position von Orion, beschreibt diesen Punkt bei Rigel, unterhalb von M 42 und sagt plötzlich nach einer Pause diese Zahl, die keinen Sinn ergibt:

»1-6-8-3-9 ... 1-6-8-3-9 ... Geh weg von mir ... laß mich endlich los ... Ich bin ...«

Sie stöhnt nur noch, atmet ein letztes Mal tief ein, als wäre es ihr letzter Atemzug, eine langgezogene Ekstase.

Sie ist, immer noch, und ich weiß nicht wo, und ich weiß nicht, was sie damit sagen wollte. So weit bin ich nicht mit ihr gereist. Wenn ich ihr nachreise, wer wird sie zurückbringen?

Oder soll auch ich loslassen, dieses Nirgends betreten?

VII

Die Parallelen

Die Zeit vergeht ohne Höhen und Tiefen; ihre Gleichmäßigkeit wird von Tag zu Tag unerträglicher. Wenig geschieht, nichts von Bedeutung. Wir arbeiten nach wie vor, konsultieren Spezialisten, verfolgen Spuren, die uns jedesmal ins Nichts, in neue Sackgassen führen. Ich war auf der Sternwarte, habe nach einem Kugelsternhaufen im Orion gesucht und keinen gefunden, habe den Himmel abgesucht, bis meine Augen tränten, habe noch einmal alle Zahlen, alle Daten der letzten Sitzung überprüft. Es ist nichts da.

Ich wünsche mir, Roden wäre hier. Ich habe aufgehört, in ihm einen Feind zu sehen. Ich hätte es viel früher machen sollen, als es vielleicht noch nicht zu spät war. Weil ich so lange davon besessen war, seine Theorien zu widerlegen, war ich blind für das, was tatsächlich geschah. Ich weiß nicht, ob es etwas geändert hätte, darum geht es nicht. Es ist geschehen, es ist sinnlos, darüber nachzudenken, sich mit dem Warum und Wieso zu quälen. Es gibt in dieser Geschichte keinen Täter.

Wenn ich nicht bei Anna bin, unterhalte ich mich mit ihm, wie wir uns unterhalten haben, damals, als wir zugeschaut haben, wie Anna durch den Park lief. Ich frage ihn, warum Anna nicht wie alle anderen auf grünen Wiesen spazierenging, warum sie keine Quelle suchte, warum sie entschlossen war, sich aufzulösen, und mein Mund formuliert seine Antworten, die ich deutlich in meinem Kopf höre.

»Sie stellen die falschen Fragen, Bergmann. Fragen Sie, warum sie Ihnen den Schlüssel gegeben hat. Sie haben ihn in der Hand. Sie sind der einzige Faden, der sie an unsere Realität bindet, wenn es einen gibt.«

Ich verstehe nicht, was er damit sagen will, und frage nach dem Kugelsternhaufen im Orion.

»Es könnte sein, daß sie etwas beschreibt, was wir noch nicht sehen oder was längst aufgehört hat, für uns sichtbar zu sein. Ein Beobachter, der sich von unseren Randbedingungen befreit, kann überall gleichzeitig sein, zeitlich überall. Anna sieht, was unser Denksystem nicht erfassen kann, weil es in der Raum-Zeit gefangen ist.«

Der Roden in meinem Kopf macht eine Pause, denkt nach und spricht weiter: »Ich hätte es wissen sollen. Aber ich war überzeugt, den Wechsel der Ebenen, der Perspektiven über die Gehirnströme entschlüsseln zu können. Leider funktioniert das nur, solange das Subjekt unser Denksystem, unser Wertsystem benutzt. Und nur solange es will.«

»Und warum wollte sie nicht?«

Er antwortet nicht. Es ist schon wieder eine falsche Frage, und ich weiß nicht, wo ich nach den richtigen Fragen suchen soll.

»Du bewegst die Lippen, als würdest du mit dir selber sprechen«, sagt Mira, »worum geht es?«

»Um nichts«, antworte ich. »Ich habe nur nachgedacht.«

Mira schüttelt den Kopf und läßt mich in Ruhe. Sie hat andere Sorgen. Ihre Mutter ist schwerkrank. Ich bemühe mich, sie ein wenig zu trösten, aber es gelingt mir nicht gut. Wir sitzen kaum noch zusammen, der Wein hat seinen Duft verloren, er schmeckt mir nicht mehr, und Mira trinkt ihn zu schnell. Wir haben uns wenig zu sagen und vermeiden es, uns zu berühren.

In einigen Tagen wird Roden vermutlich frei sein. Ich werde ihn bitten, diese Experimente mit mir zu wiederholen. Ich möchte, daß er mich hypnotisiert. Vielleicht würde es mir auf diesem Weg gelingen, das Schlupfloch zu finden, durch das Anna geflüchtet ist. Im Geiste stelle ich mir seine Einwände vor. Ich nehme an, daß er sich zuerst weigern wird.

»Es wäre an sich keine schlechte Idee, aber nicht mit Ihnen, Bergmann. Ich halte Sie nicht für geeignet. Im Moment auf keinem Fall. Sie sind nicht stabil. Sie sind hier nicht verwurzelt. Es könnte Ihnen dasselbe geschehen wie Anna. Möglicherweise ist es sogar das, was Sie möchten. Das werde ich nicht tun.«

Er hat recht. Ich bin hier nicht verwurzelt. Mich hält hier nichts. Ich bin dieses Wartens müde, frage mich andauernd, warum ich doch weitermache. Warum ist es mir so wichtig, Anna auf diese Erde zurückzuholen? Auch sie ist nicht verwurzelt. Nichts und niemand hält sie hier. Niemand ruft nach ihr, niemand vermißt sie. Gibt es außer Menschen Gründe hierzubleiben? Gibt es für mich einen Grund?

Ich fürchte mich vor der Antwort.

Mira ist zu ihrer Mutter gefahren, die im Sterben liegt, ich weiß nicht, wann sie wiederkommt. Sie fehlt mir. Ohne sie steige ich immer tiefer in Annas Bewußtlosigkeit hinab. Es macht kaum einen Unterschied, wo ich bin und was ich mache. Ich bin nirgends. Ich habe aufgehört, meinen Willen, meine Aufmerksamkeit zu fokussieren, und lasse geschehen, was geschehen mag. Ich träume.

Wenn ich nachts bei Anna sitze, schieben sich ihre Träume über meine. Die kahlen Wände des Zimmers verschwinden, die Geräusche der Stadt verstummen unter einer dicken Schicht Schnee, und die Zeit gleitet wie ein Gespensterschiff an mir vorbei. Ich sehe plötzlich andere Landschaften, Annas Landschaften. Sie wandert dort, weit weg von hier, in einem langsamen, ruhigen Rhythmus, sie bewegt sich fast im Zeitlupentempo, und ihre Bewegungen zeichnen regelmäßige Kurven in einem Raum, der sich immer wieder verändert.

Ich sehe endlose Schilffelder, die sich hellgrün im Wind wiegen, das dunklere, fleischige Grün von Algen, die sich träge der Strömung des Flusses angleichen, und bald sind es Haare, endlos lange Haare, den Algen ähnlich, die Haare der Menschen, die im Wasser treiben; sie schwimmen nicht, sie werden getragen, mitgenommen, sie haben sich dem Fluß anvertraut, aber es ist kein Wasser da und kein Mensch. Das, was da ist, hat kein Gewicht mehr, kaum noch eine Form. Die Umrisse lösen sich in Bewegungen auf.

Ich weiß, daß die Bilder nicht real sind, sondern nur eine Metapher. Dahinter ist dieser Raum der Sprachlosigkeit, dieser Raum der Leere und der Toten, ich spüre ihn wie ein Echo der Bewegungen, es sind Kurven, die sich weiten, größer und schwächer werden, bis sie unsichtbar, jenseits meiner Wahrnehmung weitergehen, sich anderen Kurven, anderen Rhythmen, anderen Bewegungen anpassen, sich vermischen und seltsame Muster bilden, die sich wiederholen und nie aufhören. Anna ist ein Teil des Ganzen geworden, und ich folge ihr in der Nacht; willenlos träume ich ihre Träume und denke manchmal, daß ich verrückt werde, daß ich dabei bin, zum zweiten Mal das Leben aufzugeben.

Ich weiß immer weniger. Wieder denke ich daran, meinen Vater anzurufen. Aber ich rufe nicht an, ich spreche mit niemandem. Ich wehre mich kaum noch; der Sog ihrer Träume wird stärker, ich löse mich ungern davon. Wenn morgens Iris oder Karl hereinkommen, gehe ich, ohne mit ihnen zu sprechen. Ich will lieber an Annas Seite durch diese seltsamen Landschaften treiben.

Es ist mir klar, daß ich den Boden unter den Füßen verliere. Das, was Realität genannt wird, wird mir immer fremder, ich erkenne Menschen, Gegenstände kaum noch, allmählich verlerne ich diese Seite des Lebens, und dafür wird die andere Seite realer. Es kommt mir manchmal vor, als würde ich bald diese Bewegung, diese Wellen ganz sehen, ihre Zusammenhänge verstehen und berühren. Ich bräuchte nur diese Ebene hier loszulassen, mich, wie Anna es getan hat, von dieser Welt zu trennen. Es wäre einfach.

Ich bin nicht weit davon entfernt, verbringe Tage anderswo, tauche in Annas Zeichnungen tief ein, schlafe nicht, wache nicht – und ich vergesse, daß ich Anna auf die Erde zurückbringen wollte. Ich will nichts mehr, nur meine Ruhe haben.

Eines Morgens ist Iris gekommen. Sie hat mich wachgerüttelt.

»Ein Mann wartet auf dich, Christoph. Julian Kelen. Er hat schon ein dutzendmal angerufen, und jetzt ist er da und hat nicht vor, einen Zentimeter zurückzuweichen.«

»Ich will niemanden sehen. Es ist immer wieder dasselbe. Wir haben es jetzt lange genug versucht. Laß ihn doch von dem Polizisten abführen.«

»Er ist aber anders«, behauptete Iris. »Du wirst sehen. Ich bin mir sicher.«

»Was kann schon anders sein?«

»Oh«, sagte sie, »schau ihn nur an. Er ist ein echter Mann, ich kenne mich auf diesem Gebiet aus. Du wirst dich mit ihm gut verstehen. Er hat die Tür fast eingetreten, um zu dir zu kommen!«

Iris hat schon viele unerwünschte Besucher aufgehalten, obwohl sie klein und zierlich ist. Sie hat keine Angst. Sie stellt sich wie ein Kampfhahn vor Gegnern auf, die doppelt so groß wie sie sind, stemmt die Faust in die Hüfte und schreit, bis der andere aufgibt oder bis jemand ihr zur Hilfe kommt.

»Und es ist dir nicht gelungen, ihn zu loszuwerden?«

»Nein. Wollte ich nicht. Er steht vor der Tür. Du mußt ihn sehen, Christoph, das ist wichtig.«

Julian Kelen ist hereingekommen. Mit Annas Augen habe ich ihn sofort erkannt; Wärme breitete sich in meinem Bauch aus; gleichzeitig versteifte sich mein Nacken; ich haßte ihn, die Hälfte von mir haßte ihn. Er stand vor meinem Schreibtisch und musterte mich von oben herab.

»Wo ist Anna? Ich will sie sehen!«

»Sie sind nicht der einzige, der das will. Können Sie mir einen guten Grund dafür nennen?«

Er hätte mich ohne weiteres zusammengeschlagen, das merkte ich sofort, und es gefiel mir. Plötzlich kam er mir vor wie die letzte Chance, die wir hatten, die Anna hatte. Ich bot ihm einen Stuhl an und erklärte ihm, warum wir Anna schützen mußten. Er beruhigte sich ein wenig.

»O. K., Bergmann. Ich werde Ihnen von Anna erzählen. Das kann eine Weile dauern. Aber machen Sie sich keine Illusionen. Ich werde Anna sehen.«

»Sprechen Sie.«

Julian Kelen zündete sich eine Zigarette an und begann zu sprechen. Er war am Anfang nervös, ging auf und ab, berührte die Bücher, die Gegenstände, die im Zimmer waren. Als er sich endlich setzte, bohrte er seine Augen in meine und ließ mich nicht mehr los.

Er war genau an dem Tag abgereist, als die Geschichte an die Öffentlichkeit ging. Im Flugzeug hatte er sich Kopfhörer aufgesetzt und war beim Klang einer Rachmaninow-Messe eingeschlafen, nachdem er einige Whiskys getrunken hatte. Er war zuerst nach Kanada geflogen, um Freunde zu besuchen. Zwei Wochen lang hatte er nichts von der Welt gehört und schon gar keine Nachrichten aus Deutschland. Seine Freunde lebten fernab von allem Geschehen. Bei ihnen konnte er Holz hacken und angeln gehen. Mehr wollte er nicht. Er war überarbeitet und brauchte Entspannung. Er schlief sehr viel. Als er Kanada verließ, fuhr er weiter nach Chicago, verbrachte dort einige Tage aus Geschäftsgründen und kam erst drei Wochen später über London nach Deutschland zurück.

Die Zeitungen, die die Putzfrau in seiner Abwesenheit säuberlich gestapelt hatte, hatte er gleich in den Papierkorb geworfen. Im Büro wartete seine Sekretärin Sonia mit tausend Fragen, sein Terminkalender war voll, das Telefon klingelte ununterbrochen, sein Schreibtisch verschwand unter einem Berg von Papieren. Er stürzte sich erneut in die Arbeit.

Durch Zufall bekam Julian Kelen doch Annas Foto in die Hände. Während Julians Abwesenheit war bei einer Werbekampagne einiges schiefgegangen. Der Auftraggeber hatte alle Entwürfe abgelehnt und suchte schon nach einer anderen Agentur.

Die Zeit drängte. Julian Kelen hatte beschlossen, das Projekt aufzugeben.

»Ich habe es nicht nötig«, sagte er, »es gibt sowieso mehr Arbeit, als wir bewältigen können, und Kunden, die keine Ahnung von irgend etwas haben und unbedingt ihre genialen Einfälle durchsetzen wollen, sind mir zu anstrengend. Aber Marcel, unser Graphiker, hatte eine Idee, und ich hatte Lust, einen Abend mit ihm in seinem Atelier zu verbringen. So habe ich endlich wieder etwas über Anna erfahren.«

Eine ältere »Stern«-Nummer lag auf dem Tisch. Marcel zeigte Julian eine dort erschienene Computeranzeige. Er erklärte sein Konzept, zeichnete einige Striche auf seiner Unterlage. Julian war nicht davon überzeugt.

Marcel ging in die Küche, um Tee zu machen. Es dauerte lange. Er ließ sich immer viel Zeit bei der Zubereitung. Tee trinken war für ihn eine Kunst, und er sammelte Porzellantassen. Julian Kelen blätterte unaufmerksam in der schon zerknitterten »Stern«-Nummer. Er blätterte an Annas Gesicht vorbei bis zur letzten Seite und fing noch einmal von vorne an. Plötzlich wußte er, daß etwas in dieser Zeitschrift stand, etwas Besonderes, was ihn irritierte, er wußte, daß etwas Wichtiges durch sein Blickfeld geflattert war, aber nicht, was es war, und er mußte ein drittes Mal von vorne anfangen. Er drehte langsam jede Seite, bis er bei dem ganzseitigen Foto von Anna stehenblieb.

Er lachte, als er es mir erzählte.

»Sie verstehen, Herr Bergmann, sie war plötzlich vor mir, ihr Gesicht grau und aufgerastert, aber genau, wie ich sie zuletzt gesehen hatte, als sie in meinem Bett schlief, die Augen geschlossen, die Lippen entspannt, fast lächelnd, weit weg von mir, ihr Atem so ruhig, daß ich ihn nicht hören konnte. Marcel kam aus der Küche zurück, stellte stolz sein Lacktablett vor mir ab und fragte, wie ich die neuen Tassen fände, die er kürzlich erstanden hatte. Ein wunderschönes, zartverziertes, hauchdünnes Porzellan, aber er hätte mir einen Blechnapf geben können, er wäre für mich an diesem Abend auch wunderschön gewesen. Ich hatte Anna wiedergefunden, mir war jedes Porzellan egal, ich hätte Spülwasser getrunken, ich hatte Anna wiedergefunden. Der arme Marcel. Er fragte, ob ich ein Gespenst gesehen hätte. Ich habe nicht geantwortet, ich konnte ihr Gesicht nicht loslassen.«

Er lächelte noch eine Weile. Dann wurde er ernst.

»Dann habe ich die Überschrift gelesen: ›Unbekannte immer noch im Koma‹ und darunter in kleineren Buchstaben: ›Niemand kann dem Opfer medizinischer Experimente helfen.‹ Anna war das Opfer! Sie würde sterben oder war schon gestorben. Sie können sich den Schock nicht vorstellen. Den Schmerz. Marcel brachte mir einen Whisky. Er hat gleich verstanden, worum es ging. Er hat miterlebt, wie ich Anna kennengelernt habe. Ich habe wegen ihr jeden verrückt gemacht. Sie hatte mir ihren Vornamen genannt, nur ihren Vornamen. Wie kann man eine Anna finden in einer Stadt mit einer Million Einwohner? Wie viele Annas gibt es? Vielleicht fünfzigtausend Annas, alte und junge und schöne und häßliche! Ich hatte Marcel von ihr erzählt, hatte ihn gefragt, wie man ein Mädchen in einer Millionenstadt findet. Aber er hatte mir keine Hoffnung gemacht. Er meinte, ich hätte vermutlich keinen nachhaltigen Eindruck hinterlassen! Ich glaubte ihm nicht. Es schien mir unmöglich, daß zwei Menschen eine solche Nacht miteinander verbringen und sich nie wiedersehen. Ich war glücklich und zuversichtlich. Aber als ich nach einigen Wochen nicht die kleinste Spur von ihr gefunden hatte, als die Zeit verging und sie sich nicht meldete, wurde ich unruhig. Ich habe Anzeigen mit allen nur denkbaren Formulierungen aufgegeben. ›Anna, bitte melden!‹, mit Datum, Uhrzeit, mit dem Namen der Kneipe! Nichts! Ich kam mir lächerlich vor, machte trotz allem weiter. Es liegt fast ein Jahr zurück.«

Ich fragte ihn nach dem Datum ihrer Begegnung.

Er brauchte nicht lange zu überlegen, er wußte es genau. Mir blieb die Luft weg, ich schrieb das Datum auf meine Unterlage, zehnmal, hundertmal. Am Tag danach hatte sich Anna für die Hypnose-Experimente angemeldet. Am Tag danach. Sie hatte die Nacht mit ihm verbracht, war aufgestanden und hatte Iris getroffen. Sie war anders, hatte Iris behauptet, anders als sonst. Bestimmt hatte Julian Kelen etwas damit zu tun, daß sie zu uns kam, es war kein Zufall. Auch war es kein Zufall, daß er jetzt erst ihr Foto gesehen hatte. Ich glaube nicht an Zufälle.

»Was ist mit Ihnen los, Bergmann, Sie sehen blaß aus.«

»Nichts, nichts Besonderes. Entschuldigen Sie mich. Ich habe über ein Detail nachgedacht. Was haben Sie eben gesagt?«

»Ich habe Sie gefragt, wer dieses Foto gemacht hat.«

Ich hatte Anna fotografiert. Es war schwierig gewesen, nicht nur weil ich keine Ahnung vom Fotografieren habe, nicht nur weil ich keinen Blitz benutzen, keine Lampen aufstellen wollte, sondern hauptsächlich weil es mir war, als würde ich ihre Seele damit einfangen. Ich kam mir schuldig vor wie einer, der Eingeborene fotografiert und ihre Nacktheit ausnutzt. Ich wollte es nicht und mußte es doch tun. Ich mußte Annas Seele vergewaltigen, damit nicht andere es taten.

Julian Kelen sprach weiter, ich hörte nur halb zu. Sein Freund hatte einige Zeitungsausschnitte über Anna aufgehoben und in sein Kuriositätenkabinett eingeordnet; er holte ein Fotobuch voller Bilder leichenblasser Frauen, die Augen starr vor Schreck, und hätte am liebsten Horrorvideos, die er auch sammelte, vorgeführt. Er wußte nichts, nur daß Roden Anna befohlen hatte, nach Planeten irgendwo im All bei Orion zu suchen. Julians Stimme wurde hart.

»Als ich erfahren habe, daß sie seit Wochen im Koma ist und vermutlich um Betelgeuse herumkreist, hätte ich diesen Typ, diesen Roden, gern umgebracht. Und Sie auch, Bergmann. Sie sind ein Verbrecher.«

Ich hatte keine Lust, mich vor ihm zu rechtfertigen.

»Sprechen Sie weiter.«

»Ja, ich bin noch lange nicht fertig! Sie tragen die Verantwortung für das, was geschehen ist. Sie haben nichts verhindert. Sie können sich da nicht herausreden! Sie wußten, was Roden vorhatte, oder wollen Sie mir etwa das Gegenteil vorgaukeln? Erwarten Sie mildernde Umstände, weil Sie nur die ausführende Hand waren? Weil Sie verkrüppelt sind?«

Er schlug auf meinen Schreibtisch. Ein Becher mit Stiften fiel um. Ich stellte ihn wieder auf. Er ging mir langsam auf die Nerven. Ich stand auf, ging um den Tisch und blieb vor ihm stehen.

»Was Sie von mir halten, ist mir gleichgültig. Und auch, ob Sie mir vertrauen oder nicht. Mir geht es nur um Anna. Ich kann Sie versichern, daß sie selber wußte, worauf sie sich einließ, daß sie ihre ... Reise sorgfältig geplant hat.«

Julian Kelen versuchte zu unterbrechen.

»Nein, lassen Sie mich jetzt zu Ende reden. Was ich will, und deswegen habe ich die Presse informiert, deswegen lasse ich mich von Ihnen beleidigen und bitte Sie sogar, mir zu helfen, ja Sie, Herr Kelen, was ich will, ist, daß jemand mir erklärt, warum sie es getan hat, warum sie diese Form des langsamen Selbstmordes gewählt hat! Es scheint aber, daß niemand auf dieser Erde sie kennt.

Niemand, kein einziger Mensch, der in der Lage wäre, sie daran zu hindern, zwischen den Welten zu verschwinden! Niemand, hören Sie?«

»Ich hätte sie davon abgehalten...«

Er stand auf, arrogant und selbstsicher. Ich schlug diesmal zurück.

»Ist es Ihnen klar, daß Anna sich für diese Experimente angemeldet hat, nachdem sie eine Nacht mit Ihnen verbracht hat? Gleich am nächsten Tag?«

Julian Kelen sackte zusammen. Er wurde grau im Gesicht und gab keinen Ton von sich. Er tat mir leid.

»Ich wollte Sie nicht verletzen. Es gibt vielleicht keinen unmittelbaren Zusammenhang...«

Er wurde wütend.

»Wollen Sie damit behaupten, daß Anna in den Weltraum spazierengegangen ist, weil ich mit ihr geschlafen habe?«

»Das habe ich nicht gesagt, solche Synchronizitäten können unterschiedlich interpretiert werden...«

»Lassen Sie mich in Ruhe mit Ihren Interpretationen... Erklären Sie mir lieber, warum niemand zu Anna darf, außer Herrn Bergmann selbst, seiner Sekretärin und Doktor Karl? Das Gebäude ist bewacht, Anna wie eine Militäranlage abgeschirmt. Wovor haben Sie Angst? Daß man sie entführt oder daß man dahinter kommt, was Sie sonst noch mit ihr veranstalten?«

»Hören Sie auf zu schreien. Sie werden Anna sehen. Ich glaube, daß Sie vielleicht eine Chance für uns bedeuten, aber schreien Sie nicht.«

Ich setzte mich hin.

»Ich bin müde, wir sind alle müde. Ich möchte Ihnen etwas erklären. Viele sind gekommen, und keiner, hören Sie, kein einziger konnte uns bis jetzt helfen. Wir wissen nichts über Anna. Ihre Mitschüler aus der Kunstakademie, ihre Nachbarn, alle sagen ›Ja, ich kenne sie gut‹, und wenn man fragt, was sie von ihr wissen, dann stellt man fest, daß sie nichts wissen. Nichts. Selbstverständlich haben wir einige sachliche Informationen über das Einwohnermeldeamt und so weiter. Aber das ist zu wenig. Das einzige, was ich noch erfahren konnte, ist, daß sie früher ihre Wohnung mit einem gewissen Milan Sertic geteilt hat. Ich weiß nicht mal, ob es ihr Freund war oder ein Untermieter!«

»Wie steht es mit ihrer Familie?«

»Sie hat keine. Ihre Eltern sind vor ein paar Jahren auf einer Reise im Ausland gestorben, bei einem Verkehrsunfall. Aber sie schien schon länger kaum Kontakt mit ihnen gehabt zu haben. Es gibt keine Geschwister. Keine Krankheiten. Keinen Hausarzt. Keinen Priester, keinen Lehrer, niemand, der sie näher kennt. Niemand. Vielleicht könnte uns dieser Milan Sertic helfen.«

»Was erhoffen Sie sich von ihm?«

»Geben Sie mir eine Zigarette bitte.« Ich atmete den Rauch tief ein. »Er könnte für Anna wichtig sein. Sie an die Erde binden. Ich weiß es nicht. Niemand weiß, was zu machen ist. Die Ärzte sagen, daß man nur warten kann, die Körperfunktionen aufrechterhalten und warten. Es gibt interessante Fälle von Menschen, die mehrere Jahre im Koma gelebt haben. Bei einer Frau wurde beschlossen, das Beatmungsgerät auszuschalten, und sie wachte auf. Nach Jahren. Sie hatte eine Kopfverletzung gehabt. Aber bei Anna gibt es keine organische Ursache, kein Trauma, im Gegensatz zu den anderen. Es war kein Unfall.«

»Was war es dann?«

»Ich versuche zu verstehen. Ich kenne ihre Akte fast auswendig. Sie ist hundertfünfzig Seiten lang, dick genug, denkt man. Alles steht drin, ihre Lieblingsfarben, daß sie Kümmel nicht ausstehen kann, wann sie die Windpocken hatte, wie ihre Schulzeugnisse ausgefallen sind, ihre sexuellen Träume, wann sie aus der Kirche ausgetreten ist, daß sie keinen Sport treibt.«

Ich holte eine Kopie der Akte aus meiner Schublade.

»Hier, hundertfünfzig Seiten Details. Das abgerundete Bild eines Menschen. Etwas, was sie gezielt konstruiert hat, ein Tarngebäude mit kleinen unwesentlichen Lügen, deren Summe das gesamte Gleichgewicht verschiebt. Das Bild ist zu glatt. Sie hat es entworfen und sich bei jedem Detail mehr entzogen, sie hat alle Spuren sorgfältig verwischt.«

»Sie denken, daß Anna bewußt ... ?«

»Ja. Sie wußte, was sie tat. Sie wollte weg. Sie ist es, die den Kontakt zu Roden abgebrochen hat. Sie hat sich zuerst führen lassen, und auf einmal hat sie ihn von sich weggeschleudert, so beschreibt er's. Aber ... an diesem Tag hatte sie Angst. Es ist der einzige Tag, an dem sie mit mir gesprochen hat ...«

Ich sagte Julian Kelen nicht, daß sie nur von dieser Katze gesprochen hatte, die nicht existiert! Ich fragte ihn, wie er sie kennengelernt hatte.

Er erzählte es. Wie sie an der Theke stand und ein Glas Rotwein zwischen den Fingern drehte. Wie sie ihn angeschaut hatte. Wie er sich überlegte, sie anzusprechen, und sie plötzlich mit ihrem Glas auf ihn zugekommen war und gelacht hatte. Er erzählte mir, wie sie miteinander geschlafen hatten, und mir taten seine Worte weh. Ich stellte mehr Fragen, und jede Antwort traf mich ein wenig tiefer. Als er endlich aufgehört hatte zu sprechen, stand ich auf.

»Sie können Anna sehen, wenn Sie möchten.«

Er zögerte.

»Gehen Sie. Die Tür ganz hinten. Seien Sie leise.«

Er ging hinaus, und ich atmete auf. Ich hörte seine Schritte im Flur. Er blieb bei der geschlossenen Tür stehen. Nach einer Weile kam er zurück.

»Bergmann... Sind Sie sicher, daß sie mich sehen will? Ich meine... Ich möchte nicht, daß es ihr danach schlechter geht... Sie hatte meine Telefonnummer...«

»Gehen Sie. Ich glaube kaum, daß sie im Augenblick wahrnimmt, wer bei ihr ist und was hier stattfindet. Gehen Sie.«

Ich beobachtete ihn auf dem Bildschirm. Anna reagierte nicht, als er ins Zimmer kam. Nichts geschah, als er sie berührte. Sie erkannte ihn nicht. Ich sah ihn weinen, seine Tränen auf ihr ausdrucksloses Gesicht fallen. Ihr Herzschlag, ihr Atem, ihre Gehirnkurven veränderten sich überhaupt nicht. Sie war noch weiter weggerückt denn je, lebte friedlich und unerreichbar, fern von dieser Erde, von unseren Gedanken und Sorgen. Sie war schön.

Julian Kelen hielt es nicht aus. Er stand auf und blickte direkt in die Videokamera.

»Es macht mich krank«, sagte er.

Er verließ Anna. Die Tür fiel laut hinter ihm zu. Anna hatte nicht die winzigste Reaktion gezeigt. Er war ihr egal, und das freute mich. Ich schaltete die Monitoren aus.

Er kam zurück, zündete sich eine Zigarette an und gab mir eine.

»Schauen Sie mich nicht so an! Was wollen Sie hören? Ich habe nichts zu sagen, außer daß wir das Mädchen schnellstens wecken müssen, wie auch immer. So kann sie nicht bleiben... Diese Venen, diese durchsichtige Haut... Ich kann das nicht ansehen. Ich bin kein Arzt, ich habe noch nie jemanden gesehen, der so dünn ist und so nah am Tod. Ich kann es nicht ertragen.«

Er ging zum Fenster und schaute hinaus.

»Hören Sie, ich habe einmal mit Anna geschlafen. Wir haben

eine einzige Nacht miteinander verbracht. Aber es war wichtig. Für mich, und wenn ich mich nicht vollkommen irre, auch für sie.«

Ich nickte. Julian Kelen entfernte sich hinter dem Rauch, er war nicht mehr deutlich zu erkennen. Ich fixierte den Aschenbecher, sah einen Knäuel sich windender Würmer und schloß die Augen. Julians Stimme kam von weither.

»Als sie bei mir eingeschlafen war, habe ich ihr zugehört ... Wie sie atmet, wie sie kleine Geräusche mit dem Mund macht, und jetzt kann ich sie nicht einmal atmen hören ... Sie ist so leise geworden ... Ich habe zugeschaut, wie sie immer tiefer im Schlaf versunken, immer weiter weg von mir gerückt ist. Ich wollte nicht schlafen, aber ich bin am frühen Morgen in derselben Stellung aufgewacht; Anna lag auf dem Rücken, ihr Kopf ruhte auf meinem Arm. Sie schlief friedlich, so tief, daß es mir nicht gelungen ist, sie zu wecken. Genau wie jetzt schlief sie, ganz für sich allein. Ich wollte ihre Augen sehen, ihre Stimme hören, ihr Dinge sagen, aber sie wachte nicht auf. Ich mußte aufstehen. Ich habe mich vorsichtig von ihr gelöst. Und sie hat sich umgedreht und gemurmelt: ›Nein, ich will nicht.‹ Ich habe gedacht, sie will nicht geweckt werden, nicht aufstehen, sie ist noch müde. Ich habe sie schlafen lassen. Habe eine Tasse Kaffee getrunken und für sie ein Frühstück bereitet. Und ich habe einen Zettel mit meiner Telefonnummer geschrieben. Ich kam zu spät ins Büro, aber das war mir egal. Später habe ich mich fast geschämt, daß ich an diesem Tag so glücklich war – Scheiße, Bergmann, was machen wir jetzt? Gibt es noch Hoffnung? Irgendwelche Spezialisten?«

»Es gibt keine Spezialisten. Es gibt nur Theoretiker. Und die meisten behaupten, daß sie so gut wie keine Chance hat, ohne bleibende Schäden aufzuwachen. Der neurologische Befund ist erstaunlich gut, doch sagen sie, daß sie, wenn sie nicht stirbt, behindert bleiben wird. Sie sind realistisch. Ich sehe es anders, sehe, daß sie sehr weit weg ist und sich immer mehr entfernt. Seit sie die Infusionen bekommt. Es ist, als wäre sie gleichgültiger geworden. Niemand kann sie erreichen, sie hat sich vollkommen abgeschirmt.«

»Was ist drinnen? Beruhigungsmittel?«

»Nein. Nicht mehr. Nur am Anfang wenig Valium. Jetzt nur noch Flüssigkeit, Vitamine, Mineralien. Was der Körper braucht, um zu überleben. Wir mußten es tun.«

»Und jetzt?«

»Ich weiß nicht. Ich weiß immer weniger. Keiner weiß, warum sie es gemacht hat, aber sie hat mit uns experimentiert wie wir mit ihr. Sie hat Roden angelogen und ihn manipuliert und mich auch, und ich weiß nicht, warum. Ich weiß nicht, ob sie, wie Roden, nach etwas sucht oder auf der Flucht ist. Ob sie Gott sucht oder sich umbringen will...«

Ich zögerte, schaute ihn an und sagte es doch.

»Sie haben vielleicht bemerkt, daß ich sie in gewisser Weise liebe, und wenn ich sicher wäre, daß sie glücklich ist, dort, wo sie ist, würde ich sie sterben lassen.«

»Vielleicht geht es nicht um Glück«, sagte Julian Kelen.

»Um was denn?« fragte ich.

»Um Leben. Sie ist am Leben. Ihr Körper lebt seit Wochen unter den ungewöhnlichsten Umständen. Sie sollte tot sein, und sie lebt. Ist es Ihnen nicht klar genug? Sie will leben.«

»Dann helfen Sie mir.«

Er sagte zu. Iris gab ihm alle Unterlagen über Anna, alles, vom ersten Fragebogen bis zu den letzten Ärzteberichten. Er bestand darauf, wollte selber noch einmal alles durchgehen. Nur die Originaltonbänder waren nicht dabei. Weder ich noch Iris hatten sie erwähnt. Wir halfen Julian, die Kartons voller Material zu seinem Auto zu tragen und in den Kofferraum zu verstauen.

Er öffnete die Tür und klopfte mir auf die Schulter, bevor er einstieg.

»Sie werden sehen, Bergmann, wir schaffen's. Es muß etwas geschehen. Man kann das Mädchen nicht die nächsten sieben Jahre wie Schneewittchen in ihrem Glassarg hier halten!«

Ich antwortete nicht. Er versprach, alles in die Hand zu nehmen und fuhr davon.

Iris lachte.

»Er ist ganz schön zuversichtlich, nicht? Er gefällt mir.«

»Mir auch«, sagte ich, nicht ganz sicher, daß es die Wahrheit war. »Soll er sie wach küssen, wenn es ihm gelingt.«

In dieser Nacht bin ich bei Anna eingeschlafen. Ich hatte einen seltsamen Traum. Ich kam aus einem dunklen Raum, es war ein winziges, sehr niedriges Häuschen, ich mußte mich bücken, um durch die Tür ins Freie zu gelangen. Auf dem Arm trug ich ein Kind, das nicht mein Kind war, einen blonden Jungen von etwa zwei Jahren. Er hatte geweint. Draußen war es sehr hell. Ich zeigte ihm den Himmel, um ihn zu trösten. Und dann ... Der Himmel war zugleich das Meer, eine riesige Fläche Wasser, mit Wellen und hellen Schaumkronen auf den Wellen. Darüber zogen leichte Wolken, mehrere Schichten in ständiger Bewegung. Ich schaute es an und versuchte zu verstehen, als aus dem Meer Raketen zu schießen begannen. Die erste Rakete schoß silbern heraus, umgeben von silbernen glänzenden Wassertropfen, eine riesige Fontäne schillernder Juwelen, so schön, daß es mir den Atem verschlug. Und es kamen mehr, mehr Raketen, Flugzeugträger, U-Boote, alle erschienen am Himmel, aus dem Meer, eins schöner, machtvoller und tödlicher als das andere. Ich sah fasziniert zu, als mir plötzlich einfiel, daß ich allein mit dem Kind auf einem ausgedörrten Landvorsprung stand. Um uns war niemand, auch kein Baum, kein Grashalm, kein Tier. Nur das Meer, das oben statt unten war und diese tausendfachen Todesmaschinen, die sich feierlich entfalteten, wie ein Ballett.

Ich begann im Traum zu schreien. Ich schrie gegen die Raketen, gegen die Flugzeugträger und Atombombenwerfer, und je lauter ich wurde, desto langsamer stiegen sie aus dem Wasser, bis sie schließlich zurückfielen und wie verwelkte Blumenblätter davongetragen wurden.

So ging mein Traum zu Ende. Ich wachte erstaunt und selbstzufrieden auf. Ich fühlte mich stark. Meine Stimme, nur meine Stimme hatte sie alle verjagt. Aber dann fiel mir ein, daß der Traum lautlos gewesen war. Weder hatte ich das Kind weinen gehört, noch hatten die Todesmaschinen das geringste Geräusch verursacht, es gab kein Meeresrauschen, nichts. Den Ton meiner eigenen Stimme hatte ich nicht wahrgenommen. Es war ein Traum der absoluten Stille.

Jede Hoffnung verließ mich. Anna lag friedlich vor mir. Vielleicht hatte sie endlich das gefunden, wonach sie suchte, und ich würde es nie erfahren. Vielleicht hatte ich kein Recht, es erfahren zu wollen. Ich dachte daran aufzugeben. Es wäre einfach. Den Tropf abstellen. Ihr kurz, ganz kurz Nase und Mund zuhalten. Ihr Körper war zu schwach, um sich zu wehren. Niemand würde sich wundern.

Ich sah Anna an, fühlte nach ihrem Puls. Er war da, weit entfernt, kaum vorhanden. Sie war wie immer. Eingeschlossen, abgeschlossen, unnahbar. Ich könnte so laut schreien, wie ich wollte, sie würde mich nicht hören. Sie trieb in einem unendlichen Blau, frei, frei.

Ich bin aufgestanden. Mir taten die Gelenke weh. Mir tat das Gehen weh. Mich schmerzte das Leben.

VIII

Die Schnittpunkte

Ich liege halbwach auf Annas Bett und träume wieder von kargen Landschaften mit vielen Gesteinen und Mineralien, die ich nicht erkenne. Die Oberfläche der Felsen glänzt dunkel, als würde die Materie das Licht nicht widerspiegeln, sondern absorbieren, langsam in sich einsaugen, als wäre die Dichte der Steine lichtsüchtig, durstig nach dem Licht der Sonne. In Annas Landschaft gibt es keine Sonne, es ist der Himmel, der ganze Himmel, der zu Licht geworden ist, und er ist hart und tut den Augen weh. Es gibt kein Wasser, dort, wo Anna reist, doch fühle ich, daß es nicht weit weg ist. Vielleicht fließt unterirdisch irgendwo eine Quelle, die bald an die Oberfläche durchsickern wird, vielleicht erinnert sich das Gestein an die Zeiten des Wassers oder erahnt sie. Das fehlt so offensichtlich, aber nur das fehlt. Wasser. Wasser muß kommen, der Boden wartet, spannt seine Erwartung nach allen Richtungen, auch die zerbröselnden Steine, die staubige Erde, die Stille der gelbgrauen Luft über der Ebene, alles späht nach Wasser. Es wird kommen, es muß kommen, denke ich und träume weiter die Schwingungen des Gesteins, träume meinen langsamen, um sich kreisenden Traum, der noch langsamer wird, schwerfällig und geschlossen wie die glatte Oberfläche der Felsen, als das Telefon klingelt. Es hört nicht auf zu klingeln, und es wird Julian Kelen sein, der mir Sachen sagen wird, die ich schon lange weiß.

»Hören Sie, in diesen Unterlagen steht nichts! Bedeutet es tatsächlich, daß niemand Anna kennt? Daß sie keine Familie hat? Keinen Freund? Keine Freundin? Das ist unvorstellbar!«

»Ich habe es Ihnen gesagt, Sie haben es selber gelesen. Und fast die einzigen, die sich gemeldet haben, waren gelegentliche Liebhaber ...«

Seine Stimme klingt weit entfernt und nicht gerade glücklich.

»Ich weiß. One Night Stand. Nicht mal Affären. So wie ich. Nur dieser Milan. Wer ist Milan? Sie hat mit ihm zusammengelebt, wie kommt es, daß er sich nicht gemeldet hat?«

»Der Hausmeister behauptet, daß er irgendwo nach Norden umgezogen ist.«

»Haben Sie nach ihm gesucht?«

»Annas Foto ist in jedem Blatt erschienen, Julian. Außerdem hat Mira in sämtlichen deutschen Botschaften nach ihm gefragt. Er ist nirgends bekannt. Er ist auch nicht bei den Ausländerbehörden registriert. Weder in Dänemark, noch in Schweden, noch in Finnland, noch in Norwegen.«

»Und wie steht es mit Kanada, Alaska, Grönland? Und mit Rußland? Haben Sie in Moskau gesucht?«

»Der Hausmeister sprach von Skandinavien«, wiederhole ich. »Er war sich ziemlich sicher.«

»In Ordnung«, sagt er. »Ich werde es selber noch einmal versuchen.«

Dann erzählt er mir, was er sonst noch unternehmen möchte. Es rührt mich. Je länger er spricht, desto klarer wird mir, daß er keine Chance hat. Sie hat sich gegen ihn entschieden, auch wenn er der einzige war, der sie vielleicht hätte aufhalten können. Sie wollte nicht festgehalten werden. Sie ist es, sie allein, die diese Geschichte erfindet, die sich entscheidet, fortzugehen und vielleicht zurückzukommen. Sie hat mich hineingezogen, und ich habe es geschehen lassen. Mir hat sie ihren Schlüssel gegeben.

Ich liege auf ihrem Bett, während Julian spricht, und frage mich plötzlich, ob ich Anna falsch verstanden habe. Ich gieße ihre Blumen, sauge den Staub in ihrer Wohnung, leere ihren Briefkasten, auch wenn es weder Staub noch Briefe gibt. Ich sorge dafür, daß sie am Leben bleibt, daß ihr Körper genug Flüssigkeit und Mineralien erhält, und denke auf einmal, daß sie etwas anderes von mir erwartet hat. Sie hat mich eingeladen, mit ihr zu reisen. Einen Reisegefährten wollte sie, keinen Verwalter.

Ich habe alles falsch verstanden.

»Bergmann? Sind Sie noch dran?«

Er möchte mit Iris sprechen, mit Roden. Er möchte so viel tun. Und ich freue mich über seinen Eifer. Julian ist als Wächter ihres Körpers viel besser geeignet als ich. Er soll die Last übernehmen, mich davon befreien. Er könnte einen Teil des Tages bei Anna verbringen. Ich überlasse ihm gern die Verantwortung. Er soll Milan Sertic suchen, Spuren, Hinweise aus Annas Leben. Ich will es nicht mehr tun, sondern viel lieber den anderen Weg gehen und an Annas Seite reisen, bis es einen Sinn ergibt, bis sich die Felsen öffnen oder der Himmel.

Anna wäre bei Julian Kelen in guten Händen. Er ist stark, er weiß, was er will, und ist fest verankert im Leben, wie Mira, viel besser als ich. Und er liebt sie.

Ich habe die Grenze überquert. Ich weiß nicht mehr, was es bedeutet.

»Mit Iris können Sie gleich sprechen. Mit Roden ist es schwieriger. Ich werde es versuchen. Julian, ich schreibe Ihnen einen Brief, damit Sie jederzeit zu Anna gehen können. Wollen Sie ihn gleich holen?«

Julian Kelen antwortet nicht sofort. Mira, Karl, Iris und ich teilen uns die Wache bei Anna. Wir lassen sie so selten wie möglich allein. Es ist schwierig geworden, seit Mira weggefahren ist.

Julian schweigt.

Miras Mutter ist vor einer Woche gestorben. Mira hat mich angerufen, ihre Rückkehr angekündigt und mir mitgeteilt, daß sie nicht mehr zu Anna kommen will.

»Nie mehr will ich jemanden im Bett sehen außer meinen Liebhabern«, hat sie gesagt. »Ich kann den Geruch des Todes nicht mehr ertragen. Such einen Ersatz für mich bei Anna. Entschuldigung.«

Ohne sie werden wir nicht durchhalten. Ich brauche Julian, er soll ihren Platz einnehmen.

»Bergmann? Sind Sie noch da? Ich rufe Sie gleich zurück.«

Er hängt ein. Ich liege auf Annas Bett, das Zimmer verschwindet, ich liege auf einer Wiese und warte. Wenn ich am hellen Himmel die noch helleren Sterne sehen könnte, würde ich nach Orion Ausschau halten, der nachts nicht mehr sichtbar ist, nach Rigel mit seinem kalten Glanz, nach Anna, Lichtjahre von hier, von mir entfernt. Der Himmelsjäger jagt der Sonne nach, er hat den Nachthimmel verlassen, und ich warte und liege am hellichten Tag mit offenen Augen, die nichts sehen, auf dieser Wiese. Die Sonne brennt, ich warte, daß sie kommt, ich weiß, daß sie da ist, und ich warte auf sie.

Ich erinnere mich jetzt. Es wird nicht mehr lange dauern. Orion, der Himmelsjäger, hat sein Augenlicht verloren, weil er im Rausch die Frau genommen hat, ihm sind die Augen ausgestochen worden, weil er die Frau vergewaltigt hat, und jetzt läuft er ostwärts mit seinen offenen blutigen Augen, er läuft, läuft blind der Sonne entgegen, er läuft und trägt auf der Schulter ein Kind, das ihn führt, er läuft über die Meere, bis er den Ort erreicht, an dem die Sonne aufgeht. Dort wird ihm das Augenlicht wiedergegeben. Das

Licht, das andere blendet, wird ihn zum Sehenden machen.

Im September kehrt der Orion endlich zurück. Man kann ihn jede Nacht sehen. Es ist nicht mehr weit bis September. Etwas wird im September geschehen. Etwas wird mit Anna geschehen.

Manchmal sind Annas Träume leise, so leise, daß ich sie kaum berühre. Sie sind zu dünn oder zu weit entfernt, ich kann nicht mitgehen, ich sehe nur undeutliche Formen, die sich sofort auflösen, wenn ich näher komme. Ich lasse sie vorbeistreifen, fühle sie und warte. Ich warte. Ich habe viele Arten des Wartens kennengelernt. Früher konnte ich nicht warten. Ich habe mich angestrengt und gekämpft. Jetzt warte ich, und mein Warten ist eine seltsame Freude. Etwas Leichtes.

Julian ruft noch einmal an. Er lehnt ab. Er will meinen Platz bei Anna nicht.

»Ich weiß Ihr Angebot zu schätzen, Bergmann. Aber ich möchte nicht. Ich kann nicht bei ihr sitzen und sie anschauen. Ich halte es nicht aus, verstehen Sie? Ich ... wenn ich sie so sehe, möchte ich sie schütteln und ihr ein paar Ohrfeigen geben! Es macht mich wahnsinnig. Es macht mich zornig. Ich kann Menschen, die sich aufgeben, nicht ertragen. Tut mir leid.«

Ich stottere etwas von unseren Problemen mit den Wachschichten.

»Engagieren Sie eine Pflegerin. Oder zwei. Ich übernehme gern die Kosten. Hören Sie, Anna ist im Koma. Sie kriegt nichts von dem mit, was um sie herum geschieht. Es mag sein, daß es ihr gut tut, wenn Sie ihre Hand halten, das kann ich nicht einschätzen. Aber ich bezweifle, daß es Ihnen gut tut. Und ich tauge nicht zum Händchenhalten. Bestimmt nicht!«

Noch einmal hängt er ein.

Annas Landschaft habe ich für heute verloren. Ich werde zu Anna gehen und ihr von Morgenröte erzählen, die Orion entführte. Von allen Göttinnen, die ihn liebten, aber nicht vom Skorpion, der ihn tötete. Ich werde für sie Geschichten von anderen Sternen erfinden, bis zum Morgen werde ich ihr Geschichten erzählen. Es gibt so viele, die ich noch nicht kenne, unendlich viele Geschichten.

Am nächsten Tag ist Mira zurückgekommen. Wir haben uns im selben italienischen Restaurant verabredet, in dem wir uns begegnet waren. Sie sieht mitgenommen aus.

»Ich bin vielleicht froh, wieder hier zu sein«, sagt sie. »Unter den Lebenden. Dieses Klingeln der Telefone in der Redaktion, diese Unruhe, diese Wichtigtuerei, diese Nervosität, diese Hetzerei – es ist so schön! Ich liebe das ... Der Ernst des Lebens hängt mir zum Hals raus, das kann ich dir sagen!«

Der Besitzer des Lokals, ein kleiner rundlicher Italiener mit glänzendem Gesicht stürzt sich auf Mira und umarmt sie.

»Signora, du bist endlich wieder da, ich dachte, du hast mich für immer verlassen ...«

Er plaudert eine Weile mit Mira, stellt sie jedem, der vorbeigeht, als seine Verlobte vor und verspricht uns den besten Osso Bucco Milanese der Welt, »con la nostra Polenta, Signora.«

Als er sich endlich anderen Gästen widmet, kommt schon die Vorspeise; Mira ißt, als hätte sie wochenlang nichts zu sich genommen. Wir sprechen nur vom Essen; sie ist mir fremd geworden. Erst nach der zweiten Grappa spricht Mira von ihrer Mutter, ohne mich anzuschauen.

»Sie hat gekämpft, sie wollte nicht sterben. Sie wollte sich anziehen und sich schminken. Solange sie ein Wort sagen, ein Zeichen machen konnte, hat sie verlangt, daß ich sie kämme. Immer wieder. Ich glaube, daß der Lippenstift gegen ihre Schmerzen wirksamer war als die Pillen und Spritzen. Sie hat manchmal wie eine Maske ausgesehen, bunt und schrill, mit ihren eingefallenen Wangen und ihren riesig gewordenen Augen. Ich habe einen größeren Spiegel gekauft, weil sie nicht mehr gut sehen konnte. Und sie brauchte mehr Licht, obwohl es sie blendete. Der Raum war hell wie ein Fotostudio, sie hat sich vor der Dunkelheit gefürchtet. Sie hatte Angst. Tagsüber ging es, aber die Nächte waren schlimm. Sie schlief nicht, sie wollte nicht schlafen. Und andauernd fragte sie: ›Mira, ist das Licht an? Sehe ich gut aus? Sind meine Haare richtig?‹ Es war zum Heulen. Und dann hat sie gesagt: ›Mira, du weißt, daß es Quatsch ist, nicht wahr? Aber versprich mir, wenn ich tot bin, leere eine Flasche Parfüm über mich. Die große Flasche, die im Bad ist. Tote stinken. Und ich will nicht stinken.‹ Und als sie gestorben ist, habe ich diese Flasche Parfüm über sie geschüttet, obwohl sie nicht gestunken hat. Sie hat tagelang nichts gegessen und kaum getrunken, wonach sollte sie stinken? Aber das Zimmer, Christoph, und der Sarg ... Sie haben zum Himmel hoch geduftet, und die Kirche war voll von ›Ma Griffe‹. Ein sündiges Parfüm. Schöne Sünde! Ich sage dir, wenn

Gott eine Nase hat, wird er sich über die Ankunft meiner Mutter freuen! Erzähl mir jetzt etwas anderes. Gibt es etwas Neues?«

Ich berichte von Julian Kelen. Mira ist begeistert von seinem Vorschlag, Pflegerinnen zu engagieren.

»Sehr gute Idee. Es war eine phantastische ältere Pflegerin bei meiner Mutter. Vielleicht kann sie uns jemanden hier empfehlen. Ich werde sie anrufen.«

»Ich will nicht...«

»Selbstverständlich willst du nicht. Niemand will so etwas. Aber sag' nicht gleich nein und laß uns zusammen eine suchen. Ich bin als Krankenschwester absolut ungeeignet, Christoph, das wußte ich schon vorher, aber jetzt will ich nur noch lebendige, gesunde und fröhliche Menschen um mich sehen. Der Rest kann mir gestohlen bleiben. Und hör mal. Ich will diesen Mann, diesen Julian Kelen, auch kennenlernen. Und es ist Zeit, daß wir uns einmal mit Roden zusammensetzen. Ich habe viel nachgedacht, als ich bei meiner Mutter wachte. Wir müssen etwas unternehmen.«

Aber Roden will mit niemandem sprechen und schon gar nicht mit Mira. Ich kenne ihn gut genug und weiß, daß es keinen Sinn hat, ihn überzeugen zu wollen. Er ist seit kurzem frei; der Haftbefehl ist endlich aufgehoben worden. Es hat lange gedauert, angeblich hat Roden selbst diese Verzögerung verursacht. Bis zum Prozeß – und keiner weiß, wann er stattfindet, ob er je stattfindet – darf er weder lehren noch das Institut betreten.

Als er entlassen wurde, habe ich vor dem Gefängnis auf ihn gewartet. Es regnete an diesem Tag, die Luft roch nach nassem Teer. Mir war kalt. Nicht weit von mir unterhielten sich zwei Journalisten unter einem Regenschirm. Sie kannten mich schon, sie wußten, daß ich ihnen nichts Neues erzählen würde, aber sie hatten noch nie die Gelegenheit gehabt, Roden Fragen zu stellen.

Die kleine Tür neben der Einfahrt öffnete sich. Roden erschien, sah die Journalisten und zögerte. Ich hatte mich nicht bewegt. Als er mich entdeckte, kam er auf mich zu. Sein Anwalt begleitete ihn.

»Ich bin froh, daß Sie draußen sind, Roden.«

»Wirklich?« Er gab mir die Hand. »Wir sehen uns bald, wenn Sie möchten. Allein.«

Ein Journalist sprach ihn an, der andere fotografierte uns. Roden ließ meine Hand los.

»Es tut mit leid, aber ich habe nach wie vor nichts zu sagen.«

Ein Auto setzte sich in Bewegung und kam langsam näher.

»Ich muß Sie sprechen«, sagte ich ihm. »Je früher, desto besser.«

»Ich rufe Sie an.«

»Wann?« fragte ich.

Das Auto blieb neben uns stehen. Der Anwalt öffnete die Tür, Roden stieg ein. Der Anwalt knallte die Tür zu, nahm hinten Platz. Roden kurbelte das Fenster herunter, winkte mir zu und rief etwas, was ich nicht verstanden habe, während sie davonfuhren.

Einige Tage später saß ich an Annas Zeichentisch und versuchte, eins ihrer Bilder abzumalen. Ich habe es schon öfter gemacht, gehe von einem willkürlich ausgesuchten Punkt aus und zeichne einzelne Linien nach. Manchmal, wenn ich den richtigen Ansatz finde, entwickelt sich das Bild, das ich male, wie das Modell, auch wenn ich nach den ersten Strichen nicht mehr auf die Vorlage achte, aber nur wenn es mir gelingt, absichtslos, fast nebenbei zu zeichnen. Es kommt mir dann vor, als würde ich Strecken auf einer Landkarte verfolgen, Pfade, Wege, Straßen, die schon markiert sind, der Stift kennt sie, es sind die einzig möglichen. Ich könnte die Augen schließen, blind wäre es leichter, dort anzukommen. Doch meistens lasse ich die Augen offen und beobachte den Stift, der seinen Weg geht, den einzig richtigen, zuerst langsam, dann gezielter, schneller, um wieder langsamer zu werden. Er zeichnet Muster, die ich nicht verstehe, nach einem Takt, der mir bekannt erscheint, wie eine Melodie, die ich nachsummen könnte, ohne zu wissen, wo ich sie schon gehört habe.

Manchmal drückt der Stift tiefe Rillen in das Papier, er braucht meine Kraft, und ich staune und bemühe mich, ruhig, fast unbeteiligt zu bleiben, obwohl mir etwas den Atem verschlägt und mein Herz so laut wird, daß es außen im ganzen Zimmer hallt. Mir ist es dann, als wäre ich Teil des Bildes, als würde ich dieses seltsame Liniensystem von innen bereisen. Und am Ende sieht man dann keinen Unterschied zwischen meinem Bild und ihrem. Auch wenn ich andere Farben benutzt habe, andere Schattierungen, andere Verknüpfungen, ist es, als hätte Anna es gezeichnet, als wäre das innere Gleichgewicht der beiden Bilder vollkommen gleich. Das erfüllt mich mit Glück.

Manchmal aber scheitert alles, und meine Bilder sehen aus wie die Entwürfe eines Zeichenlehrlings, der unbeholfen mit seinen schwitzigen Händen radiert, bis das Blatt nur noch schmutzig ist.

Dann zerreiße ich das Papier, zerknülle es, stopfe es in den Papierkorb und ärgere mich. Ich fange wieder von vorne an, weiß, daß es nicht funktionieren wird, daß ich nur die teuren Bögen verschwende. Erst wenn ich von Papierleichen umgeben bin, gebe ich auf.

An diesem Tag hatte ich gerade angefangen, als das Telefon klingelte. Das Muster entwickelte sich rasch. Aus einer asymmetrischen Verästelung hatte sich gleich eine Art Krone gebildet, die ihr spiegelverkehrtes Abbild wie ein Echo zeugte, ohne daß ich dazu einen Strich gezeichnet hatte. Im Raum schienen diese Zwillingsformen voneinander fortzutreiben und wieder zueinander zu pulsieren, ihre Bewegungen kaum von den Linien des Stiftes bestimmt, sondern eher von den leeren, ausgesparten Flächen.

Das Telefon stand vor mir, klingelte weiter. Ich nahm den Hörer auf, ohne nachzudenken.

»Ja?«

»Hier ist Roden. Wie geht es Anna?«

Seine Stimme verwischte das Bild, die Kronen stürzten. Das Muster zerfiel, schien hinter ein unverständliches Wirrwarr von Strichen und Linien zu gleiten. Ich sah zu, wie es dünner und dünner wurde, und konnte es nicht aufhalten.

»Bergmann, sind Sie noch da? Wie geht es Anna?«

»Keine Veränderung.«

Ich blickte auf mein Blatt Papier, sah das, was ich eben gemalt hatte, schrumpfen. Plötzlich sinnentleerte Ellipsen wurden zu Geraden, das Zusammenspiel der Bewegungen erfror, das Bild erstarrte. Es war eiskalt geworden.

Ich wandte mich ab.

»Wo sind Sie? Ich möchte Sie treffen.«

»In Ordnung. Auch ich möchte Sie treffen. Hören Sie, Bergmann, ich muß ins Institut. Können Sie mir helfen?«

»Warum? Suchen Sie die Tonbänder?«

»Welche Tonbänder?« fragte er nach einer kurzen Pause.

»Die Originalbänder. Sie sind nicht mehr in Ihrem Zimmer, ich habe sie. Roden, wann und wo können wir uns sehen?«

»Ich bin gleich bei Ihnen.«

Er hängte ein, bevor ich ihm einen anderen Treffpunkt vorschlagen konnte. Es gefiel mir nicht, daß er in Annas Wohnung kommen wollte. Anna war öffentliches Gut geworden, aber ihre Wohnung gehörte nur ihr und mir. Nicht einmal Mira war hier gewesen. Alles oder fast alles war geblieben, wie Anna es verlassen hatte. Ich hatte nichts geändert, nur die Bilder stellte ich je nach Lichtverhältnissen um. Ich spielte mit ihnen, kombinierte sie untereinander und mit meinen eigenen Bildern, tauchte in sie hinein, verfolgte die Linien mit meinen Fingern, tastete mich an dem Muster entlang, bis die Hand nicht mehr das Papier fühlte, sondern die Form in dieser seltsamen Geometrie aus pulsierenden Kanten; die Hand kroch über die Kanten und suchte das Loch, das Fenster zur anderen Seite, Annas Durchgang zum Orion.

Die Bilder lagen überall im Raum verteilt, es war zu spät, um sie aufzuräumen. Ich hörte schon Rodens Schritte im Treppenhaus. Als er klopfte, öffnete ich die Tür und versuchte, ihn aufzuhalten.

»Gehen wir lieber einen Kaffee trinken...«

»Lassen Sie mich herein und schließen Sie die Tür.«

Er drängte mich zur Seite, ging an mir vorbei bis in Annas Zimmer. Er atmete laut.

»Ich muß mich setzen. Sie haben mir damals zwei Rippen gebrochen. Ich spüre sie noch.«

»Es tut mir leid für Ihre Rippen!« sagte ich, mußte aber lachen, weil ich mich gern an diesen Augenblick erinnerte.

»Keine Ursache. Sie hätten mir noch einiges mehr brechen können, wie Sie auf mich eingedroschen haben. Aber ich nehme an, daß ich es Ihnen schuldig war.«

»Ich denke nicht, daß Sie mir irgend etwas schuldig sind. Im Gegenteil. Ich habe mich wie ein Esel benommen. Ich hätte früher...«

»Lassen Sie's. Wir passen wunderbar zusammen, Bergmann. Ich sagte nichts, Sie stellten keine Frage, und Anna machte mit uns, was sie wollte. Wir sind ein gutes Team, ich bin nach wie vor davon überzeugt. Jetzt vielleicht noch mehr als vorher.«

»Ein gutes Team? Und Anna? Was ist mit Anna?«

»Anna gehört dazu. Auch sie ist stur nach vorne gegangen. Ich hätte gegen ihren Willen nichts machen können. Sie ist keine Marionette, ich bin kein Drahtzieher. Sie hätten uns vielleicht aufhalten können. Und dann?«

»Anna wäre hier.«

»Alles deutet darauf hin, daß sie keinen besonderen Wert darauf legt, hier zu sein.«

»Woher wollen Sie das wissen?«

»Sie ist monatelang zu uns gekommen, Bergmann. Sie hat daran gearbeitet, diese Prozesse, zu denen sie keinen Zugang haben sollte, in ihr Bewußtsein zurückzuholen. Ich hatte ihr befohlen zu vergessen! Aber Frauen sind störrisch. Sie hat mir das Vergessen vorgespielt, und dann ist sie nach Hause gegangen, hat kein Computerprogramm benutzt, das hatte sie nicht nötig. Sie hat gezeichnet, um sich zu erinnern. Bis das Bild so perfekt war, daß sie es der Realität vorgezogen hat.«

»Sie kennen ihre Bilder?«

»Ich war schon hier.«

»Sie waren hier? Wann?«

»Gleich in der zweiten Nacht. Als Sie bei Anna saßen und ihre Hand hielten. Ich habe diese Wohnung auf den Kopf gestellt. Nichts gefunden. Und als ich später wiedergekommen bin, habe ich festgestellt, daß Sie hier leben. Daß es Ihre Wohnung geworden ist.«

»Wie sind Sie hereingekommen?«

»Sie schließen nicht ab. Kein Problem.«

»Und ... wonach haben Sie gesucht?«

»Ähnlich wie Sie, Bergmann, habe ich nach Hinweisen gesucht, nach Gründen. Sie wollten wissen, was Anna hier hält, ich habe gesucht, was sie zu den Sternen zieht.«

Er betrachtete mein gescheitertes Bild.

»Hat sie das gemalt?«

»Nein. Ich war's. Ich wollte dieses hier abmalen.«

Ich zeigte auf das große Bild an der Wand beim Fenster.

»Es ging gut, bis Sie angerufen haben.«

Ich riß es vom Brett ab, wollte es zerknüllen und in den Papierkorb werfen. Roden hielt mich auf.

»Genau das ist es. Hätten Sie konsequent weitergemalt, wäre es Ihnen gelungen. Geben Sie es mir.«

Roden setzte sich auf den Hocker vor den Zeichentisch und legte das Bild wieder auf das Brett.

»Warum sind Sie hierher gekommen? Um mir künstlerische Ratschläge zu geben?«

»Nein. Ich möchte, daß Sie mir von Anna erzählen. Und ich brauche die Tonbänder. Wo sind sie?«

»In einem Banksafe.«

»Gut. Wer hat sie gehört außer Ihnen?«

»Mira und Iris. Sonst niemand.«

»Gut. Bitte, Bergmann, sagen Sie mir, was mit Anna in der Zwischenzeit geschehen ist. Was macht sie? Vergessen Sie's nicht, seit sie am Tropf hängt, habe ich sie nicht mehr gesehen.«

»Es gibt nicht viel zu erzählen. Ihrem Körper geht es gut. Sie könnte die nächsten Jahre so verbringen. Die Ärzte sind zufrieden.«

»Ich interessiere mich nicht für ihren Körper. Sprechen Sie von ihr.«

Ich wunderte mich.

»Ich verstehe Ihre Frage nicht, Roden. Anna ist dort, wo Sie sie hingebracht haben. Ihr Geist, ihr Bewußtsein sind unerreichbar. Sie ist ein funktionierender Organismus, sonst nichts.«

Roden betrachtete mein Bild von verschiedenen Seiten. Er nahm seine Brille ab und kniff die Augen zusammen. Er schien nachzudenken. Sein Gesicht hatte einen blaßgrauen Farbton. Nach einer Weile schaute er mich an und fragte:

»Bergmann, sagen Sie, wie geht es Ihnen ... mit ihr?«

Ich ging in die Küche, holte eine Flasche Mineralwasser und zwei Gläser.

»Ich stecke in der Sackgasse, Roden. Ich werde bald aufgeben.«

»Das dürfen Sie auf keinen Fall. Ohne Sie ist sie verloren.«

»Sie sind verrückt,« sagte ich, ohne Überzeugung.

»Überhaupt nicht. Hören Sie, Bergmann, ich muß ins Institut ... Sie haben gesehen, welche Farben und Muster die Gehirnströme erzeugen, Sie haben die Tonbänder gehört. Ich habe ein Programm erarbeitet, das beides koppelt und entschlüsselt. Für den nächsten Schritt brauche ich die Originalbänder. Und wenn es mir gelingt, werden wir alles sehen und wissen, was sie gesehen hat. Aber das wird sie nicht zurückholen. Das müssen Sie tun.«

Ich schüttelte den Kopf.

Er trank sein Glas aus und stand auf.

»Und Sie werden mir helfen. Sie sagen mir, wo sie ist, wovon sie träumt, wo sie reist, was sie denkt, jetzt, im Moment. Was sie fühlt. Ob sie findet, was ich suche. Ob das Bild realer ist als das, was wir für Realität halten. Das muß ich von Ihnen erfahren. Sie sind der einzige, der noch Kontakt zu ihr hat.«

»Das stimmt nicht, Roden. Ich habe diesen Kontakt verloren, als ich die Infusion angelegt habe. Ich erreiche sie nicht mehr. Es ist ihr gleichgültig, wer bei ihr ist. Sie ist noch viel weiter weggerückt, als sie war. Ich habe sie verloren.«

Es ist nur zum Teil wahr. Sie ist nicht mehr hier, ich aber reite manchmal an ihrer Seite auf langgezogenen Wellen, ich folge ihr elliptoide Bahnen entlang, träge gehe ich, ihrem Schatten gleich, lasse mich von ihrem Traum treiben, und manchmal schreiten wir mit erhobenem Kopf wie königliche Zwillinge in einer Welt, die keine ist, die noch nie einen Anfang hatte und auch kein Ende, die aus Leere besteht, sich aus dem Nichts wiederholt und in sich selbst spiegelt, als würde unser willenloses Treiben sie in diesem einzigen Augenblick des Glanzes für die Ewigkeit erschaffen und zugleich vernichten.

Ich stelle keine Fragen mehr. Ich folge Anna, ich ergebe mich, gleite in diese gleichmäßige Spirale, die sich immer weiter entfaltet, in diese Drehung, die unsere eigene ist. Wir sind nicht verloren, wir haben nichts verloren, wir sind hier, tiefer, endgültiger. Es ist ein langer Weg bis dahin. Ich weiß nicht, ob Anna ihn zurückgehen möchte. Und ich, ich weiß nicht, ob ich ihn ganz gehen will. Ich begleite sie nur ein wenig, für Augenblicke, für Einblicke.

Sonst bin ich hier, in dieser Stadt, in diesem Land. Ich esse regelmäßig, beantworte die Post, tue, was zu tun ist. Es ist in letzter Zeit wenig geworden, es wird noch weniger, vielleicht bleibt alles stehen. Ich bewege mich auf den Straßen, laufe durch die Stadt, als würde ich durch einen Sumpf gehen, manchmal gibt der Boden nach, ich sinke bis zu den Knöcheln hinein, manchmal bietet er Widerstand und bäumt sich unter meinen Schritten auf. Das Gehen ist beschwerlich geworden. Zäh. Ich kann kaum noch die Füße heben, ich bin langsam, als würden schwarze Erdklumpen an meinen Sohlen kleben und mich festhalten, aber wenn ich unter meine Schuhe schaue, ist nichts zu sehen. Die Schwere ist nicht unangenehm. Ich spreche wenig, meine Gedanken müssen sich durch viele Schichten Lehm emporarbeiten, um Worte zu finden. Es dauert.

Wir haben für Anna zwei Pflegerinnen engagiert. Sie wachen bei ihr, wechseln die Infusionen; sie haben die notwendige Arbeit übernommen. Mira hat sie angestellt, ich habe es akzeptiert, ohne sie gesehen zu haben. Die ältere, Schwester Ursel, hat Miras Mutter gepflegt. Sie strickt ununterbrochen und hat mir schon einen Pullover geschenkt, einen warmen Winterpullover mit einem komplizierten Zopfmuster, der für Skifahrer oder Polarreisende besser geeignet wäre als für mich. Er ist aus einer fast schwarzen Wolle, die wie gebrannte Keramik glänzt. Es ist jetzt draußen viel zu warm, als daß ich ihn tragen könnte.

Christine, die jüngere, ist nicht lange geblieben, ich habe sie nach drei oder vier Wochen hinausgeworfen.

Eines Tages kam ich früher als gewöhnlich ins Institut und hörte schon im Flur laute Stimmen in Annas Zimmer. Ich öffnete die Tür. Ein vierjähriges Kind saß unter Annas Liege, baute Türme aus bunten Legosteinen und plapperte dabei. Eine Kinderkassette lief, Christine saß am Fenster und las einen Roman. Sie blickte erst auf, als ich vor ihr stand, und erklärte mir, daß der Kindergarten geschlossen sei, weil die Kinder Läuse hätten. Sie mußte ihren Sohn mitbringen oder hätte selber nicht kommen können.

»Läuse? Sie sind verrückt!«

»Läuse kann jeder bekommen, das ist nicht schlimm.«

Ich stellte den Kassettenrecorder ab.

»Das Mädchen stört es nicht«, sagte sie, »ich höre immer Musik, wenn ich hier bin.«

Der Junge löste die Feststellbremse von Annas Liege und begann, das Bett durch das Zimmer zu rollen. Ich sagte Christine, sie sollte sich eine andere Arbeit suchen. Sie protestierte. Der Junge rammte die Liege gegen die Fensterbank. Ich packte das Kind, trug es aus dem Zimmer. Es brüllte. Christine beschimpfte mich, ich schob sie hinaus und sperrte zu. Der Junge weinte, Iris und Christine hämmerten gegen die Tür und verlangten die Spielsachen. Ich stopfte die Plastikstücke, den Kassettenrecorder und Christines Roman in ihre Tasche und warf sie in den Flur. Danach legte sich der Krach draußen. Ich hörte nichts mehr, nur noch mein eigenes Blut, das in meinem Kopf laut pochte, meinen Atem, der vor Wut zischte, und dazwischen das helle Tröpfeln der Flüssigkeit in Annas Vene.

Leise tröpfelt das Zeug, das sie am Leben erhält, und ihr ist es egal. Ihr ist alles egal. Ob man sie herumschiebt, mit ihr spielt, ob ich ihr etwas erzähle, ob ich ihre Hand halte, es ist ihr alles egal. Und meine Hand wandert nach oben, tastet am Schlauch entlang, sie sucht den Hahn und findet ihn. Es ist so einfach, ihn zuzudrehen. So einfach. Ohne hinzusehen, ein leichter Druck des Daumens und des Zeigefingers. Dann kommt nichts mehr durch, kein einziger Tropfen. Dann lebt Anna vielleicht nur noch wenige Stunden. Wenige Tage. Dann wird ihr Blut dickflüssiger, zäher, langsamer. Der gelbe Fluß, der durch Anna durchfließt, wird nach und nach versickern, die Landschaft trocknet aus, die Büsche werden spröder. Die Farben verlieren ihren Glanz, das Grüne vergilbt. Niemand mehr wird aus diesem Fluß Wasser trinken, keiner wird je wieder hier ein Lied singen. Es bleiben ausgedörrte Kieselsteine, die zu Staub zerfallen, die kein Wasser kennen. Sie erinnern sich an kein Wasser, sie erwarten nichts mehr. Es ist einfach, den Fluß versickern zu lassen.

Es war still geworden, zu still. Von außen drang nichts mehr bis zu mir. Im Zimmer gab es kein einziges Geräusch. Nichts tröpfelte, niemand atmete. Bald würden wir beide tot sein. Ich lehnte meinen Kopf an Annas Seite. Vielleicht habe ich geweint. Es war zuviel, zu dunkel. Es lief in die falsche Richtung, es war absurd, es war... Danach weiß ich nichts mehr. Ich muß wohl geschlafen haben. Ich habe nicht geträumt. Als ich wach wurde, habe ich nach oben gesehen. Die Infusion lief regelmäßig. Ich hatte sie nicht gestoppt. Es tat mir leid.

Am nächsten Tag setzte sich Iris für Christine ein. Ich weigerte mich, ihr zuzuhören.

»Woher willst du wissen, daß du recht hast«, schrie sie mich an. »Du glaubst wohl, daß Anna dir allein gehört!«

»Genau«, schrie ich zurück. »Ich glaub's nicht nur, ich weiß es!«

»Gut«, sagte sie, »dann mach mit ihr, was du willst. Ich komme nicht mehr.«

Sie räumte ihren Schreibtisch auf, zog ihre Jacke an und ging, ohne sich umzudrehen. Ich habe sie nicht aufgehalten. Ich habe Mira angerufen, um meinen Zorn mit ihr zu teilen, aber sie hatte keine Zeit, und wir trafen uns erst am Abend.

Sie lachte über die Läuse, beugte sich über meinen Kopf und wühlte in meinen Haaren.

»Ich sehe nichts. Aber wenn du den Jungen getragen hast, solltest du dir vorsichtshalber eine Flasche Jacutin kaufen. Läuse sind sehr unangenehm. Und sieh dir Annas Haare genau durch.«

Sie erklärte mir, wie man Läuse erkennt. Sie kam nicht mehr ins Institut, nicht einmal, um mich zu besuchen.

»Schau, Christoph, wir stellen eine andere Pflegerin an, das ist kein Problem. Aber wir sollten darüber nachdenken, wie wir weiter vorgehen. Vielleicht hat diese Schwester Christine nicht unrecht, und es wäre für Anna besser, wenn sie mehr am normalen Leben beteiligt wäre.«

»Soll ich ihr Bett durch die Fußgängerzone schieben?« fragte ich.

»Ach, komm. Du bist erschöpft. Ich meine nur, daß wir einen Plan zusammen erarbeiten sollten. Du und Roden und Iris und Julian Kelen. Und ich. Und vielleicht Schwester Ursel. Karl, wenn er will. Sonst fällt mir niemand ein.«

Ich antwortete nicht. Ich wußte nicht, was es bringen sollte.

»Christoph, magst du heute nacht zu mir kommen«, fragte Mira und berührte meine Wange.

Wir würden die Tür hinter uns schließen, ich würde Mira in die Arme nehmen, sie küssen, ihre Wärme, ihren Geruch einsaugen. Mich von den Fragen, die in meinem Kopf wie verrückt gewordene Fliegen schwirren, wegziehen lassen. Schlafen, mit ihr schlafen, in ihrem Bett schlafen, in ihre Wärme einsinken, für einige Stunden, im Schutz ihrer Wohnung und weil Miras Haut weich ist, Anna vergessen. Vergessen.

»Mira...«

Ich habe ihre Hand genommen und gehalten und sie angeschaut.

»Mira, es tut mir leid. Ich kann jetzt nicht. Ich will nicht. Ich habe zu tun. Ich werde dieses Treffen organisieren, wenn Julian zurück ist. Und... ich werde mich um eine neue Pflegerin kümmern.«

»Gute Idee«, sagte sie. »Ach, übrigens... Ich habe in den nächsten Tagen viel zu tun, ich werde keine Zeit haben.«

So hat sich auch Mira zurückgezogen.

Ich habe lange nichts mehr von Julian Kelen gehört. Plötzlich rief er an, berichtete, daß er eben aus Schweden zurückgekommen sei. Er hat Milan Sertic gefunden und wollte von seinem Besuch berichten. Als er am Nachmittag kam, war er ziemlich nervös.

»Dieser Typ hat ein jugoslawisches Restaurant in Oslo. Etwas gehoben, weiße Tischdecken, schönes Geschirr und eine Speisekarte, die nicht nur Cevapcici enthält. Ich habe gefüllte Tintenfische gegessen, sie waren sehr gut.«

»Und?«

»Er ist verheiratet mit einer großen schönen blonden Schwedin. Sie ist schwanger. Es dürfte noch einen Monat dauern, bis Milan Vater wird.«

»Hat er in den Zeitungen nichts über Anna erfahren?«

»Doch. Selbstverständlich. Und seine Frau auch. Und sie hatte schon zwei Fehlgeburten und möchte dieses Kind gesund und lebendig auf die Welt bringen. Deswegen haben sie beschlossen, sich aus allem herauszuhalten. Milan freut sich auf das Kind. Es wird ein Junge. Sie wollten keine Aufregung. Man kann sie verstehen.«

»Wie man's nimmt. Was hat er von Anna erzählt?«

»Nicht viel. Er meinte, daß sie schon immer komisch war. Daß sie nie aufhörte zu denken. Daß sie rastlos und anstrengend war, unfähig, glücklich zu sein.«

»Das hilft uns nicht besonders.«

»Nein.« Er drückte seine Zigarette aus. »Ich habe Iris nicht gesehen, ist sie heute nicht da?«

»Sie kommt nicht mehr.«

Ich erwähnte unseren Streit nicht. Er stellte keine weiteren Fragen, sondern ging zu Anna.

Ich dachte über Milan Sertic nach. Ich war nicht enttäuscht, nur ein wenig überrascht. Die Anna, die ich kannte, war eine andere. Das Wort »rastlos« paßte nicht zu ihr, und ihr Zustand kam mir manchmal dem Glück sehr ähnlich vor. Doch, sie war, soweit ich es wahrnehmen konnte, ziemlich glücklich, weit weg von hier. Ich blickte zum Bildschirm, wollte mich durch einen Blick auf ihr ruhiges, ausdrucksloses Gesicht vergewissern, daß es stimmte, aber ich konnte sie nicht sehen. Julians Rücken füllte den ganzen Schirm aus. Er hatte sich nicht zu ihr gesetzt, er stand vor ihr. Ich drehte die Lautsprecheranlage lauter. Ich dachte, er würde mit ihr sprechen, aber er sagte kein Wort. Sein Rücken sah wie ein Berg aus, wie der Panzer einer Schildkröte. Ich wandte mich ab. Als ich nach einer Weile wieder einen Blick zum Bildschirm warf, sah ich nur Anna. Julian war weg. Er war gegangen, ohne ein Wort zu sagen. Er hatte aufgegeben. Sie alle hatten aufgegeben. Mir wurde kalt. Ich schaltete die Monitoren und die Sprechanlage ab und ging zu Anna.

Ich habe mit ihr gesprochen. Ich kann mich nicht daran erinnern, was ich ihr gesagt habe, aber ich wollte sie trösten, weil sie allein war. Mir kam es vor, als würde sie weinen, als hörte ich sie schluchzen. Es waren nur meine Tränen. Ich sprach und sprach, bis ich sicher war, daß sie sich beruhigt hatte und endlich eingeschlafen war. Ich war es, der sich beruhigte und einschlief.

Anna war unbeweglich, unberührt wie immer. Sie brauchte

keinen Trost. Keine Träne lief über ihre Wangen, ihre Nase war nicht rot, ihre Atmung hatte sich nicht verändert. Aber ich, ich fühlte mich besser, als ich aus dem Zimmer ging. Sie hatte mich getröstet.

Ich habe Roden gebeten, mich in Hypnose zu versetzen. Er lehnte ab.

»Nein. Sie sind nicht stabil genug. Ich möchte Sie nicht verlieren, auch nicht die nächsten Jahre im Gefängnis verbringen. Und außerdem ... es würde Sie von Ihrem Ziel entfernen.«

»Was wissen Sie von meinem Ziel?«

»Sie wollen doch Anna zurückholen oder nicht?«

»Selbstverständlich«, antwortete ich, weil es einfacher war.

»Haben Sie je darüber nachgedacht, daß zwei hypnotisierte Subjekte sich nie begegnen können? Sie nehmen weder ihre eigene Existenz wahr noch die des anderen, nichts läßt sie sich aufeinander zu bewegen, sie laufen wie Parallellinien endlos weiter, ohne sich je zu erreichen, sie kreisen umeinander wie Himmelskörper auf verschiedenen Bahnen, ohne Berührung. Die einzige Möglichkeit einer Begegnung ist dann die Auflösung der Subjekte, der Zusammenprall, die Fusion.«

»Der Tod.«

»Wo ist Ihr Wille geblieben, Bergmann? Ich denke, Sie wollen Anna, hier und lebendig!«

Früher habe ich davon geträumt, sie in meinen Armen zu halten, im Leben festzuhalten. Ich möchte noch davon träumen, daß sie meine Kinder auf die Welt bringt, daß wir zusammen alt werden. Doch diese Bilder sind dünn geworden, und ich sehe durch sie hindurch. Der Blick ist endlich frei geworden. Ich weiß es schon lange, ich will viel mehr als das. Ich will mich an der Sehnsucht verbrennen, ich will meinem, ihrem unstillbaren Verlangen nachgehen, ich will diesen Schmerz, diese Lust, die mich aushöhlen und erfüllen.

Roden ist fast immer hier, im Institut. Er arbeitet wieder an seinem Projekt, probiert verschiedene Computerprogramme aus, die durch komplizierte Koppelungen und Kodierungen die Forschungsobjekte auf dem Bildschirm rekonstruieren. Es gelingt nur halb. Seine Methode verträgt keinen Wechsel der Ebenen, sie funktioniert nur, solange die Testpersonen sachlich bleiben. Sobald sie sich aber von unserer Realität entfernen, geht nichts mehr. Der Computer versagt. Das Unbekannte läßt sich nicht programmieren, noch nicht, sagt Roden. Er ist fest davon überzeugt, daß wir die Elemente finden werden, die uns noch fehlen, um das Neue zu ergründen.

»Es ist immer dasselbe Problem«, sagt er, »diese Bereiche sind zu fremd, wir wissen um sie, wir kreisen um sie herum, aber wir kommen nicht hinein, noch nicht... Geben Sie es zu, Bergmann, der Kreis wird allmählich enger.«

Ich sehe es anders als er, aber er läßt sich nicht entmutigen. Er rechnet und kombiniert ununterbrochen und behauptet, daß er schon vorankommen wird, wenn man ihm nur die Zeit läßt.

Manchmal ruft er mich zu sich und zeigt mir die erstaunlichen Computerbilder, die durch die Verbindung von Annas Gehirnströmen mit den Tonbändern entstanden sind. Die Elektroenzephalogrammkurven, die normalerweise aus Linien bestehen, erscheinen als Flächen, die sich verändern, wie Farbflecken, die sich von innen nach außen ausbreiten. Ein wechselndes grünblaues Türkis dominiert. Im zweiten Durchgang verbindet Roden dieses Flächenmuster mit den übertragenen Informationen und erzeugt Abbildungen, die fast real wirken, als hätte man die untersuchten Objekte mit einer Kamera aufgenommen. Sie sind bestechend schön, und dennoch sind sie nur künstliche Konstruktionen, Modelle.

Aber das, was er aus den Bändern geschnitten hatte, ist nicht zu gebrauchen. Was Anna sagt, wenn sie aufhört, folgsam Zahlen und Daten zu leiern, kann das Programm nicht einordnen. Das Wort »error« erscheint hundertfach auf dem Bildschirm, und nach einer Weile stürzt das Programm ab.

Jetzt ist Roden dabei, Annas Zeichnungen zu studieren. Er möchte die Struktur der Bilder mathematisch erfassen und glaubt, daß es ihm dadurch gelingen wird, den Rest zu entziffern. Er macht Fortschritte. Inzwischen stürzt das Programm nicht mehr ab, sondern es spielt verrückt.

Wenn Anna sich einmischt, wie Roden es vorsichtig nennt, findet eine unglaubliche Beschleunigung statt. Der Schirm füllt sich mit rasender Geschwindigkeit, es wird viel heller, das Bild wird scharf und stechend, unzählige Details erscheinen, als würde eine sehr gute Kamera gleichzeitig alle möglichen Existenzformen eines Gegenstandes aufnehmen. Aber es ist zuviel für das Auge, der ständige Wechsel erzeugt Übelkeit, es tut so weh, daß man nichts mehr sieht.

Es ist nichts zu erkennen.

Ich bin mir nicht sicher, ob es nur eine Gewohnheit unseres Gehirnes ist, hintereinander auf jede Ebene zu fokussieren, ob möglicherweise die Menschen in anderen Kulturen oder in anderen Zeiten fähig wären, diese Gleichzeitigkeit wahrzunehmen. Wir können es nicht. Unser Rastersystem ist überfordert. Rodens Bilder sind viel zu komplex für uns. Wir müßten das Ganze zerstükkeln, um es nachträglich in mühevoller Kleinarbeit wie ein Puzzle zusammenzusetzen. Als erstes müßten wir Standfotos machen, um die Bilder Schicht für Schicht zu analysieren. Aber es ist unmöglich. Keine Kamera ist schnell genug. Alle Versuche sind bis jetzt gescheitert. Die Fotos werden vollkommen unscharf, ohne Konturen, die Farben fließen ineinander, das Muster löst sich auf.

Aber Roden gibt nicht auf; er hat Dutzende solcher Aufnahmen gemacht und testet neue technische Möglichkeiten. Er ist zufrieden.

»Sehen Sie, Bergmann, wenn wir das erfassen wollen, müssen wir unseren gesamten Denkapparat erneuern. Logische Strukturen müssen verschoben werden. Das geschieht nicht so schnell. Ich habe mich auf einen längeren Zeitraum eingestellt. Ich erwarte vor zwei, drei Jahren keinen entscheidenden Erfolg.«

Daß seine Formeln und Gleichungen auf Annas Zustand keinen Einfluß haben, ist ihm bewußt. Wenn ich ihn daran erinnere, sagt er dazu lapidar:

»Dafür sind Sie zuständig. Ich habe Sie damals dafür engagiert.«

Ich wehre mich nicht. Es stimmt. Für Anna bin ich zuständig, sonst niemand. Die anderen, die mich eine Weile begleitet haben, sind weggeblieben. Ich habe keine neue Pflegerin gesucht. Schwester Ursel kümmert sich um das Wesentliche.

Anna braucht niemanden. Ich schlafe öfter bei ihr, im Institut, ich lege den Kopf auf ihre Liege neben ihre Hüfte, ich atme den schwindenden Geruch ihrer Haut ein, schlafe mit offenen Augen, starre die graue Decke an, ohne sie zu sehen, und fühle mich ein wenig leichter, seit Wochen wieder. Es gibt keinen Grund dafür, keinen Anlaß, kein Zeichen einer Veränderung. Aber ich weiß, daß es dem Ende zugeht. Ich weiß nicht, wie es aussehen wird, ich bin Zuschauer geworden und warte. Ich lasse es geschehen. Es eilt nicht. Zeit ist immer.

IX

Die Erde

Wir sind zurück am Anfang – endlich, möchte ich fast sagen. Ich bin wieder allein mit Roden und Anna. Die Öffentlichkeit wird uns bald ganz vergessen haben; wenn der Winter kommt, wird man sich wundern, ob diese Geschichte tatsächlich stattgefunden hat oder nicht.

Rodens Prozeß ist nach zwei Tagen abgebrochen worden; es ist anzunehmen, daß das Verfahren endgültig eingestellt wird. Gegen mich ist keine Anklage erhoben worden, ich bin nicht einmal als Zeuge aufgerufen worden. Roden hat Unterstützung aus dem Ausland bekommen; aus vielen Universitäten trafen Telegramme ein, sogar ein Nobelpreisträger hat angeboten, in der Öffentlichkeit für ihn aufzutreten. Es war nicht nötig. Der Staatsanwalt hat vor dem vollbesetzten Gerichtssaal die Hauptanklagepunkte einen nach dem anderen zurückgezogen. Am Schluß war er sich mit Rodens Anwalt einig: Rodens einziger Fehler bestand darin, daß er sich nicht um die Zustimmung der Universität bemüht hatte, obwohl er sie zweifelsohne erhalten hätte. Rodens Anwalt las eine lange Liste von Menschenversuchen vor, die allesamt genehmigt worden waren. Wichtig war, daß die Testpersonen über Risiken und Nebenwirkungen informiert wurden und ihr Einverständnis erklärten. Damit übernahmen sie selbst die Verantwortung für die möglichen Folgen. Auch Roden hatte darauf geachtet.

Wie alle anderen Probanden hatte Anna ein Formular unterschrieben, das alle möglichen Gefahren aufzählte. Roden hatte sich abgesichert. Er legte das Formular dem Gericht vor und bestätigte, daß Anna es sorgfältig gelesen hatte, bevor sie unterschrieb.

»Sie hat keine Fragen gestellt«, sagte er. »Sie hatte keine Angst.«

Ich weiß, daß es sich anders abgespielt hat, obwohl ich damals Anna noch nie gesehen hatte und Roden mir nichts davon erzählt hat.

Sie hat den Vertrag überflogen, ohne ihn wirklich zu lesen. Er bestand aus mehreren Seiten; die Auflistung der Risiken und Nebenwirkungen hat sie gar nicht gesehen. Sie hat sich nicht dafür interessiert. Sie hat nur die Stelle gesucht, wo sie unterschreiben sollte, und ihren vollen Namen auf den drei Exemplaren deutlich geschrieben. Sie ist aufgestanden, hat Roden die di Kopien und den Stift zurückgegeben.

»Das einzige, wovor ich Angst habe...«, hat sie angefangen, dann ist sie mitten im Satz steckengeblieben.

»Wollten Sie nicht noch etwas sagen?« hat Roden gefragt, als sie schon an der Tür stand.

»Nein«, hat sie geantwortet. »Ich wollte nichts mehr sagen. Ich habe keine Angst. Nur vor Tiefgaragen habe ich Angst. Auf Wiedersehen.«

Sie hat Roden angelächelt und den Raum verlassen. Ich sehe sie nach Hause gehen, sie entfernt sich mit fast tanzenden schnellen Schritten vom Institut. Sie spricht weiter, beendet den ersten Satz, den sie nicht zu Ende gesprochen hat.

»Das einzige, wovor ich Angst habe, ist, daß nichts passiert.«

Und dann fragt sie unvermittelt:

»Wovor hast du Angst, Christoph Bergmann, was ist das einzige, wovor du Angst hast?«

Jetzt fällt es mir nicht schwer zu antworten. Seitdem wir an unserem Ausgangspunkt zurück sind, bin ich auch am Ende angekommen. Ich habe vor nichts mehr Angst. Der Stillstand, die Erstarrung, die mich beunruhigt haben, sind Illusionen. Es war meine Angst, die für kurze Zeit die Bewegung aufgehalten hat. Jetzt fließt es wieder, auf allen Seiten taut es, als würden tausend Quellen sprießen, es fließt, ich lasse es fließen und habe keine Angst mehr.

Roden darf seine Lehrtätigkeit wieder aufnehmen. Er hat eine Sondervorlesung gehalten, und der Rektor hat ihn dabei öffentlich beglückwünscht.

Die Aula war überfüllt, es gab keinen einzigen Sitzplatz mehr. Nicht nur neugierige Studenten und Kollegen aus anderen Fakultäten waren anwesend, sondern auch zahlreiche gut angezogene Frauen und Journalisten; sie haben bestimmt kein Wort verstanden. Roden ging nicht auf das Geschehene ein; er behandelte nur theoretische und mathematische Aspekte seines Themas und erschlug die Zuhörer mit Zahlen und Formeln. Sogar ich hatte Schwierigkeiten, ihm zu folgen. Er überzog die Zeit; das Publikum wurde unruhig. Als er endlich fertig war, applaudierten alle wie nach einer Trapeznummer.

»Die Idioten«, sagte er mir danach, »ich hätte ihnen das Telefonbuch vorlesen können! Sie haben ein Spektakel erwartet! Habe ich Ihnen übrigens schon gesagt, daß ich aus Amerika interessante Lehrangebote erhalten habe? Das ist die Wirkung der Medien, Bergmann. Mathematik im Fernsehen, Teamwork und Publicity. Nichts für mich. Ich finde, es ist Zeit, daß wir uns auf das Wesentliche besinnen!«

Wir sind allein. Anna, Roden und ich. Wir können beginnen. Wir stehen zu dritt im leeren Raum, nur wir, jeder für sich und doch vereint. Es kommt mir vor, als hätten wir in den letzten Monaten das, was zwischen uns stand und uns voneinander trennte, entrümpelt, als hätten wir das Wichtige vom Unwichtigen sortiert und vieles weggeworfen. Der Ballast an Angst, an Vorstellungen, an falschen Zielen ist weg. Obwohl ich keine Ahnung davon habe, wohin wir gehen, erscheint mir plötzlich alles klar und vielversprechend. Es gibt nur noch uns drei in einem schwingenden Gleichgewicht, wir sind wie drei Kinder, die sich an den Händen festhalten und sich so schnell wie möglich drehen. Im Mittelpunkt, dort, wo unsere Blicke sich berühren, entsteht die Spannung, die uns verbindet. Wenn wir loslassen, werden wir stürzen. Es gibt keine Alternative. Kein Deus ex machina. Von außen wird niemand kommen und uns eine Lösung anbieten. Es gibt keinen Retter, niemanden, der meinen Platz in diesem seltsamen Dreieck übernimmt, und seitdem ich es weiß, fühle ich mich leicht.

Mira widmet sich jetzt ausschließlich ihrer Zeitung. Roden meint, daß ich sie verletzt habe. Er mag wohl recht haben, und es tut mir leid, aber es ging nicht anders.

Julian Kelen kommt manchmal vorbei, trinkt mit uns einen Kaffee und geht wieder, ohne Anna zu besuchen. Ich weiß nicht genau, worüber wir uns unterhalten, auch nicht, warum er kommt, aber seine Besuche freuen mich. Er erzählt von Kanada, ich spreche von meiner Reise nach Finnland. Er sagt, daß wir zusammen fahren sollten, wenn alles vorbei ist. Wir duzen uns wie alte Freunde. Wenn er da ist, macht auch Roden Pläne für später. Er möchte nach Upsala. Es gibt dort eine fünfhundert Jahre alte Universität, eine riesige Bibliothek und eine Sternwarte, die einen guten Ruf hat. Alle wollen nach Norden, ich verstehe sie nicht. Mir ist hier schon kalt genug, obwohl es noch Sommer ist. Ich weiß auch nicht, ob ich je wieder Lust am Verreisen haben werde, die Reise mit Anna ist mehr als genug für ein ganzes Leben, denke ich, aber wenn ich wieder wegfahren sollte, möchte ich dorthin, wo die Sonne scheint und die Luft warm ist, wo die Tage lange dauern und die Nächte hell und voller Sterne sind.

Karl kümmert sich um Annas Körper. Er hört ihre Lunge ab und wundert sich jedesmal, daß sie nicht voller Schleim ist. Er hat wenig zu tun. Die Blutwerte, der Elektrolythaushalt, alles ist in Ordnung. Nach medizinischen Normen sollte etwas zusammenbrechen, sollten die Werte schwanken und durch die Zufuhr von neuen Mitteln in der Infusion stabilisiert werden. Es ist bei Anna nicht notwendig, man muß sie auch nicht wie andere Langzeitkomapatienten, die keine Widerstandskräfte mehr haben, vor Infekten schützen. Wir haben eine Weile aufgepaßt, aber es hat sich herausgestellt, daß es überflüssig war. Sie ist nicht anfällig, sie schützt sich selber. Wir brauchen weder Mundschutz noch sterile Kittel.

»Es ist ein Wunder, daß sie nicht krank wird«, sagt Karl.

Er wiederholt es immer, und ich muß jedesmal lachen.

Schwester Ursel strickt weniger; sie hat aber auch Roden einen Pulli geschenkt, einen weißen mit norwegischem Muster. Der Winter kann kommen. Es ist draußen schon frisch geworden, obwohl es erst Anfang September ist. Es regnet ununterbrochen. Ich habe Schwester Ursel gesagt, daß sie für Anna etwas stricken sollte. Wenn sie aufwacht, wird sie frieren. Ich friere an ihrer Stelle, wenn ich sie anschaue. Sie ist so dünn geworden. Schwester Ursel hat versprochen, darüber nachzudenken. Jeden Tag massiert sie Anna. Sie wäscht sie, kämmt sie, flicht ihre Haare. Und sie spricht mit ihr, stellt ihr Fragen, die sie selber beantwortet. Sie berichtet vom Alltag, erzählt hunderttausend Belanglosigkeiten, aus denen ihr Leben besteht. Sie klagt über die ansteigenden Preise, beschreibt ihre Strickmuster, die Farben ihrer Garne und liest Anna sogar aus der Zeitung vor. Sie bewegt Annas Körper, setzt sie auf, dreht ihre Gelenke, beugt ihre Knie, übt mit ihr, wie die Krankengymnastin es ihr beigebracht hat, damit ihre Muskeln nicht vollkommen schwinden. Annas Körper ist fast durchsichtig, die Venen zeichnen blaue Bäume auf ihrer Brust, blaue Fährten, die ins Unbekannte führen, blaue Labyrinthe auf ihrer weißen, kalten Haut. Zu langsam bewegt sich ihr Blut, viel zu langsam.

Ich träume nicht mehr davon, mit ihr zu schlafen.
Ich habe nicht mehr den Wunsch, sie zu schütteln.
Ich will sie nicht mehr zurückzuholen.

Ich lasse ihr ihren Willen. Sie hat sich entschieden wegzugehen, sie wird schon wissen, was für sie gut ist. Ob sie hier sein will oder nicht. Sie hat Zeit. Wir bleiben bei ihr, solange sie nicht losläßt.

Die Zeit hat sich verwandelt. Sie übt keinen Druck aus, im Gegenteil streckt sie sich, faltet und entfaltet sich, bettet uns wie im Fell einer schlafenden Riesenkatze. Sie ist kein ordnendes Element mehr, sie schreitet vor oder zurück oder bleibt gar stehen. Ich wehre mich nicht dagegen. Jeder Tag gleicht dem anderen, und doch wiederholt sich nie etwas. Es kommt immer anders, als ich es erwarte. Obwohl fast ein Jahr seit meiner ersten Begegnung mit Anna vergangen ist, bin ich nicht älter geworden. Ich werde eher jünger. Ich bin aus der Zeitlinearität ausgestiegen, ich habe eine andere Dimension betreten, in der Anfang und Ende nichts bedeuten.

Ich betrachte das, was sich jeder Betrachtung entzieht, dieses zeitlose Ineinanderfließen von Energien, diese unvorstellbare Dichte, diese alles durchdringende Kraft und fühle, daß ich Teil davon werde. Alles fügt sich mühelos zusammen, und mir fallen seltsame Sätze ein, wie: »Es paßt.« »Es ist so.« »Es gibt nichts mehr zu sagen.«

Trotzdem spreche ich weiter und schreibe und suche nach den richtigen Worten, ich weiß, ich kann es nur umschreiben und dabei hoffen, daß meine ungeschickten Formulierungen Bilder erschaffen, Töne erklingen lassen, Erinnerungen wecken. Ich werde es immer wieder versuchen, daran scheitern und mich meines Scheiterns erfreuen. Vielleicht wird diese fließende Realität die Sprache befreien. Und mich auch.

Damals habe ich im Garten die Sterne gesehen und erfahren, daß sie greifbar nah sind. Daß ich nicht allein bin. Ich hatte es vergessen, jetzt erinnere ich mich. Deswegen muß ich schreiben, um es nie mehr zu vergessen.

Mir kommt es vor wie ein perfektes Gebilde, das ständig in Bewegung ist, und jede Bewegung verschiebt das Ganze, ohne daß das Gleichgewicht gestört wird. Auf jede kleinste Teilveränderung folgt eine Veränderung des Ganzen – es paßt sich an, es fügt sich ein, es ist eins. Auch ich habe früher geglaubt, daß sich Gegensätze ausschließen, daß die Realität einseitig sein muß. Es ist absurd. Absurd. Ich erinnere mich jetzt. Nichts ändert sich. Menschen leben, denken, durchdringen die Grenzen des Denkens, reisen im Geist, sterben, lieben, sterben, leben, leben immer, in einer der vielen möglichen Seinsformen. Ich bin da. Ich werde immer da sein. Sie ist da. Sie wird immer da sein. Ich bin glücklich.

Was hier ist, ist immer hier gewesen, wird immer hier sein, und nie gleich, es erneuert sich ständig, es trägt in sich alle möglichen Vergangenheiten und alle möglichen Zukünfte. Manchmal berühre ich es und schließe mich dem Fluß derjenigen an, die es vor mir berührt haben. Ich bin mit ihnen verbunden, meine Einmaligkeit löst sich auf, die Last der individuellen Existenz schwindet – wir sind eins, und auch der Tod gehört uns.

Mein Vater hat mir neulich einen kurzen Brief geschrieben, nichts Besonderes, Nachrichten von entfernten Kusinen, die Babys erwarten oder bekommen haben. Eine hat ein Mischlingskind geboren, der Vater kommt aus Senegal. Das Baby haben sie Myrtille genannt, das bedeutet Heidelbeere, das hat mir gefallen. Meiner Mutter geht es gut, sie macht sich immer noch Sorgen, mein Vater pflegt seine arthritischen Hände mit Olivenöl und schwärmt für chinesische Kugeln. Das Leben geht weiter, es freut mich.

Ein letztes Mal bin ich zornig geworden, als Julian Kelen und Mira vorgeschlagen haben, Anna in ein anderes Krankenhaus zu verlegen. Sie waren der Meinung, daß die Umgebung für sie schädlich sei. Am liebsten hätten sie sie in eine Kurklinik in den Schwarzwald geschickt. Sie sprachen von kompetentem Pflegepersonal. Von Fachärzten. Sie redeten nur Unsinn.

»Aber wir können sie dort jederzeit besuchen, wenn die Ärzte es für förderlich halten, wenn sie meinen, daß es ihr gut tut«, sagte Julian.

»Nein«, sagte ich, »das kommt nicht in Frage.«

Sie waren schon dabei, Vierfarbdruck-Prospekte von reizenden weißgetünchten Gebäuden mit schwarzen Balken und roten Geranien auf den Fensterbänken auszubreiten. Sie hatten nichts verstanden. Beide redeten gleichzeitig auf mich ein, und ich wurde langsam wütend. Roden war anwesend, beteiligte sich nicht an dem Gespräch. Er beobachtete die Situation mit einem ironischen Blick. In meinem Zorn fielen mir keine Argumente ein, und ich bemühte mich auch nicht darum.

»Nein«, wiederholte ich, »ihr mögt recht haben, aber ich will es nicht. Und solange ich ein Wort zu sagen habe, wird es nicht geschehen. Anna ist hier und bleibt hier.«

»Du machst dein Leben kaputt, Christoph«, sagte Mira. »Das hilft Anna nicht. Irgendwann bist du alt und hast zwanzig Jahre bei einer Dauerleiche verbracht. Tut mir leid.«

Julian hatte Spezialisten konsultiert. Ein berühmter Psychiater, der gern im Fernsehen auftrat, hatte empfohlen, Anna vom Ort des Traumas zu entfernen. Er meinte, daß sie an einen neutralen Ort gebracht werden sollte, weit weg von Roden und mir. Ihre Bewußtlosigkeit sei eine Abwehr gegen uns, nur bei fremden Menschen würde sie allmählich Vertrauen fassen und aufwachen. Er verglich Anna mit einem Mädchen, das vom Vater vergewaltigt wurde und gezwungen ist, mit ihm zusammenzuleben.

»Anna ist kein Mädchen. Sie war kein Mädchen, als sie hergekommen ist. Sie hat sich entschieden, mit uns zu experimentieren. Sie war frei, sie hätte jederzeit aufhören können. Wir haben sie nicht vergewaltigt. Niemand hat sie gezwungen.«

»Ach, Christoph. Laß es uns versuchen. Es kann nicht schaden.«

Mira war gereizt. Sie zupfte einige Fusseln von ihrer Jacke, bildete winzige Kugeln, die sie gegen die Wand warf.

»Nein. Ein letztes Mal nein. Ich werde keine Sekunde länger darüber diskutieren. Ihr verliert eure Zeit, wenn ihr glaubt, daß ich meine Meinung je ändern werde. Ich will nicht.«

Julian stand auf.

»Ich hoffe, daß du weißt, was du tust. Wir können sie dir nicht wegreißen. Du trägst die Verantwortung für Anna. Ich möchte nicht in deiner Haut stecken.«

Endlich, endlich sind sie gegangen. Mira hat sich nicht verabschiedet. Sie haben mich mit Roden allein gelassen. Ich war ihm dankbar, daß er sich nicht eingemischt hatte.

»Wir müssen hierbleiben, Roden. Anna ist von hier aus weggegangen. Dieser Raum ist kein traumatischer Ort, viel eher ist er wie ein Flughafen, ein Bahnhof. Er ist eine Durchgangsstation. Wenn Anna zurückkommt, wird sie diesen Raum brauchen. Als Orientierung, verstehen Sie? Sie wissen es, wer lange unterwegs war, ist verwirrt. Wenn Anna die Umgebung nicht erkennt, nichts Familiäres sieht, wenn sie die Augen aufmacht, und was weiß ich, eine Fichtenlandschaft vor sich hat... Schwarzwald! Diese zerfressenen Baumgerippe! Nein, sie muß hierbleiben.«

Roden sagt nichts. In letzter Zeit wartet er, bis ich weiterspreche. Sein Schweigen zwingt mich zu sprechen. Ich überlege nicht mehr, was ich sage, ich spreche und spreche, und der Fluß beschleunigt sich, ich steuere ihn nicht, inzwischen rede ich pausenlos, als hätten sich Berge von Wortklumpen gestaut, die nach außen drängen. Sie haben es eilig, sie stürmen hinaus, verunstalten die Grammatik, kollidieren, steigen aufeinander und knirschen wie Sand zwischen den Zähnen. Ich muß sie hinausspucken und betrachte sie erst, wenn sie draußen sind. Obwohl ich mir oft widerspreche, habe ich das absurde Gefühl, klarer zu werden.

»Ich gebe zu, ich will, daß sie hierbleibt, weil sie mir hier gehört. Wenn wir sie verlegen, verlieren wir sie, Roden, und ich will sie nicht verlieren, auch wenn sie nur in meinem Kopf mir gehört. Nein, nicht nur in meinem Kopf. Ich bin mit ihr verbunden, ob sie hier ist oder... Es wird sich nie etwas daran ändern, auch nicht wenn sie im Schwarzwald liegen würde oder tot wäre, aber... Ich bin lieber hier, bei ihr, als... Ich gehöre ihr, so ist das. Ich weiß, man könnte es für eine verkümmerte Existenz halten, aber...«

Ich höre auf. Es gibt Sachen, die ich mich nicht zu sagen traue. Roden wartet und schweigt, bis ich noch einmal ansetze.

»Lachen Sie nicht. Meine verkümmerte Existenz ist ein ununterbrochener Fluß von... von Erlebnissen. Schauen Sie, ich entdecke täglich eine sich neu bildende Realität, ich erschaffe sie, als wäre ich selber Gott... Vergessen Sie's, Roden, ich weiß, daß Sie jede Form von Metaphysik ablehnen. Aber ich sage Ihnen, es macht gar keinen Unterschied, ob Sie es Materie nennen oder Gott oder etwas anderes. Es ist vollkommen egal. Es ist alles.«

Er schüttelt den Kopf und will antworten, aber es interessiert mich nicht, und ich bin nicht mehr höflich genug, um es zu verbergen. Er soll mir jetzt zuhören. Ich will sprechen.

»Und wenn ich hier alt werde, Roden... haben Sie eine Ahnung von der Qualität meines Lebens? Kaum! Niemand kann sich das vorstellen. Mein früheres Leben, das Normale, hat mir nie wirklich Freude gemacht. Ich war nicht glücklich. Es gab nur vergängliche Freuden... Momente... Es gab interessante Bücher, Frauen manchmal, aber jetzt... Roden, verstehen Sie mich? Es ist hier viel mehr als das, Roden, es ist Sein, und nichts anderes, dieses Zittern der Erkenntnis, Sein, nichts weniger. Sein. Alles sein, nichts sein. Anna sein. Ein Stein sein. Tot sein. Gott sein.«

Manchmal tut es mir leid, daß ich überhaupt den Mund aufgemacht habe. Aber ich kann auf keinen Fall zurück, ich spreche und spreche weiter. Ich sehe es klar vor mir, ich fühle es, ich fange wieder von vorne an, umgarne das, was sich entzieht, mit Aussagen, von denen jede absurder klingt als die vorige, und erfreue mich an Bildern, an neuen Wörtern, an assoziativen Gedankenketten, die alle Einschränkungen der Logik über Bord werfen.

»Wenn es so weitergeht«, sage ich zu Roden, »werden wir demnächst wie Goldfische im Aquarium sein. Ich rede wie ein Wasserfall, Sie sitzen stumm herum, und Annas Anteil am Gespräch ist nicht gerade groß.«

Aber das stimmt nicht. Annas Anteil wird immer größer. Je weniger ich mich an irgend etwas festhalte, desto sicherer und klarer werden die Träume. Ich kann sie fühlen, sie riechen. Was sie träumt oder erlebt, eröffnet sich mir. Es ist vor mir oder in mir. Und ich versuche, es für Roden in Worte zu fassen. Ich beschreibe, was ich sehe, was sie sieht, und es ist mir ziemlich egal, ob er versteht oder nicht. Ich weiß nicht einmal, ob er mir zuhört. Er betrachtet mich als Teil seines Experimentes, und es stimmt. Wir alle sind Teil eines Experimentes und werden es bleiben, bis das Universum aufhört zu existieren. Und das wird nie geschehen. Es gibt kein Ende.

Siehst du es? Siehst du es?

Laß mich an deiner Seite liegen, träge von den Wellen bewegt werden, träge das Licht der tausend Sonnen suchen, träge ein- und ausatmen, die Wellen des Atems sehen, die sich wie Kreise auf dem Wasser verbreiten, nur viel weiter, und es sind keine Kreise, sondern Wellen, Wellen, die langsam steigen, langsam fallen, dabei Wirbel entstehen lassen, die sich bis in die Unendlichkeit drehen. Laß uns in den Wirbel unseres Atems hinabsteigen, mit unserem Atem kreisen, in dem Kreis die Welle erkennen und die Sonne, die uns ein- und ausatmet, wie wir sie ein- und ausatmen und uns gegenseitig gebären. Laß uns, Anna, das Ende suchen und es nicht finden, laß uns immer weiter gehen und nicht wiederkommen, laß uns alle Brücken hinter uns zerstören, alles Zögern, alle Ängste, laß uns augenlos und mit offenen Armen hineinstürzen, in diesen Tod, der mehr als Leben ist, laß uns jenseits der Sonne uns vereinigen, mit jedem Partikel eins werden ... Anna – es ist soviel Liebe in mir, nur noch Liebe, sie glüht, sie fließt, nie wird sie aufhören zu fließen, Anna, dein Körper, die Sterne, deine Seele verbrennt mich. Es fließt mein Samen aus mir, aus dir, ergießt sich ohne Ende, unsere Flüsse verbinden sich und fließen zum Meer, und ich werde in Ekstase zugrunde gehen! Nenn es, wie du willst, das hat keine Bedeutung, das hat keine Bedeutung, welche Worte du benutzt, das hat keine Bedeutung, ob du es, ihm, ihr einen Namen gibst ... Siehst du es mit deinen, mit meinen blinden Augen? Siehst du es? Du bist der Spiegel und das Objekt, du bist ich und du und auch die Welt, und der Wille, der sie erschafft, und der Wille, der sie auslöscht. Du bist Mensch geworden, sei jetzt Stein – sei jetzt die Welle, die träge emporsteigt und hinabfällt, sei der Wirbel, der kreist und sich wie eine Spirale dreht und ausdehnt, ein Nichts in seiner Mitte bildet und sich auflöst, in einer einzigen Atembewegung. Sei alles.

Anna träumt, der Traum gehört ihr, und im Traum greift sie nach meiner Hand, die sie braucht, um sich in den Wirbel hineinzulegen und in das Nichts zu tauchen, im Traum ruht sie auf meinem Arm, in meinen Armen, mit mir schreitet sie nach vorne, und sie kennt keine Furcht. Ist es ihr Traum, ist es mein Traum, den ich ihr einrede? Es ist kein Traum. Wir können nur zusammen sein, zusammen existieren, zusammen reisen, zusammen sterben, Roden, so ist es. Vielleicht auch hier auf dieser Welt zusammenleben. Vielleicht.

Seit einigen Tagen regnet es. Morgens bleibt es dunkel und grau, obwohl wir noch nicht einmal Mitte September haben. Auf der Straße tragen die Leute schon Wintermäntel. Das Jahr geht zu Ende, man spürt es schon, auch abends wird es früher dunkel. Bald habe ich Geburtstag – nicht, daß es irgendeine Bedeutung hätte – es ist lange her, daß ich aufgehört habe, dieses Datum zu beachten, aber an meinem Geburtstag vor einem Jahr habe ich Anna zum ersten Mal gesehen. Roden hatte die erste Sitzung für seine Experimente auf einen siebzehnten September festgelegt.

Ich kann mich nicht an sie erinnern, nicht wirklich. Ich war konfus, hatte noch nie Elektroden für ein Elektroenzephalogramm in der Hand gehabt. Roden hatte mir auf einem Kopf, den er sich bei den Medizinern ausgeliehen hatte, vorgeführt, wie und wo sie angebracht werden. Dieser Kopf war aus Plastik, man konnte ihn öffnen und das Gehirn herausnehmen. Er hatte keine Haare, bewegte sich nicht und lächelte steif. Anna lächelte nicht. Ich war ihr dankbar, daß sie sich nicht rührte und kein Wort sagte. Sonst weiß ich nichts mehr. Dieses Jahr hat so viele Erinnerungsschichten auf unsere erste Begegnung aufgetragen, daß ich sie nicht mehr voneinander unterscheiden kann. Ich staune darüber, was in dieser Zeit geschehen ist, was diese Frau durch ihr Schweigen und ihre Bewegungslosigkeit aus mir gemacht hat. Oder was ich selbst aus mir gemacht habe.

Ich möchte dieses Jahr zu meinem Geburtstag eine Flasche Champagner mit Anna trinken. Leider kann man es ihr nicht in den Tropf geben, habe ich zu Schwester Ursel gesagt.

»Du kannst sie aufsetzen und ihr etwas in den Mund tröpfeln. Wenn sie sich verschluckt, klopfst du ihr einfach auf den Rücken«, meinte sie dazu. »Es wird ihr schon nicht schaden.«

Ich bin wie fast jede Nacht mit dem Kopf auf Annas Liege eingeschlafen und habe davon geträumt, daß sie meine Haare streichelt. So werden wir zu meinem Geburtstag Champagner miteinander trinken, Anna, und ich werde meinen – nein, er gehört dir – deinen Kassettenrecorder mitbringen und ein wenig Musik hier machen. Und ich werde Mira und Iris und Julian einladen. Und Roden und Karl und Schwester Ursel, die dabei ist, ein rotes Kleid für Anna fertig zu stricken. Sie hat eine feuerwehrrote Wolle ausgesucht und sich nicht davon abbringen lassen. Mag sein, daß es richtig ist, daß es die einzige richtige Farbe für Anna ist. Ich werde ihr rote Blumen bringen und sehen, ob sie ihr gefallen.

Das Zimmer war voller Blumen. Nicht so viele rote, wie ich wollte – die langstieligen roten Rosen haben mir nicht gefallen, und diese künstlichen Margeriten aus Holland, die einen Draht brauchen, um ihre Blüten zu stützen, kann ich nicht ausstehen. Ich nahm rote Dahlien, Astern in allen Herbstfarben, leuchtend orangene Studentenblumen und büschelweise etwas, was mir immer wie Unkraut erschien, eine lange Blume mit viel Grün und einer bescheidenen violetten Blüte. Ich habe abends alle Reste aus den Blumenläden der Umgebung aufgekauft und sie gleich in großen schwarzen Plastikeimern mitgenommen. Mein Auto war voll, Roden und ich mußten mehrmals laufen, um alles in Annas Zimmer zu bringen.

Die Herbstblumen kenne ich aus unserem Garten. Früher mochte ich sie nicht, sie kamen mir wie Grabesblumen vor; ich glaube, daß es an ihrem Geruch liegt. Sie duften nicht, sie strömen kein Parfüm aus, sondern einen penetranten Geruch, der die Verwesung, den Herbst ankündigt. Sie riechen nach feuchter Erde. So roch es in Annas Zimmer, als wir gefeiert haben. Das Grau der Wände war nicht mehr zu sehen. Wir hatten Kerzen angezündet, es gab Käse und Trauben und ziemlich viel Wein. Um Mitternacht haben wir den Champagner aufgemacht. Der Korken hat eine kleine Vertiefung in der Decke eingedrückt. Ich habe Anna in die Arme genommen, ihr das Glas an die Lippen gehalten. Sie hat sich nicht verschluckt. Ihre Lippen schmeckten nach Champagner, als ich sie geküßt habe. Wir waren ziemlich angetrunken, haben viel Lärm gemacht. Ich glaube, daß wir auch getanzt haben, aber ich kann mich nicht mehr genau daran erinnern.

Ich weiß nicht, wann die anderen weggegangen sind. Ich bin morgens aufgewacht und war mir sicher, daß Anna gestorben war. Die Blumen sind schon da, dachte ich, wir brauchen für die Beerdigung keine neuen zu kaufen, sie sind noch schön genug. Ich hatte Kopfschmerzen.

Ich habe zwei Aspirin genommen und bin mit einem Glas Wasser zu Anna gegangen. Ihr Bett war voller Blumen, das rote Wollkleid lag verknüllt am Fußende, als hätte sie es achtlos hingeworfen. Ihr Mund war leicht geöffnet, eine Haarsträhne bewegte sich. Für den Bruchteil einer Sekunde dachte ich, daß sie aufgewacht sei, daß ihr Atem ihre Haare bewegte. Es war nur ein Luftzug. Wir hatten in der Nacht das Fenster aufgemacht, auf der Fensterbank gesessen und geraucht. Später fanden wir den Vierkantschlüssel nicht, den man braucht, um abzuschließen. Es war kalt im Zimmer, aber es stank noch nach Rauch und nach all diesen verwesenden Blumen. Ich öffnete das Fenster. Es hatte aufgehört zu regnen. Der Park war voller Pfützen. Es hämmerte in meinem Kopf. Ich legte das rote Kleid auf Anna, damit es ihr nicht kalt wurde, und ging hinaus in die schräge Septembersonne.

Als ich Stunden später zurückkam, hatte Schwester Ursel die Gläser abgewaschen und das Zimmer aufgeräumt. Sie saß strikkend bei Anna, hörte eine Mozart-Oper im Radio. Die Infusion lief. Es war fast wie immer, aber nicht ganz. Blumen standen überall in den Kübeln; es roch wie draußen. Das rote Kleid hing über einer Stuhllehne.

»Es war ein schönes Fest«, sagte Schwester Ursel. »Aber ich habe solche Kopfschmerzen, und du siehst so aus, als würde es dir auch nicht gut gehen.«

»Geht so, danke. Wenn ich etwas gegessen habe, wird es besser. Soll ich Ihnen etwas holen?«

»Sprich nicht vom Essen, Christoph, da wird mir wieder schlecht. Anna hat es am besten überstanden, nicht wahr? Ich finde, sie sieht so aus, als hätte sie Farbe im Gesicht. Findest du nicht?«

»Es sind die Blumen«, sagte ich. »Wir sollten immer welche hier haben.«

Aber ich war mir nicht sicher. Vielleicht waren es nicht nur die Blumen. Vielleicht hatte sie tatsächlich einen Hauch Farbe im Gesicht. Vielleicht und vielleicht auch nicht. Ich ging in die Cafeteria. Es gab Spinat mit Spiegelei und Kartoffeln.

Seit einigen Tagen flackert Annas Bewußtsein. Es ist nicht der Schein der Blumen gewesen, auch keine Fata Morgana, die durch das lange Warten entstanden ist. Dieses Flackern kann bis jetzt nicht gemessen werden, die Geräte registrieren noch keine Schwankung, sie zeigen dasselbe Muster wie immer. Ich nehme an, daß der Rechner für diese Art von Schwingung nicht programmiert wurde; Roden spricht davon, ein neues Programm zu schreiben, aber die Signale, die Anna sendet, sind noch zu schwach, zu undeutlich und zu unregelmäßig, als daß er sie dafür benutzen könnte; erst wenn sie sich verstärken, werden sie auf den Bildschirmen sichtbar. Außerdem beschäftigt sich Roden eher damit, die Bücher und die Unterlagen zu sortieren, die er mitnehmen will. Er wird tatsächlich zum ersten November nach Upsala fahren und dort eine neue Professur antreten.

Er hat weitere Versuche mit den Tonbändern vorerst aufgeschoben, obwohl er nach wie vor von der Richtigkeit seiner Theorien felsenfest überzeugt ist. Er glaubt, daß Anna die Lösung weiß, fügt aber hinzu, daß wir sie noch nicht verstehen können.

»Es wird eine Weile dauern. Wir müssen umlernen, unser Gehirn muß umlernen, neue Denkprozesse integrieren, und dafür müssen wir zuallererst unseren Zeitbegriff radikal verändern. Aber das Problem ist immer dasselbe, es macht angst. Die Angst ist ein wichtiger Bremsfaktor. – Wer läßt gern den Strohhalm, an dem er sich festhält, freiwillig los?«

»Anna hat es getan.«

»Sie hat losgelassen, mehr nicht. Sie ahnte etwas, sie ahnte die Existenz von anderen Dimensionen, das zeigen ihre Bilder. Vielleicht ist sie jetzt in der Lage, die Zeit polyphonisch wahrzunehmen, aber sie kann damit hier nichts anfangen. Es geht nicht. Noch nicht. Wenn sie alles will und so bleibt, wie sie jetzt ist, wird sie irgendwann sterben. Und wenn sie wiederkommt, wird sie vergessen und nur noch die Sehnsucht verspüren. Man kann nicht beides.«

»Das stimmt nicht, Roden. Vielleicht können Sie es nicht, aber sie wird es schaffen. Die Frage ist nur, ob wir sie noch verstehen werden.«

Ich glaube, das ist, was sie uns mitteilen will. Denn dieses Flackern ihres Bewußtseins hört nicht auf. Es stabilisiert sich sogar. Sie sendet etwas, Töne, Bilder oder Zeichen in einer Sprache, die uns noch fremd ist, sie spricht noch zu leise, aber sie spricht, und ich höre zu, nachts, wenn draußen alles still ist. Auch in mir ist es jetzt endlich still genug geworden, es gibt Platz für das, was auch immer kommen wird.

Es steht schon lange keine Wache mehr vor Annas Tür. Im Gegenteil. Tagsüber bleibt die Tür offen, damit sie sich nicht ausgeschlossen fühlt. Mira, Iris und Julian bringen oft Freunde mit. Es gibt Blumen, Kuchen, Kaffee, manchmal ein Glas Wein, man öffnet hin und wieder die Fenster, wenn die Sonne scheint. Auch Menschen, die Anna nicht kennen, besuchen sie. Sie sind neugierig, sie schauen kurz durch die offene Tür hinein, zögern und klopfen an. Manche bleiben eine Weile, andere entschuldigen sich und gehen gleich weg. Einige kommen wieder, wie der Pförtner, der fast jeden Tag seine Mittagspause bei Anna verbringt. Und alle, die sie regelmäßig sehen, sind sich einig, daß sie nicht mehr ganz so blaß aussieht wie vorher.

Ich bin tagsüber nie da. Ich laufe durch die Stadt, ich gehe spazieren, mir tun die Knochen nicht mehr weh, ich brauche keine Krücken und hinke kaum noch. Ich gehe durch die Geschäfte und kaufe ein, am liebsten bunte Seidenhemden oder auch Sachen, die man essen kann. Vieles kommt mir vor, als hätte ich es noch nie gesehen. Es gibt neue Feinkostläden hier, neue Blumenläden, neue Imbißbuden mit ausländischen Spezialitäten, Gebäude, die plötzlich auffallen, weil sie neu gestrichen sind. Der Aussiedlerfluß der letzten Monate hat das Stadtbild verwandelt. Es ist farbiger geworden, lebendiger. Die Stadt riecht anders, würziger. Roden meint, daß ich früher nie darauf geachtet habe. Es mag sein, daß er recht hat.

Ich gehe sogar ins Kino. Neulich habe ich einen Horror-Science-Fiction Film gesehen, in dem ein omnipotenter Killerroboter Menschen zerfetzte und schließlich von einer blonden Frau mit einem Holzknüppel zur Strecke gebracht wurde. Als sie mit kalter Zerstörungswut, mit einer unvorhersehbaren Gewalt das Ungeheuer zertrümmerte, erfüllte mich eine seltsame Freude. Es gefiel mir. Mir gefallen alle Geschichten, in denen die Frauen nicht mehr zart und zerbrechlich sind, sondern zäh und voller Kraft.

Es regnet nicht mehr, es ist draußen wärmer geworden, ein goldener Herbst kündigt sich an, die Terrassen sind voller Menschen, die glücklich aussehen. Ich höre sie miteinander reden und lachen, manchmal bleibe ich stehen und sehe sie an, und sie schauen zurück, sie lächeln mich an, und es scheint mir, als würden sie wissen, wer ich bin und daß ich zu Anna gehe, als würden sie mir Grüße und Glückwünsche für sie mitgeben.

Wenn es dunkel wird, bringe ich Anna Blumen, Obst und das Lächeln der fremden Menschen auf der Straße. Die anderen, die sie besucht haben, sammeln ihre Sachen und gehen nach Hause. Es wird ruhig, ich lasse die Fenster offen, bis die Nacht anfängt, kühler zu werden, dann schließe ich sie, sperre die Tür zu, schalte alle Monitoren, alle Lichter aus. Ich will allein mit ihr sein, ohne Zeugen.

Diese Nächte, denn es sind die letzten, gehören nur mir. Sie dauern nie lang genug, immer zu früh beginnt der Morgen zu grauen, immer zu früh weckt mich jemand, der an der Tür rüttelt. Ich wünsche mir, uns, eine Nacht, die kein Ende hat, eine Nacht, hell von allen Sternen und schwarz zugleich, eine Nacht, so dicht, so tief, daß niemand uns findet, daß wir uns in ihr auflösen, eine Nacht, so vollkommen, daß sie das Licht für immer löscht. Ich tauche in diese Nacht ein, mit geschlossenen Augen sehe ich Annas Leuchten, bläulich, weit entfernt, durch Schichten und Schichten von Zeiten, auf Wellen getragen, ich sehe Anna weit weg von mir und doch hier. Ihr Kopf ruht auf meinem Arm, ich berühre ihre Lippen mit zerquetschten Trauben, mit meinen Lippen, ich träufele den Saft in ihren Mund hinein. Morgen werde ich Weinblätter in ihre Haare flechten, heute küsse ich ihre klebrigen Lippen, esse Trauben von ihrem Mund, verschmiere ihre Haut mit dem Saft roter Trauben, ich küsse sie die schleimigen Spuren entlang, suche hinter ihren Ohren nach verlorenen Wörtern, überall auf ihrem Körper verfolge ich Spuren, lasse mich führen, irreführen und dann finde ich sie, finde mich in ihrem Körper. Und sie... sie schickt winzige Signale, kaum wahrnehmbare Zuckungen, dunkle Funken, die auf meiner Haut prickeln, die die Nacht leuchtender und dunkler machen.

Das erste Mal habe ich gedacht, daß ich mich getäuscht hätte. Aber die Signale wiederholen sich, Nacht für Nacht gewinnen sie an Häufigkeit und an Intensität. Anna antwortet. Diese Veränderung läßt sich nicht leugnen, sie ist keine Erscheinung meiner Sehnsucht, sie ist real. Mein verrückter Wunsch nach ihr hat sie irgendwo erreicht, und Anna meldet sich. Sie sendet von weit weg schwache, verschlüsselte Botschaften, die ich nicht verstehe, aber ich fühle sie, ich empfange sie.

Manche behaupten, daß diese Signale ein letztes Aufflackern ihres Bewußtseins sind, bevor sie uns endgültig verläßt. Sie sind der Beginn des Todeskampfes, sagen sie, das letzte Aufbäumen ihres Willens, der letzte Versuch, vor dem Tod etwas mitzuteilen. Es sind die Mediziner, die sich darüber einig sind. Die Statistik spricht gegen Anna. Aber Menschen richten sich nicht nach Statistiken, und Anna hat sich bis jetzt nicht sonderlich bemüht, der Norm zu entsprechen, im Gegenteil.

Sie hält stur am Leben fest.

Als es zum ersten Mal geschah, lag sie ruhig und unbeteiligt wie immer. Ich saß bei ihr, dachte über nichts nach, ihre Hand ruhte in meiner, eine knochige Hand, weiß und durchsichtig, die Venen wie die Netzkarte einer fremden Stadt. Ihr Puls war nicht spürbar. In den vielen Nächten, die ich bei ihr verbracht habe, habe ich gelernt, das Rauschen des Blutes, die Zuckungen, die ich manchmal fühle, diese seltsamen Geräusche des Körpers als meine zu erkennen; Anna lebt zu verlangsamt, als daß man etwas davon wahrnehmen könnte.

Plötzlich blitzte in der vollkommenen Dunkelheit ein Lichtstreifen. Ich sah ihn erst, als er schon vergangen war. Ich weiß nicht einmal, ob meine Augen offen oder geschlossen waren. Er war einem Funken ähnlich, der bald verglühte, der schnell wie Sternschnuppen durch die Nacht zog und gleich erloschen war. Es leuchtete auf wie eine Spiegelung der anderen Seite, eine elektrische Entladung, die durch das Dunkel stach. Ein winziges Fenster, das sich gleich wieder schloß. Mir kam es vor, als müßte ich mich umdrehen und nach meinem Schatten schauen. Hinter mir war nichts.

Es hat sich wiederholt, und bei jeder Wiederholung wird es ein wenig deutlicher. Es verweilt ein wenig länger. Jetzt formt es sich, tastet durch den Raum nach Orientierungspunkten. Jetzt erkenne ich es allmählich.

Es sind Annas Gedanken.

Für Bruchteile von Sekunden taucht ihr Bewußtsein aus der Ferne auf. Es sucht, es leuchtet winzige Teile aus, taucht diese Teile für einen Augenblick in ein weißes, grelles Licht ein, verschwindet dann wieder. Ich beobachte, ich warte ab. Es ist spannend. Wie in einem Buch möchte ich wissen, wie es zu Ende geht, obwohl die letzte Seite noch lange nicht das Ende ist.

Es strengt Anna an. Mehr als ihre versteinerte Bewußtlosigkeit bedeutet dieses Aufflackern für ihren schon der Erschöpfung nahen Körper Streß. Sie schwankt, fällt dann zurück. Wenn es zu lange dauert, kann es sein, daß ihr Körper nicht mithalten kann, aber es wäre nur ihr Körper. Wer weiß, vielleicht kann ich ihr noch ein wenig Kraft geben, damit sie ihr Ziel erreicht und ihren Willen erfüllt. Vielleicht ist es das, wofür sie mich braucht. Ich warte ab, ich rufe nicht nach ihr. Ich atme langsamer und hoffe, daß sie mein Herz nicht schlagen hört, wenn ich ihre Lippen voller Traubensaft küsse.

Ich möchte gern wissen ... Ich möchte soviel wissen und halte meine Fragen zurück, versuche meinen Willen zu bändigen, ruhig zu bleiben, dabei steigt meine Unruhe wie ein Fieberanfall. Mir ist viel zu heiß in ihrer Nähe, und es fröstelt mich zugleich.

Nachts spüre ich diese Zuckungen, wenn ihr Bewußtsein zwischen hier und dort pendelt. Es springt unregelmäßig zwischen den Ebenen, es zögert, es kommt und geht – und ich halte hier ihren Körper in meinen Armen und wärme ihn, während ihre Seele hin- und herpendelt.

Manchmal bin ich Anna und denke, fühle wie sie. Wir sind im zeitlosen Raum eingebettet, wir schwingen, atmen, leicht, vom Schmerz der Trennung befreit, sie, ich sind der Raum und was darin geschieht, und dann flitzen wieder Lichtstreifen durch die Dunkelheit, wie das Versprechen von etwas anderem, sie leuchten kurz auf, und ich pendle zurück, sie mit mir, ein wenig, bis wir uns voneinander lösen, ich bin wieder hier, wieder nur ich, es tut weh, es strengt an, es kostet Mühe, und ich pendle zurück zu ihr, mit ihr... Dann bin ich Anna, dann sind wir alles, und wir schaukeln hin und her, wir wiegen uns zwischen Leben und Tod, zwischen hier und nirgends oder überall, und flechten aus der Leere einen Kranz aus Weinblättern. Unsere Augen sind geschlossen – was wird sein, wenn unsere Augen aufgehen?

Nach und nach erinnert sie sich und pendelt und zögert und kommt näher, läßt sich treiben, sie balanciert zwischen hier und dort, und sie denkt mich, und ich denke sie, langsamer schaukelt sie in Zwischenzeiten, in Zwischenräumen, und bei jeder Pendelbewegung wird ihr Bewußtsein stärker, öffnet Türen und blickt hinein. Bei jeder Pendelbewegung kommt sie näher.

Ihr Bewußtsein wird schwerer, senkt sich, verdichtet sich, sie wird langsam, sie kommt näher, die Arme ausgebreitet schwebt sie und kommt näher, ihre Kreise verlieren an Weite. Sie zieht die Materie an, oder die Materie zieht sie an, sie kommt herunter, langsam, und dann werden die Kreise kleiner und kleiner, sie wird schwer, zu schwer, und schnell, zu schnell fällt sie im freien Flug und – stürzt ab.

Ich weiß, daß es schmerzt, hier zu sein, ich weiß, daß die Seele wund bleibt. Unsere Sehnsucht wird nie gestillt. Wir sind Himmelsjäger.

Es ist nur die Schwere, die weh tut, nur die Erde.

Verzeih mir.

Ich habe Anna die Infusion abgenommen, ein Pflaster in ihre Armbeuge geklebt. Wenn sie Durst hat, wird sie aufwachen und um Wasser bitten. Ich bin da, ich werde ihr zu trinken geben.

X

Annas Rückkehr

Anna hat das alles vorher gewußt. Sie hat es nicht nur gemalt, sie hat sogar den Anfang und das Ende genau beschrieben. Ihren Bericht – oder ihre Projektion, je nachdem auf welchen Standpunkt man sich stellt – habe ich gefunden, als alles erfüllt war.

Es ist seltsam und doch logisch, daß ich diese Seiten nicht viel früher entdeckt habe. Als ich zum ersten Mal ihre Wohnung betreten habe, lagen sie schon da, auf dem Tisch im Flur. Ich habe die Wohnung durchsucht, aber ich habe nach etwas anderem Ausschau gehalten und konnte sie nicht sehen, obwohl sie die ganze Zeit vor meinen Augen waren. Anna hatte sie für mich in Reichweite bereitgestellt. Sie haben auf mich gewartet. Die ganze Zeit, die ich gebraucht habe, um hierher zu kommen, haben diese Blätter auf mich gewartet, wie Anna jetzt auf mich wartet. Ich bin hundertmal vorbeigegangen, mein Gehirn muß diesen Stapel Din A4 Blätter registriert haben, aber ich war blind. Ich habe hingeschaut und nur die durchsichtige Glasschüssel voller Murmeln gesehen. Ich wollte nichts sehen. Auch Roden hat nichts gesehen, als er die Wohnung durchsucht hat. Wir beide waren blind. Wir haben nach dem Falschen gesucht.

Es ist müßig, darüber nachzudenken, ob es den Verlauf der Geschichte geändert hätte, wenn ich diese Seiten früher gelesen hätte. Ich bin überzeugt, daß Vorgänge und Entwicklungen nicht abgekürzt werden können, nicht ohne Verlust. Die für mich einzig mögliche Abkürzung, die Verweigerung, stand mir von Anfang an offen, auch jetzt könnte ich immer noch aufgeben, aber ich werde es nicht tun. Warum sollte ich? Wenn es je etwas zu verlieren gab, habe ich es schon viel früher verloren. Ich kann nur noch gewinnen. Ich fahre nach Süden, mit ihr. Es gibt kein Ende.

Ich habe diese Blätter erst in die Hand genommen, als ich ihre Wohnung aufgelöst habe. Es sind ziemlich viele Blätter, ungefähr fünfzig Seiten, die Anna sauber getippt hat. Nur sie kann das geschrieben haben. Als sie fertig war, hat sie den Stapel in Sichtweite gelegt, unter die Glasschüssel, damit die Blätter nicht in der ganzen Wohnung herumfliegen, wenn ich die Tür aufmache. Ich erinnere mich, es gab einen starken Luftzug, weil sie die Fenster offen gelassen hatte. Dann ist sie ins Institut gekommen und hat mir ihre Schlüssel gegeben. Jeden Tag, wenn ich zu ihr nach Hause gekommen bin, habe ich ihren Schlüsselbund dort liegenlassen, in der Glasschüssel auf den bunten Murmeln, mit denen ich oft gespielt habe. Direkt darunter, gut sichtbar, warteten die weißen Blätter, zwei ungleiche Haufen, von zwei blauen Büroklammern zusammengehalten. Alles war schon geschrieben. Das Ende und der Anfang dieser Geschichte. Das Ende lag oben, und ich denke, daß Anna es zuerst geschrieben hat, damit sie sich sicher fühlt und keine Angst hat, wenn es beginnt. Das Deckblatt ist inzwischen ein bißchen vergilbt und schmutzig geworden. Darauf steht nur das Wort »Erde«.

Wir haben Anna, eine Anna, in dem roten Kleid, das Schwester Ursel gestrickt hat, vor zwei Wochen begraben. Was sage ich »wir«, ich bin nicht zur Beerdigung gegangen, es hat mich nicht interessiert. Die anderen haben es bestimmt sehr schön für sie gemacht. Ich glaube, daß sie nur die Musik von diesem Geiger gehört haben, der allein in der Kathedrale von Chartres spielte. Es war kein Priester da.

Ich habe den Tag bei ihr zu Hause verbracht, lange geschlafen und dann begonnen, ihre Sachen zu verpacken. Die Wohnung muß bis zum Monatsende geräumt werden. Man hat mir angeboten, den Mietvertrag zu übernehmen, aber das wollte ich nicht. Ich möchte für uns etwas Besseres suchen, wo uns niemand kennt und wo es wirklich warm ist. Wenn man so dünn ist wie Anna, friert man leicht. Wir werden nach Süden ziehen, vielleicht nach Italien oder nach Spanien, in Deutschland ist es zu dunkel, wir brauchen mehr Licht. Ich möchte gern in einer Weingegend wohnen, es wird uns gut tun, und ich glaube auch, daß es Anna gefallen wird. Sie wird es lieben, im Winter durch die parallelen Labyrinthe der Weinterrassen spazierenzugehen, denn sie mag die verknöcherten, leidenden Formen der Rebstöcke und ihre Schatten auf der gelblichen Erde. Und im nächsten Frühling, wenn die jungen Triebe beginnen, sich hochzuranken, wird Anna glücklich sein. Ich weiß, daß das Grün der Weinblätter ihr gut steht. Ich muß mich beeilen, hier liegt morgens schon Reif auf den Wiesen, es wird allmählich neblig. Im Süden wird die Weinlese bald vorbei sein, aber vielleicht finden wir noch einige dunkle Trauben, die vergessen worden sind.

Ich bin jetzt fertig. Ihre Bilder und Bücher habe ich sorgfältig verpackt, auch wenn ich noch nicht weiß, wo ich sie unterbringen soll. Ich will sie zuerst weder verschenken noch verkaufen, aber ich möchte sie auch nicht mitnehmen, wenn wir fahren. Wie die Wohnung gehören sie der Vergangenheit. Anna hat sie angeschaut und nur gesagt, daß sie sie nicht mehr braucht. Sie will nicht mehr malen. Später vielleicht, wenn sie sich stärker fühlt, möchte sie versuchen, große Plastiken aus Metall herzustellen. Sie zeichnet mit der Hand seltsame Formen in der Luft, aber ihre Hand fällt erschöpft wie die Herbstblätter herunter. Sie hat noch nicht viel Kraft, sie spricht kaum, und wenn sie spricht, nie von früher oder von der Zeit, in der sie weg war. Sie hat nichts erzählt.

Wir müssen fahren. Im Süden werde ich uns ein Haus mit einer Terrasse suchen, wo wir den Winter in der Sonne verbringen können, wir werden Oliven und Käse essen, und dazu den Landwein trinken.

Ich möchte ein einziges Bild von ihr mitnehmen. Es ist schon älter, sie hat es gemalt, bevor sie angefangen hat, mit uns zu experimentieren. Es zeigt eine Landschaft, in der Himmel und Meer ineinanderfließen. Ich weiß bei diesem Bild nicht einmal, ob es ein Oben und Unten gibt, das heißt, ich weiß nicht einmal, was Meer und was Himmel ist, aber genau das ist der Grund, warum ich es haben will. Es ist nicht wie die letzten Bilder, es dehnt sich nicht aus dem Rahmen, es besetzt keine Räume. Und doch verwandelt es sich, je nachdem wie man es hält und wie das Licht darauf fällt. Die Farben sind ziemlich dunkel, aber sie leuchten von innen.

Ich wollte das Bild ins Auto bringen und habe es für einen Augenblick an die Wand bei der Tür gelehnt. Ich habe mich umgedreht, um den Schlüsselbund aus der Glasschüssel zu nehmen, und habe den Papierstapel gesehen. Ich habe die Schlüssel in die Hosentasche gesteckt, die Blätter genommen und angefangen zu lesen, im Stehen. Später habe ich mich auf den Boden gesetzt, bei dem Bild, wo der Himmel und das Meer sich nicht voneinander unterscheiden.

Zuerst habe ich überhaupt nichts mehr verstanden. Aber das macht nichts. Ich kann Anna selten verstehen, ich kann sie eher fühlen oder ahnen, und ich weiß nicht, ob sie sich selber versteht. Ich werde sie irgendwann fragen, aber nicht jetzt. Es ist viel zu früh für Fragen, sie würde nicht antworten. Ich bin schon geduldiger geworden, seitdem ich weiß, daß wir unendlich viel Zeit haben. Wenn man sich einmal daran gewöhnt hat, daß die Dinge nach ihrem eigenen Rhythmus geschehen, ist das Warten nicht mehr lästig. Es kommt nicht mehr darauf an, ob es noch ein Jahr oder zwei oder länger dauert. Zeit ist immer.

Es gibt für mich nichts mehr hinzuzufügen. Ich möchte nicht anders leben, und die Liebe, die mich erfüllt, ist unendlich. Ich habe vor Anna nie geliebt, und wahrscheinlich habe ich vor ihr nicht einmal gelebt.

Erde (Annas Aufzeichnungen)

Annas Augen sind immer noch geschlossen. Aber es dauert nicht mehr lange, bald wird sie sie öffnen, und diesen Mann anschauen, dessen Gesicht sie noch nie gesehen hat und den sie so gut kennt. Das ist der Mann, der ihre Hand hält, seit immer, der sie nie, keine Sekunde losgelassen hat, der bei ihr geblieben ist und keine Bedingungen gestellt hat. Diese Hand ist stark; Anna spürt Sehnen und Knochen, nichts Weiches, was nachgeben könnte. Durch die Hand, die sich nicht entzieht, spürt Anna den Mann, seinen Willen, seine Geduld und seine Sturheit. Sie lacht innerlich. Ich habe einen sturen Mann, denkt sie und freut sich. Einen, der weiß, was er will. Sein Wille ist wie ein Seil, wie ein Geländer, man kann sich an ihm festhalten, wenn man möchte, wenn man es braucht. Sein Wille hat sie angezogen, durch seinen Willen hat sie den Weg zurückgefunden. Ohne ihn wäre sie nicht zurückgekommen. Dort, wo sie war, hatte sie vergessen, daß es das hier gibt. Die Erde. Sie freut sich auf die Farbe seiner Augen.

Sie erinnert sich. Sie will sich erinnern. Jedes einzelne Bild, jedes Wort, das gesagt wurde, im Gedächtnis behalten, sie will alle Schichten des Geschehenen miteinander verweben, fest aneinander knoten, bis nichts mehr sie zerreißen kann. Es ist schwer, sie bewegt sich am Rande des Zeitlosen, sie gleitet immer wieder hinein, es fällt ihr schwer zu unterscheiden, dann tastet sie nach dem Willen des Mannes, und wenn sie ihn gefunden hat, erzählt sie sich selbst die Geschichte, und das Muster prägt sich in ihr Gedächtnis ein, bildet Wege, die von der einen zu der anderen Seite führen, und es wird leichter. Jedesmal ein wenig leichter, und gleichzeitig werden die Erinnerungen klarer, die Einzelheiten deutlicher.

Es kam sehr schnell. Es war ihr warm und kalt zugleich. Sie fühlte sich nicht wohl. Sie war unsicher, der Tag, an dem es geschehen sollte, war nicht der richtige Tag. Aber sie hatte sich entschlossen und konnte nicht zurück. Sie hätte lieber ein wenig gewartet, vielleicht hätte eine Stunde gereicht, aber es ging nicht. Die Stimme des Mannes, des anderen, veränderte sich. Sie drängte sich auf, drang in sie hinein, in etwas, das nicht nachgeben wollte, das ihm den Einlaß zum ersten Mal nicht gewährte. Die Stimme ließ nicht los, sie hielt sie gefangen, sie war nicht wie sonst eine freundliche Einladung. Sie forderte, und Anna wußte, daß sie nicht aufhören würde zu fordern, bis sie bekam, was sie wollte. Ihr Tonfall sagte deutlich: »Du hast keine Chance, Anna, mach auf und gib deinen Widerstand auf, es hat keinen Sinn, hör auf, dich zu wehren, du machst es schwieriger für uns beide, du kannst es nicht mehr aufhalten, Anna, das weißt du, deswegen bist du zu mir gekommen, du gehörst mir! Laß los!«

Anna versuchte, ihn zu warnen. Sie baute Zeichen vor ihm auf, bat um ein wenig Zeit. Aber er hatte es eilig. Er drang nach vorne, er war stark, stärker als sie. Sie rutschte aus, fühlte sich wie damals, als sie noch ein Kind war, nur halb angezogen, die Schnürsenkel noch nicht zugebunden, sie konnte sie nicht zubinden, sie war ungeschickt, der Knoten löste sich immer wieder, die Jacke war nicht zugeknöpft, der Knopf hing an einem langen Faden, er würde gleich auf den Boden fallen und verlorengehen, sie war zu langsam, zu ungeschickt, und es gab diesen Erwachsenen, der sie an dem Arm zerrte, ihre Füße konnten den Boden nicht mehr berühren, und die Stimme fing wieder an, sie zog so fest, daß es weh tat. Anna klagte, sie machte sich schwer, sie suchte einen Halt, sie schrie ...

Nein!
Laß mir meine Zeit, Roden!

Die Stimme hörte auf keine Warnung, sie beachtete die Zeichen nicht. Sie bohrte sich durch, schob Hindernisse beiseite, sie war rücksichtslos, zwängte sich nach vorne, siegessicher. Sie ging geradeaus auf ihr Ziel zu. Annas Verweigerung bedeutete nur, daß es ein wenig länger dauern würde; früher oder später würde die Stimme in diesen Teil von ihr hineindringen und tun, was sie wollte, was schon von Anfang an ihr Ziel war.

Anna wußte, daß der Mann sie ganz wollte, daß er sie für seine Zwecke benutzen wollte, daß es ihm vollkommen gleich war, ob sie dazu bereit war oder nicht. Er hatte ihr Einverständnis eingekauft. Er hatte bezahlt. Er hatte nicht für ihre Gedanken, nicht für ihre Mitarbeit, nicht für ihr Bewußtsein bezahlt, nur für die stundenweise Benutzung ihres Gehirns, genau wie andere Männer für einige Augenblicke den Körper einer Frau einkaufen. Als könnte man Teile vom Ganzen trennen!

Aber Anna hatte sich darauf eingelassen. Sie brauchte ihn, um weiterzugehen. Allein war es zu schwer, sie drehte sich im Kreis, kam zu ihrem Ausgangspunkt zurück, verlor die Richtung, vergaß ihr Ziel und mußte immer wieder von vorne anfangen. Sie brauchte jemanden, der ein Stück des Weges mit ihr ging. Eine Weile hoffte sie, daß sie im Laufe der Zeit zu Reisegefährten werden könnten, daß sie ihre Kräfte verbinden würden, um zusammen weiterzugehen. Aber das war eine Illusion. Sie hatte sich geirrt. Es konnte keine Übereinstimmung zwischen diesem Mann und ihr selbst geben. Er wollte zu wenig von ihr, nur ihre Fähigkeit, ihren Körper zu verlassen und mit ihrem Geist zu reisen, er wollte nicht mit ihr gehen. Er war feige und blind und mißbrauchte ihre Augen. Er war kein Reisender, kein Jäger. Anna hätte für ihn Beweise seiner Theorien zurückbringen sollen, aber schon gar nichts, was seine Denkmuster wie Kartenspiele einstürzen lassen könnte.

So ging sie allein weiter. Sie log ihn an, spielte ihm Gehorsam vor; sie zog sich nicht zurück, wie er es gern gehabt hätte, sie speicherte Erinnerungen, streckte im Dunklen ihre Fühler aus und suchte, wie es ist, wenn nichts mehr ist; sie stieg in das Schwarze hinab, in die andere Seite, und hörte nicht auf zu suchen, wenn er gesagt hatte: »Sie wachen auf, fühlen sich erholt und erinnern sich an nichts.« Sie lächelte ihn an und stieg weiter hinab, allein. Sie entdeckte die Verflechtungen der Dunkelheit, den Sog dieser seltsamen Wendeltreppen, die immer zu neuen Räumen führten, die unzählige Türen öffneten, Brücken bauten, Gerüste entwarfen. Davon erzählte sie nie. Sie berichtete nicht, daß sie sich zuerst vor diesem Labyrinth fürchtete, daß sie vor diesem undurchdringlichen Wirrwarr von geometrischen Entwürfen zögerte. Sie konnte kein Ende sehen, nur einen Wald von Einzelteilen, verbogenen Metallpfosten, Brückenpfeilern, über nichts hängenden Stegen, die sich bis ins Unendliche wiederholten. Sie sagte kein Wort darüber, sie sprach zu niemandem, aber sie malte, malte versteinerte Landschaften, durch die kein Wasser floß, und malte sich einen Weg aus dem Labyrinth.

Sie sagte Roden nicht, daß sie vorhatte hineinzugehen, allein. Sie berichtete nur das, was er hören wollte, und er gab sich damit zufrieden.

Ihn zu betrügen war leicht.

Aber es war schwer, gleichzeitig da und dort zu sein. Es wurde jedesmal schwerer zurückzukommen. Jedesmal tauchte sie tiefer in die andere Seite ein, und die Sehnsucht wurde immer größer, ganz in die Dunkelheit hineinzutauchen, den Boden loszulassen und das Licht hinter sich auszulöschen.

Als sie bemerkte, daß der Mann sie bedrängen wollte, bekam sie Angst. Sie brauchte mehr Zeit. Der Angriff kam zu früh, er überraschte sie, er traf sie in einem Moment, in dem sie sich schwach fühlte. Sie war unschlüssig. Sie hätte lieber länger gewartet, sie war noch nicht ganz darauf eingestellt, so weit zu gehen. Aber auch das gehörte zum Spiel. Seit dem ersten Tag erwartete sie diesen Augenblick, und er wußte nichts davon. Sie hatte die Strecke, die er für sie gewählt hatte, umgeleitet, in ihrem eigenen Sinne abgekürzt. Sie hatte ihn dazu bewegt, nur mit ihr weiterzugehen, sie hatte ihm eingeredet, er sollte die anderen Testpersonen loswerden. Er hatte es getan. Sie hatte ihm zugeflüstert, daß er mit ihr nicht vorsichtig sein sollte, daß er mit ihr alles machen konnte, was er wollte. Er glaubte ihr, folgte ihr, und sie stachelte ihn an, reizte ihn, bis er ihren Willen erfüllte.

Sie brauchte ihn, sie brauchte einen, der die Ketten, die sie selber nicht abwerfen konnte, für sie löste, der sie weitertrieb, der rücksichtslos genug war und keine Angst hatte, ihr weh zu tun.

Aber jetzt jagt er sie nach vorne, zu schnell! Er hetzt sie, sie weicht aus, sie möchte Zeit gewinnen. Sie muß Zeit gewinnen.

Laß mir meine Zeit, Roden! Nicht viel, nur ein paar Minuten, daß ich dieses absurde Trommeln in meinem Herzen beruhigen kann, nur ein paar Sekunden, um zurückzuschauen, um sicher zu sein, daß ich es wirklich will.

Er hört nicht zu. Er hält sie wie Wachs in seiner Hand, denkt er, er wird sie führen, wohin er will, denkt er, auf die einzige Weise, die er kennt.

Laß mir meine Zeit, Roden!

Als er an diesem Tag beginnt, als er Zentimeter für Zentimeter in sie eindringt, taucht die Angst auf, wie eine Tür, die man festhält, obwohl man weiß, daß derjenige, der auf der anderen Seite drückt, stärker ist. Es tut ihr in ihrem Körper weh, den ersten Angriff abzuwehren; ihre Muskeln verknoten sich, sie bekommt keine Luft, will schreien, um Hilfe rufen, aber sie kann sich nicht rühren. Anna ist wie gefesselt, von der eigenen Angst gefesselt, es ist nicht die Stimme des Mannes, die sie gefangen hält, nur ihre Angst. Und kurz hört sie jemanden sagen: »Komm, Anna, du hast es selber herausgefordert, Anna, genau das wolltest du, jetzt bist du endlich dort, wo du hinwolltest, wovor hast du Angst?«

Es ist zu spät, um Angst zu haben, sagt sie laut zu ihm und zu sich und hört ihre Stimme nicht, ich habe nichts mehr zu verlieren.

Und auf einmal verschwindet die Angst. Sie ist weg, mit ihr jede Verkrampfung, jede Mühe. Anna atmet ein und nicht aus. Sie ist plötzlich gelassen und schaut zu, wie der Zorn aus der Tiefe emporsteigt, ein langvergessener Zorn, der sich gegen die Stimme aufstellt. Das ist ein unpersönlicher Zorn, er hat nichts mit ihr zu tun, er kommt nicht von ihr. Er wächst, er rollt wie eine Flutwelle, die sich seit Jahrhunderten sammelt, von unzähligen Strömen angereichert, seine Schlammassen tragen aufgequollene Leichen und verbrannte Städte an die Oberfläche. Das ist der Zorn der Menschen, denen ein anderer Wille aufgezwungen wurde, die einen anderen Willen zugelassen haben, die zu lange geduldet haben. Das ist ein starker, gut genährter Zorn, ein vollkommener und reifer Zorn, der stetig in ihr steigt, kalt, ohne Leidenschaft. Er trägt sie, bringt sie höher, füllt ihre Lungen, und als er seine volle Größe entfaltet hat, als er zusammengeballt, an einem einzigen Punkt konzentriert ist, als er keinen Raum mehr hat, als er kurz davor steht, sie zerspringen zu lassen, öffnet sie sich und schleudert ihn gegen den Mann.

Der Zorn trifft Roden mitten in die Brust, unvorbereitet. Er tritt zurück, er schwankt und schaut von seinem Pult auf, so überrascht, daß er stolpert. Kurz verliert er die Kontrolle; er läßt Anna eine Zehntelsekunde los, vielleicht noch weniger. Als er sich wieder fängt, ist es zu spät.

Sie ist frei. Sie blickt nicht zurück. Hinter ihr existiert nichts mehr. Eine Stelle in ihrem Körper brennt, als wäre etwas abgerissen, es tut weh, aber sie hat es schon vergessen. Es ist nur noch kalt. Sie fällt und fällt ununterbrochen in die Dunkelheit, in das Nichts, sie fällt schnell oder langsam, kann sich an nichts festhalten, kann sich nichts merken, es gibt nichts, weder nah noch fern, es gibt auch keine Tiefe, keine Dichte, keine Punkte zur Orientierung; es ist, wie nach oben zu fallen, nach allen Seiten mit extremer Geschwindigkeit zu stürzen. Anna denkt, nein, sie denkt nicht, es denkt, es bilden sich Worte, die wie Gedanken aussehen, aber keine sind, sie streifen an ihr vorbei, ohne daß sie ihre Bedeutung erfassen kann, sie streifen wie Lichtpartikel durch sie hindurch, werden schnell und schneller, sind nur noch Linien, die gleich vergehen. Anna sieht nichts mehr, hört nichts, fühlt nichts, nur die Kälte, nur die Geschwindigkeit, innen, außen, nur noch die Kälte. Aufhören, denkt sie, es ist mir zu kalt, ich habe Angst, es ist zu kalt, ich werde erfrieren. Die Kälte verlangsamt ihr Blut, bringt ihr Herz zum Stehen, aber Anna stemmt sich mit aller Kraft gegen die Geschwindigkeit, und je mehr sie sich dagegen stemmt, desto schneller wird sie, dichter, bald ist sie nur noch kompakte Materie und stürzt wie ein Stein, stürzt, schwarz und schwer, stürzt, fällt, läßt los, gibt sich dem freien Flug hin,

und dann sieht sie mit ihren in der Dunkelheit blinden Augen, wie die Nacht sich nach allen Seiten ausweitet, es gibt keine Sonne mehr, das Licht ist ausgelöscht, sie dringt in das Schwarze hinein, das immer dichter wird, durchquert Schichten, die sich erneut bilden und nichts ähnlich sind. Ich habe nicht gewußt, daß es so ist, denkt sie und staunt, als die Wellen der Dunkelheit um sie fallen, als sie, selber Welle geworden, sich in Schaum auflöst. Nichts mehr ist, nur die Schwingung, das Werden, sie wird, sie schaut, sie fällt, sie dreht sich im Flug und sieht sich kreisen, und das Bild endet nirgends. Das Bild bewegt sich so schnell wie sie, das Bild fällt mit ihr zusammen, denn sie ist es, die das Bild erschafft, sie ist innen und außen zugleich. Ich bin es selbst, denkt sie, ich bin verloren, denkt sie und sieht aus der Tiefe die dunklen Wellen kommen, die sich um sie legen, ich bin verloren, ich habe mich verloren,

kalt, mein Blut erfriert, mein Körper erfriert, eine Anna weint vor Kälte, irgendwo, weit weg von ihr erfrieren Annas Tränen, es fallen kleine schwarze Kugeln aus ihren Augen, sie sieht sie fallen und hört, wie sie sich entfernen und mit Kristalltönen zersplittern. Das letzte, was von mir ist, denkt sie, meine Tränen,

und sie gibt jeden Widerstand auf, sie läßt es geschehen, öffnet die Arme, um sich loszulassen, befreit Anna und spürt, wie diese von ihr abfällt und wirbelnd im Raum von ihr stürzt, immer kleiner und schneller wird, sie atmet ein, ihren letzten Atemzug. Als die letzte Träne geweint ist, ist sie leichter geworden, sie stürzt und gibt sich dem Sturz hin, sie hat Anna verlassen, ist aus Anna entsprungen, die zu Stein geworden ist, sie vergißt, löscht noch mehr Erinnerungen aus und stirbt. Eine Anna stirbt,

und es wird anders. Sie bricht wie eine Rakete plötzlich aus dem gesichtslosen Nichts aus, taucht aus dem Schwarzen durch eine gleißende Helligkeit auf, und einen Augenblick lang glaubt sie, daß sie angekommen ist, aber es wird noch kälter, eine brennende Kälte, das Licht blendet Annas Augen, löscht Annas Bilder aus, es gibt keine Farben mehr, schwarz und weiß unterscheiden sich nicht mehr voneinander. Es gibt kein Ankommen. Anna bricht durch die Ebenen hindurch, tiefer und höher, und es hört nicht auf zu werden, das eine und das andere gleichen sich an, werden eins, wiederholen sich, entfalten sich in Wellen, die kurz aufeinander folgen, und sie ist es nicht mehr, die durch den Raum fällt, sie ist nicht mehr Anna, es ist nur der Raum da, oder nur Anna. Der Raum fällt, und sie ist der Raum, unendlich, einsam, gleichgültig. Es gibt keinen Gott, denkt Anna, bevor ihre Gedanken vor Kälte erstarren, die Kälte dringt hinein, durch sie hindurch, löscht allmählich das Leben aus, löscht den letzten Gedanken, es ist nur noch Kälte da, nur noch Trauer um eine verschwundene Anna, um einen verlorenen Gott, um versunkene Bilder, um vergessene Gedanken, etwas trauert um eine Anna, die es nicht mehr gibt, die es nie gegeben hat,

und es wird anders, etwas möchte sie wärmen, sie in die Arme nehmen, aber es hat keine Arme, es möchte weinen und hat keine Tränen, es ist nur noch Trauer da, so tief und so dicht, daß es davon sterben möchte, und es wendet sich von Anna ab, es ist der Raum, der trauert, der klagt und friert, es ist der Raum, der nach ihr ruft, der verloren ist, der selber Kälte und Schmerz ist,

eine andere Anna nimmt ihn auf, sie hält ihn, bettet seinen Kopf an ihrer Brust, sie trinkt seine Tränen, trinkt die leuchtende Spur, die auf seinen Wangen herunterführt, vertreibt die Kälte, fährt mit ihrer Zunge seinem Hals entlang, dort, wo die Haut verwelkt, dort, wo der Körper sich in Landschaften verwandelt, die kein Ende haben, und ihre Finger verfolgen Muster, die sich wiederholen, nie gleich, nur ähnlich, sie geht tiefer, sie geht hinein, in das Muster hinein, noch tiefer, dort, wo es nur noch dunkel ist, dunkel und kalt,

und sie nimmt seinen Schmerz auf, spürt ihn und die Kälte in jedem Atom ihres Körpers, und als sie glaubt, daß es nicht mehr zu ertragen ist, als es sie fast zerspringen läßt, als sie nur noch sterben will vor Kälte und vor Dunkelheit, als die Drehung ihr jede Erinnerung, jedes Gefühl, jeden Wunsch, jeden Funken von Sehnsucht entrissen hat, genau in diesem Augenblick wird sie noch einmal Anna, vollkommen,

ein gleißend heller Punkt, der fällt, dessen Bahn so schnell ist, daß sie überall gleichzeitig ist, es gibt keinen Unterschied mehr, es schwingt in einer immer höheren Frequenz, ein Ton durchdringt sie, die Schwingung durchtrennt ihre Seele, Anna ist Schmerz geworden, nur noch Schmerz und dann ist nichts mehr. Nichts.

Ich werde es nie erzählen, denkt sie und fühlt die Hand des Mannes, der ihre Hand hält, nicht einmal ihm werde ich es erzählen, weil es keine Worte dafür gibt. Keine Worte. Aber sie erinnert sich und webt ihre Erinnerungen mit Bilderfetzen und einem langgezogenen Ton, den sie noch nie gehört hat, und sie sucht die Worte dazu, die irgendwo entstehen müssen. Zwischendurch für den Bruchteil einer Sekunde reißt etwas auf, sie sieht dann ganze Bilder in Farbe, Bilder von der Erde, Menschen, den Körper einer Frau, die reglos liegt, aber auch Bäume, Steine und Wasser, und dazu gibt es Sätze, die sie erkennt, ohne sie zu hören, und das Schwarze umgarnt sie wieder und zieht sie in sich hinein.

Nur die Einsamkeit und die Kälte und die Dunkelheit und das Nichts, überall das Nichts, ein so massives, intensives Nichts, das sich bewegt, das lebt und pulsiert, das alles erfüllt, ein Nichts, so dicht und so weich und so warm und so laut, daß Anna selbst warm und weich und hell und nichts wird, und laut wird es, Anna pulsiert, ihr Blut rauscht innen und außen, oder es rauscht etwas anderes innen und außen, und Anna löst sich auf, Anna hört auf, getrennt zu sein, hört auf, nach Koordinaten zu suchen, nach oben, nach unten, Anna hat Milan vergessen, hat die Stimme vergessen, Anna hat Anna vergessen und ist zurück oder vor oder durch oder in Einzelatomen zerfallen, Anna ist nicht mehr da und Anna ist überall, es gibt keine Anna mehr, nur noch ich, stehend, ewig in Bewegung, und ich bin alles. Ich bin. Ich.

Ich werde ewig klingen, ewig sein, ewig nicht sein, eins und alles, alles, alles, das Rauschen, das von weit hinten kommt und kreisförmig in weiten Wellen rauscht, so breit, so weit, daß es keinen Anfang und kein Ende hat, daß es überall gleichzeitig ist und singt und schmilzt und sich nie ändert, ich werde für immer in Ekstase leben und sterben und sein und nicht sein.

In der Ewigkeit öffne ich die Augen, es ist eins und es ist nicht, es ist nicht getrennt von mir, es hat keine Grenzen, nur die meiner Gedanken, es hat mich nie ausgestoßen, ich bin diejenige, die weg wollte, und ich komme jetzt nach Hause, drehe mich langsam wie eine Galaxie, meine unendlich langen spiralförmigen Arme ziehen Millionen Sterne nach, Millionen leuchtender Staubteile drehen sich in einer kaum merklichen Drehung, in Millionen Jahren werde ich, vom Licht getragen, den Mittelpunkt erreichen und wiederkommen, es gibt kein Ende.

Öffne die Augen. Jetzt.

Anna. Der Mann, der ihre Hand hält, hat ihren Namen gerufen. Er hat sie aus der Ferne gerufen, vor langer Zeit. Sie hat ihn nicht gehört, zuerst nicht, aber sie hat gewußt, daß etwas da ist, ein Klang, sie hat gewußt, daß jemand ruft, daß jemand einen Namen nennt.

Anna. Jemand rief ihren Namen. Zuerst war es wie ein kurzes Aufleuchten, ein winziger Fleck, eine Unebenheit, etwas, was sofort verschwand und keine Spur hinterließ. Aber es kam wieder. Er rief ihren Namen immer wieder, und das Wort Anna fand sie in diesem Nichts, wo sie war, und folgte ihr; sie hörte es gern, vernahm die Buchstaben einzeln wie eine Liebkosung und begann sich zu erinnern und auf ihren Namen zu warten.

Der Mann war geduldig. Er wob ein dünnes Spinnengewebe aus ihrem Namen, etwas, was im Licht glänzte und sonderbare Muster zeichnete, er verwob ihren Namen mit seinen Erinnerungen, und

Anna erinnerte sich mit ihm an Farben, an Formen, sie erinnerte sich an Einzelheiten und erinnerte sich schließlich an Anna.

Jetzt ist sie wieder ganz Anna geworden, sie weiß, wo sie ist, wo sie gewohnt hat, sie weiß, was sie sehen wird, wenn sie die Augen aufmacht. Sie weiß, wer sie früher war und wer sie jetzt geworden ist. Sie sieht, wie sich die Erinnerungen und die Wünsche des Mannes um ihre eigenen ranken, bis sie sich nicht mehr voneinander trennen lassen, sie fühlt den Boden, die Erde, und weiß, daß alles da ist, jetzt.

Ich werde nicht vergessen, denkt sie und hält die Hand des Mannes in ihrer. Sie spürt seinen Willen und seine Angst, sie weiß, daß er jetzt weggehen möchte, daß er weggehen wird, wenn sie die Augen öffnet.

Sie hält die Hand des Mannes, denkt, daß sie sie nicht loslassen darf. Und doch öffnet sie sehr langsam die Finger, einen nach dem anderen, bis seine Hand nur noch auf ihrer ruht. Er bleibt so, ohne sich zu bewegen, lange, und Anna spürt den Schmerz, der sich in ihrem Bauch bildet und langsam hochsteigt, sie spürt die Tränen hinter ihren geschlossenen Lidern und den Fluß hinter den Tränen, und als sie anfängt zu weinen, läßt der Mann ihre Hand los und geht.

Anna öffnet die Augen. Sie liegt in einem dunklen Raum, in dem sich die Luft ein wenig dick anfühlt, die Decke ist grauweiß, ohne Risse, ohne die geringste Unebenheit. Sie weiß es. Sie braucht nicht zu sehen. Sie lag schon früher in diesem Raum. Sie kennt ihn. Eine Wand besteht aus einem Einwegspiegel, vor dem Fenster nach draußen ist der Vorhang fest zugezogen. Anna spürt die Decke, die zu niedrig ist, spürt Menschen hinter dem Einwegspiegel, spürt die Wärme hinter dem Fenster.

Ein Mann steht bei ihr und schaut sie an, ohne ein Wort zu sagen. Roden. Sie erkennt ihn. Er sieht fast so aus, wie er immer ausgesehen hat, aber jetzt erinnert er sie an jemand anderen, an ihren Vater vielleicht, doch das ist nicht wichtig. Er ist Roden, sie kennt ihn gut und er sie auch.

Es riecht nach säuerlichen Äpfeln.

»Ich heiße Anna«, sagt sie. Und eine Weile später. »Ich bin wieder hier.«

Die Worte sind da, fallen leicht in das stille Zimmer hinein, ein wenig fremd. Sie trennt sie sorgfältig voneinander, um sich verständlich auszudrücken.

»Öffnen Sie bitte das Fenster«, sagt sie.

Roden zieht die Vorhänge auf. Die Herbstsonne fällt schräg in den Raum hinein. Er öffnet das Fenster. Eine dreieckige Luft voller Sonnenstaub weitet sich über die Liege bis zu Annas Füßen aus. Es ist hell, es brennt, und Tränen steigen ihr in die Augen, aber sie weint nicht. Das Wasser in ihren Augen bildet Regenbögen überall, wo sie hinsieht.

Anna bewegt sich ein wenig. Sie ist schwach. Sehr langsam versucht sie, den Kopf zu heben. Roden hilft ihr. Er ist vorsichtig. Mit einem Arm hinter ihrem Rücken richtet er sie sanft auf, sie läßt sich von ihm helfen, bis sie sitzt, und dann fällt ihr Blick auf ihre Hand, sie schaut diese Hand an, die der andere Mann gehalten hat. Sie berührt sie. Sie ist außen kühl und blaß, aber innen regt sich etwas, es wird warm, ihre Hand glüht innen, das Blut pulsiert in ihren Fingern, und sie bewegt sie langsam, einen nach dem anderen. Ich bin durchsichtig geworden, denkt sie, und sieht durch ihre Haut, durch das Blut, durch Meere an bläulichen Teilen in ständiger Schwingung, und sie hebt die Hand fast in Augenhöhe. Sie sieht nichts mehr, es wird in ihren Augen warm, es sind die Tränen, das Wasser, aber sie weint nicht.

Das Blut fließt schneller, strömt, verteilt sich, es wird ihr warm, es prickelt in ihren Füßen, es steigt ihr zu Kopf, es wird ihr schwindlig, jetzt laufen ihre Tränen ununterbrochen herunter, sie fallen auf ihre Knie und weiten sich auf dem weißen Hemd aus.

»Ich bin wieder hier«, sagt sie und hört ihre eigene Stimme nicht.

Sie legt ihre Hand, die andere, auf Rodens Arm und bewegt sich in Zeitlupentempo nach vorne. Sie streckt ihre Füße dem Fußboden entgegen, cr ist sehr weit entfernt, es dauert lange, bis sie ihn erreicht. Roden hält sie, und wenn ihre nackten Zehen den gewachsten Boden berühren, sagt sie: »Ich bin zu Hause«, aber sie hört ihre Stimme nicht.

Ihre Augen sind voller Wasser, und sie sieht die andere Seite, hier, greifbar nah. Ich werde nie vergessen, denkt sie. Ich weiß es jetzt. Es gibt keinen Tod. Roden, ich weiß es jetzt. Wir sind eins, immer und ewig.

Roden hilft ihr, von der Liege abzusteigen, er stützt sie, hält sie in seinen Armen, bis sie am offenen Fenster steht. Draußen sieht sie im Herbstlicht ein Blatt, das sich vom Baum löst, träge herunterfällt, und spürt, wie das Blut in ihren Beinen aufsteigt, wie sie warm werden, zittern und fester auf dem Boden stehen. Sie läßt Roden los und stützt sich auf das Fensterbrett.

Sie schaut in den Park, sieht Menschen, sieht Kinder und das Gras, das nicht mehr ganz grün ist, und sieht weiter die ganze Stadt mit ihren Straßenbahnen und ihren Autos, ihren Schornsteinen und ihren Fernsehantennen, sie sieht die Stadt gespannt wie ein Netz von Bewegungen, von Begegnungen, die Stadt gespannt wie die Ewigkeit, die Stadt, ihre Metallpfeiler, ihre Betonbögen, die in den Himmel reichen, die Stadt, die sich in der graugelben Staubluft wie eine rollige Katze bettet, die Stadt in Wandlung, im Untergang, die Stadt in der sinkenden Herbstsonne, die Stadt, die ihre Stadt ist, und sie sieht weiter, sie spürt den Wind, der noch warm ist und schon nach Moder riecht, und schaut zurück in den Park nach dem Mann, der ihre Hand gehalten hat.

Er ist nur eine dünne, schlanke Gestalt, die weder die Menschen noch die Farben der Bäume wahrzunehmen scheint, er läuft Richtung Stadt, als wollte er fliehen, als wollte er untergehen, als wollte er sich unter den Menschen, zwischen den zerfallenden Häusern verstecken; er hat rote Haare und hinkt und geht schnell, so schnell er mit seinem lahmen Bein gehen kann, zu dem Tor.

Aber er ist nicht schnell genug gegangen. Er verlangsamt seine Schritte, er bleibt fast stehen, er zögert, geht noch einen Schritt auf das Tor zu und muß jetzt stehenbleiben. Er muß sich umdrehen und zu Anna schauen, die in der Herbstsonne am Fenster steht und auf ihn wartet.

Phantastische Bibliothek
in den suhrkamp taschenbüchern

»Phantastische Bibliothek« – das ist Verzauberung der Phantasie, keine Betäubung der Sinne, sondern Öffnen der Augen als Blick über den nächsten Horizont ins Hypothetisch-Virtuelle. Der Zukünftige verbindet sich mit dem Zeitlosen, rationales Kalkül steht neben poetischer Vision, denkbare Wirklichkeit und analytischer Blick in menschliche Abgründe neben Wunsch- und Alptraum. Anregend und unterhaltsam ist es immer.

Arche Noah. Herausgegeben von Franz Rottensteiner. PhB 242. st 1674
Bädekerl: Die Frau der Träume. PhB 273. st 1829
Ballard: Die Betoninsel. PhB 283. st 1953
– Billennium. PhB 96. st 896
– Die Dürre. PhB 116. st 975
– Der ewige Tag und andere Science-fiction-Erzählungen. PhB 56. st 727
– Der Garten der Zeit. PhB 256. st 1752
– Hallo Amerika! PhB 95. st 895
– Hochhaus. PhB 288. st 1559
– Karneval der Alligatoren. PhB 191. st 1373
– Das Katastrophengebiet. PhB 103. st 924
– Kristallwelt. PhB 75. st 818
– Mythen der nahen Zukunft. PhB 154. st 1167
– Die tausend Träume von Stellavista. PhB 79. st 833
– Der tote Astronaut. PhB 107. st 940
– Traum GmbH. PhB 164. st 1222
– Der vierdimensionale Alptraum. PhB 127. st 1014
– Die Zeitgräber. PhB 138. st 1082
Beheim-Schwarzbach: Die Goldmacher. PhB 217. st 1719
Beherrscher der Zeit. PhB 176. st 1274
Bergengruen: Der Basilisk. PhB 205. st 1499
– Das Gesetz des Atum. PhB 196. st 1441
Bester: Aller Glanz der Sterne. PhB 278. st 1955
Bioy Casares: Die fremde Dienerin. PhB 113. st 962
– Morels Erfindung. PhB 106. st 939
Blackwood: Besuch von Drüben. PhB 10. st 411
– Die gefiederte Seele. PhB 229. st 1620
– Der Griff aus dem Dunkel. PhB 28. st 518
– Das leere Haus. PhB 12. st 30
– Der Tanz in den Tod. PhB 83. st 848
Blaß sei mein Gesicht. PhB 267. st 1799
Braun / Braun: Der Irrtum des großen Zauberers. PhB 74. st 807
– Das Kugeltranszendentale Vorhaben. PhB 109. st 948
– Professor Mittelzwercks Geschöpfe. PhB 269. st 1813

252/1/4.92

Phantastische Bibliothek
in den suhrkamp taschenbüchern

Bringsværd: Minotauros. PhB 237. st 1651
– Die Stadt der Metallvögel. PhB 208. st 1510
Brjussow: Die Republik des Südkreuzes. PhB 270. st 1814
Buzzati: Die Maschine des Aldo Christofari. PhB 157. st 1175
Čapek: Das Absolutum oder Die Gottesfabrik. PhB 84. st 1712
Capoulet-Junac: Pallas oder die Heimsuchung. PhB 149. st 1138
Carroll: Ein Kind am Himmel. PhB 286. st 1969
– Das Land des Lachens. Roman. st 1954
– Die panische Hand. PhB 233. st 1635
– Schlaf in den Flammen. PhB 252. st 1742
– Die Stimme unseres Schattens. PhB 222. st 1587
– Das Tal der Träume. PhB 197. st 1442
Chesterton: Der Held von Notting Hill. PhB 156. st 1174
Couperus: Das schwebende Schachbrett. PhB 201. st 1466
Derleth: Auf Cthulhus Spur. PhB 211. st 1526
Dick: UBIK. PhB 15. st 440
Die dunkle Seite der Wirklichkeit. PhB 199. st 1444
Lord Dunsany: Das Fenster zur anderen Welt. PhB 161. st 1189
Der Eingang ins Paradies. PhB 219. st 1566
Eliade: Fräulein Christine. PhB 289. st 1518
Die Ermordung des Drachen. PhB 203. st 1481
Franke: Der Atem der Sonne. PhB 174. st 1265
– Einsteins Erben. PhB 41. st 603
– Der Elfenbeinturm. PhB 279. st 1926
– Endzeit. PhB 150. st 1153
– Das Gedankennetz. PhB 266. st 1792
– Der grüne Komet. PhB 231. st 1628
– Hiobs Stern. PhB 223. st 1588
– Die Kälte des Weltraums. PhB 121. st 990
– Keine Spur von Leben. PhB 62. st 741
– Der Orchideenkäfig. PhB 234. st 1643
– Paradies 3000. PhB 48. st 664
– Schule für Übermenschen. PhB 58. st 730
– Sirius Transit. PhB 30. st 535
– Spiegel der Gedanken. PhB 253. st 1743
– Die Stahlwüste. PhB 215. st 1545
– Tod eines Unsterblichen. PhB 69. st 772
– Transpluto. PhB 82. st 841
– Ypsilon minus. PhB 3. st 358
– Zarathustra kehrt zurück. PhB 9. st 410
– Zentrum der Milchstraße. PhB 244. st 1695
– Zone Null. PhB 35. st 585
Franke / Weisser: DEA ALBA. PhB 207. st 1509

252/2/4.92

Phantastische Bibliothek
in den suhrkamp taschenbüchern

Frey: Solneman der Unsichtbare. PhB 241. st 1667
Gardner: Grendel. PhB 227. st 1611
Grabiński: Dunst. PhB 228. st 1612
Grin: Der Rattenfänger. PhB 168. st 1239
– Wogengleiter. PhB 274. st 1830
Gruber: Die gläserne Kugel. PhB 123. st 997
– Zwischenstation. PhB 216. st 1555
Hasselblatt: Marija und das Tier. PhB 209. st 1511
Hodgson: Geisterpiraten. PhB 188. st 1352
Hoffmann, E. T. A.: Der Magnetiseur. PhB 190. st 1366
Horstmann: Das Glück von Omb'assa. PhB 141. st 1088
Der Insektenmann. PhB 240. st 1666
Ist Gott ein Taoist? Und andere Rätsel. PhB 162. st 1214
James: Dreizehn Geistergeschichten. PhB 247. st 1705
Jarzębski: Zufall und Ordnung. PhB 180. st 1290
Jenseits der Träume. PhB 224. st 1595
Kellermann: Der Tunnel. PhB 179. st 1283
Kornbluth: Der Altar um Mitternacht. PhB 189. st 1359
– Der Gedankenwurm. PhB 195. st 1434
Krispien: Die verborgene Stunde. PhB 254. st 1744
Lao She: Die Stadt der Katzen. PhB 151. st 1154
Lem: Also sprach GOLEM. PhB 175. st 1266
– Altruizin und andere kybernetische Beglückungen. PhB 163. st 1215
– Die Astronauten. PhB 16. st 441
– Frieden auf Erden. PhB 220. st 1574
– Der futurologische Kongreß. PhB 29. st 534
– Imaginäre Größe. PhB 47. st 658
– Irrläufer. PhB 285. st 1890
– Die Jagd. PhB 18. st 302
– Das Katastrophenprinzip. PhB 125. st 999
– Lokaltermin. PhB 200. st 1455
– Mehr phantastische Erzählungen des Stanisław Lem. PhB 232. st 1636
– Memoiren, gefunden in der Badewanne. PhB 25. st 508
– Memoiren, gefunden in der Badewanne. Der Schnupfen. PhB 226. st 1604
– Eine Minute der Menschheit. PhB 110. st 955
– Mondnacht. PhB 57. st 729
– Nacht und Schimmel. PhB 1. st 356
– Phantastik und Futurologie I. PhB 122. st 996
– Phantastik und Futurologie II. PhB 126. st 1013
– Die phantastischen Erzählungen. PhB 210. st 1525
– Provokationen. PhB 263. st 1773
– Die Ratte im Labyrinth. PhB 73. st 806

252/3/4.92

Phantastische Bibliothek in den suhrkamp taschenbüchern

Lem: Reisen und Erinnerungen des Sternfahrers Ijon Tichy. st 534/459/1455/1574 in Kass.
– Robotermärchen. PhB 85. st 856
– Der Schnupfen. PhB 33. st 570
– Sterntagebücher. PhB 20. st 459
– Die Stimme des Herrn. PhB 97. st 907
– Terminus und andere Geschichten des Piloten Pirx. PhB 61. st 740
– Die Untersuchung. PhB. 14. st 435
– Waffensysteme des 21. Jahrhunderts. PhB 124. st 998
– Wie die Welt noch einmal davonkam. PhB 158. st 1181
Lem / Bereś: Lem über Lem. PhB 245. st 1996
Über Stanisław Lem. PhB 36. st 586
Levett: Verirrt in den Zeiten. PhB 178. st 1282
London: Phantastische Erzählungen. PhB 243. st 1675
Lovecraft: Azathoth. PhB 230. st 1627
– Berge des Wahnsinns. PhB 258. st 1780
– Cthulhu. PhB 19. st 29
– Das Ding auf der Schwelle. PhB 2. st 357
– Der Fall Charles Dexter Ward. PhB 8. st 391
– Der Fall Charles Dexter Ward. PhB 260. st 1782
– Der Flüsterer im Dunkeln. PhB 259. st 1781
– Das Grauen im Museum. PhB 136. st 1067
– In der Gruft und andere makabre Erzählungen. PhB 71. st 779
– Die Katzen von Ulthar. PhB 43. st 625
– Lovecraft-Lesebuch. PhB 184. st 1306
– Der Schatten aus der Zeit. PhB 281. st 1939
– Schatten über Innsmouth. PhB 261. st 1783
– Stadt ohne Namen. PhB 52. st 694
– Die Traumsuche nach dem unbekannten Kadath. PhB 287. st 1556
Lovecraft / Derleth: Die dunkle Brüderschaft. PhB 173. st 1256
Der Einsiedler von Providence. H. P. Lovecrafts ungewöhnliches Leben. PhB 290. st 1626
Marginter: Königrufen. PhB 215. st 1546
Maupassant: Die Totenhand. PhB 134. st 1040
Das namenlose Grabmal. PhB 169. st 1240
Neuwirth: In den Gärten der Nacht. PhB 255. st 1745
Phantastische Aussichten. PhB 160. st 1188
Phantastische Begegnungen. PhB 250. st 1741
Phantastische Welten. PhB 137. st 1068
Phantastische Zeiten. PhB 185. st 1307
Polaris 9. PhB 155. st 1168

252/4/4.92

Phantastische Bibliothek in den suhrkamp taschenbüchern

Polaris 10. PhB 171. st 1248
Quiroga: Geschichten von Liebe, Irrsinn und Tod. PhB 248. st 1711
Ray: Malpertuis. PhB 165. st 1223
– Das Storchenhaus. PhB 182. st 1299
Renard: Die blaue Gefahr. PhB 225. st 1596
Der rote Mond. PhB 213. st 1536
Schattschneider: Singularitäten. PhB 129. st 1021
Scheerbart: Das große Licht. PhB 194. st 1400
– Die große Revolution. PhB 159. st 1182
– Immer mutig! PhB 257. st 1759
– Der Kaiser von Utopia. PhB 218. st 1565
– Kometentanz. PhB 236. st 1652
– Lesabéndio. PhB 183. st 1300
Schefner: Bescheidene Genies. PhB 246. st 1704
Seltsame Labyrinthe. PhB 198. st 1443
Die Sirene. PhB 253. st 1688
Słonimski: Zweimal Weltuntergang. PhB 166. st 1229
Smith: Das Haupt der Medusa. PhB 221. st 1575
Smith: Herren im All. PhB 280. st 1932
– Sternträumer. PhB 193. st 1393
Springer: Leonardos Dilemma. PhB 271. st 1821
Steinmüller: Der Traum vom Großen Roten Fleck. PhB 147. st 1131
Steinmüller / Steinmüller: Pulaster. PhB 204. st 1490
Strugatzki / Strugatzki: Die bewohnte Insel. PhB 282. st 1946
– Der ferne Regenbogen. PhB 111. st 956
– Fluchtversuch. PhB 89. st 872
– Die gierigen Dinge des Jahrhunderts. PhB 79. st 827
– Die häßlichen Schwäne. PhB 177. st 1275
– Der Junge aus der Hölle. PhB 238. st 1658
– Das lahme Schicksal. PhB 262. st 1766
– Eine Milliarde Jahre vor dem Weltuntergang. PhB 186. st 1338
– Montag beginnt am Samstag. PhB 72. st 780
– Picknick am Wegesrand. PhB 49. st 670
– Die Schnecke am Hang. PhB 13. st 434
– Die Wellen ersticken den Wind. PhB 206. st 1598
– Die zweite Invasion der Marsianer. PhB 139. st 1081
Tekinay: Der weinende Granatapfel. PhB 249. st 1720
Turner: Sommer im Treibhaus. PhB 272. st 1822
Viktorianische Gespenstergeschichten. PhB 187. st 1345
Wakefield: Der Triumph des Todes. PhB 181. st 1291
Weiss: Das Haus mit den tausend Stockwerken. PhB 235. st 1644
Weisser: DIGIT. PhB 90. st 873
– SYN-CODE-7. PhB 67. st 764

252/5/4.92

Phantastische Bibliothek
in den suhrkamp taschenbüchern

Wharton: Gespenstergeschichten. PhB 268. st 1806
Whitehead: Der Zombie. PhB 172. st 1255
Wolfe: Limbo. PhB 239. st 1659
Wolfkind: Die Boten des Frühlings. PhB 167. st 1230
Wyndham: Die Kobaltblume. PhB 202. st 1474
– Kuckuckskinder. PhB 265. st 1893
– Wenn der Krake erwacht. PhB 212. st 1535
– Wiedergeburt. PhB 192. st 1386
Zondergeld: Lexikon der phantastischen Literatur. PhB 91. st 880
»Zum Roten Drachen«. PhB 265. st 1791

252/6/4.92

Deutschsprachige Literatur in den suhrkamp taschenbüchern: Essays, Reden, Briefe, Tagebücher

Andreas-Friedrich, Ruth: Der Schattenmann. Tagebuchaufzeichnungen 1938-1945. Mit einem Nachwort von Jörg Drews. st 1267
– Schauplatz Berlin. Tagebuchaufzeichnungen 1945-1948. st 1294

Arendt, Hannah: Die verborgene Tradition. Acht Essays. Den Essay »Der Zionismus aus heutiger Sicht« übersetzte Friedrich Griese ins Deutsche. st 303

Ball, Hugo: Der Künstler und die Zeitkrankheit. Ausgewählte Schriften. Herausgegeben und mit einem Nachwort versehen von Hans Burkhard Schlichting. st 1522

Ball-Hennings, Emmy: Briefe an Hermann Hesse. Herausgegeben und eingeleitet von Annemarie Schütt-Hennings. st 1142

Benjamin, Walter: Angelus Novus. Ausgewählte Schriften 2. st 1512
– Deutsche Menschen. Eine Folge von Briefen. Auswahl und Einleitungen von Walter Benjamin. Mit einem Nachwort von Theodor W. Adorno. st 970
– Illuminationen. Ausgewählte Schriften. Herausgegeben von Siegfried Unseld. st 345
– Über Haschisch. Novellistisches. Berichte. Materialien. Herausgegeben von Tillman Rexroth. Einleitung von Hermann Schweppenhäuser. st 21

Benjamin, Walter / Gershom Scholem: Briefwechsel 1933-1940. Herausgegeben von Gershom Scholem. st 1211

Bernhard, Thomas: Interviews. Erstausgabe. st 1844

Böni, Franz: Die Fronfastenkinder. Aufsätze 1966-1985. Mit einem Nachwort von Ulrich Horn. st 1219

Brecht, Bertolt: Schriften zur Politik und Gesellschaft 1919-1956. st 199

Broch, Hermann: Schriften zur Literatur 1. Kritik. st 246
– Schriften zur Literatur 2. Theorie. st 247
– Philosophische Schriften. 2 Bde. st 375
– Politische Schriften. st 445
– Massenwahntheorie. Beiträge zu einer Psychologie der Politik. st 502
– Briefe 1 (1913-1938). Dokumente und Kommentare zu Leben und Werk. st 710
– Briefe 2 (1938-1945). Dokumente und Kommentare zu Leben und Werk. st 711
– Briefe 3 (1945-1951). Dokumente und Kommentare zu Leben und Werk. st 712

256/1/4.92

Deutschsprachige Literatur in den suhrkamp taschenbüchern: Essays, Reden, Briefe, Tagebücher

Broch, Hermann / Volkmar von Zühlsdorff: Briefe über Deutschland. Die Korrespondenz mit Volkmar von Zühlsdorff. Herausgegeben und eingeleitet von Paul Michael Lützeler. st 1369

Camartin, Iso: Nichts als Worte? Ein Plädoyer für Kleinsprachen. st 1974

Endres, Ria: Werde, was du bist. Dreizehn literarische Frauenportraits. st 1942

Enzensberger, Hans Magnus: Ach Europa! Wahrnehmungen aus sieben Ländern. Mit einem Epilog aus dem Jahre 2006. st 1690

– Der Fliegende Robert. Gedichte, Szenen, Essays. st 1962

– Mittelmaß und Wahn. Gesammelte Zerstreuungen. st 1800

– Politik und Verbrechen. Neun Beiträge. st 442

– Politische Brosamen. st 1132

Franke, Herbert W.: Leonardo 2000. Kunst im Zeitalter des Computers. st 1351

Frisch, Max: Forderungen des Tages. Porträts, Skizzen, Reden 1943-1982. Herausgegeben von Walter Schmitz. st 957

– Tagebuch 1946-1949. st 1148

– Tagebuch 1966-1971. st 256

Mein Goethe. Günter Kunert, Siegfried Lenz, Peter Rühmkorf, Wolfdietrich Schnurre, Martin Walser, Gabriele Wohmann. st 781

Handke, Peter: Als das Wünschen noch geholfen hat. Fotos von Peter Handke. st 208

– Das Ende des Flanierens. st 679

– Ich bin ein Bewohner des Elfenbeinturms. st 56

Hasselblatt, Dieter: Marija und das Tier. Science-fiction-Texte. PhB 209. st 1511

Hesse, Hermann: Ausgewählte Briefe. Erweiterte Ausgabe. Zusammengestellt von Hermann Hesse und Ninon Hesse. st 211

– Briefe an Freunde. Rundbriefe 1946-1962. Zusammengestellt von Volker Michels. st 380

– Kindheit und Jugend vor Neunzehnhundert. Hermann Hesse in Briefen und Lebenszeugnissen. 1. Band: 1877-1895. Ausgewählt und herausgegeben von Ninon Hesse. st 1002

– Kindheit und Jugend vor Neunzehnhundert. Hermann Hesse in Briefen und Lebenszeugnissen. 2. Band: 1895-1900. Herausgegeben von Ninon Hesse. Fortgesetzt und erweitert von Gerhard Kirchhoff. st 1150

– Eine Literaturgeschichte in Rezensionen und Aufsätzen. Herausgegeben von Volker Michels. st 252

256/2/4.92

Deutschsprachige Literatur in den suhrkamp taschenbüchern: Essays, Reden, Briefe, Tagebücher

Hesse, Hermann: Politik des Gewissens. Die politischen Schriften. 1. Band: 1914-1932. 2. Band: 1933-1962. Vorwort von Robert Jungk. Herausgegeben von Volker Michels. st 656

– Die Welt der Bücher. Betrachtungen und Aufsätze zur Literatur. Zusammengestellt von Volker Michels. st 415

Hildesheimer, Wolfgang: Das Ende der Fiktionen. Reden aus fünfundzwanzig Jahren. st 1539

Johnson, Uwe: Berliner Sachen. Aufsätze. st 249

Kaminski, André: Schalom allerseits. Tagebuch einer Deutschlandreise. st 1637

Koeppen, Wolfgang: Die elenden Skribenten. Aufsätze. Herausgegeben von Marcel Reich-Ranicki. st 1008

Kracauer, Siegfried: Kino. Essays, Studien, Glossen zum Film. Herausgegeben von Karsten Witte. st 126

– Das Ornament der Masse. Essays. Mit einem Nachwort von Karsten Witte. st 371

Kraus, Karl: Sittlichkeit und Kriminalität. st 1311

– Die chinesische Mauer. st 1312

– Literatur und Lüge. st 1313

– Untergang der Welt durch schwarze Magie. st 1314

– Die Sprache. st 1317

– Dritte Walpurgisnacht. st 1322

– Die Stunde des Gerichts. Aufsätze 1925-1928. Herausgegeben von Christian Wagenknecht. st 1327

– Hüben und Drüben. Aufsätze 1929-1936. Herausgegeben von Christian Wagenknecht. st 1328

– Magie der Sprache. Ein Lesebuch. Herausgegeben und mit einem Nachwort von Heinrich Fischer. st 204

Krolow, Karl: Ein Gedicht entsteht. Selbstdeutungen, Interpretationen, Aufsätze. st 95

Kühn, Dieter: Auf der Zeitachse. Biographische Skizzen, kritische Konzepte. st 1619

Lenk, Hans: Kritik der kleinen Vernunft. Einführung in die jokologische Philosophie. st 1771

Loerke, Oskar: Tagebücher 1903-1939. Herausgegeben von Hermann Kasack. st 1242

Mayer, Hans: Das unglückliche Bewußtsein. Zur deutschen Literaturgeschichte von Lessing bis Heine. st 1634

Muschg, Adolf: Empörung durch Landschaften. Vernünftige Drohreden. st 1482

256/3/4.92

Deutschsprachige Literatur
in den suhrkamp taschenbüchern:
Essays, Reden, Briefe, Tagebücher

Muschg, Adolf: Goethe als Emigrant. Auf der Suche nach dem Grünen bei einem alten Dichter. st 1287

Penzoldt, Ernst: Die Kunst, das Leben zu lieben und andere Betrachtungen. Ausgewählt von Volker Michels. Mit einem Nachwort von Peter Suhrkamp. st 267

Platschek, Hans: Von Dada zur Smart-Art. Aufsätze zum Kunstgeschehen. Mit Abbildungen. st 1657

Schneider, Reinhold: Dem lebendigen Geist. st 1419

– Schwert und Friede. Essays. Auswahl und Nachwort des Bandes von Rita Meile. st 1421

– Portugal. Mit einem Nachwort von Peter Berglar. st 1073

Scholem, Gershom: Walter Benjamin und sein Engel. Vierzehn Aufsätze und kleine Beiträge. Herausgegeben von Rolf Tiedemann. st 1967

Walser, Martin: Auskunft. 23 Gespräche aus 26 Jahren. Herausgegeben von Klaus Siblewski. Erstausgabe. st 1871

– Beschreibung einer Form. Versuch über Kafka. st 1891

– Heilige Brocken. Aufsätze, Prosa, Gedichte. st 1528

– Liebeserklärungen. st 1259

Walser, Robert: Briefe. Herausgegeben von Jörg Schäfer unter Mitarbeit von Robert Mächler. st 488

Weiß, Ernst: Die Kunst des Erzählens. Essays, Aufsätze, Schriften zur Literatur. Zusammengestellt von Volker Michels. st 799

Winkels, Hubert: Einschnitte. Zur Literatur der 80er Jahre. st 1804

256/4/4.92